6
I GOT A CHEAT and moved to another world,
so I want tolive as I like.

ツインテ
同じく観戦中。最近は敏感系男子の間で売れっ子。

教導軽巡
タウロの実力を測るために爆発着底
お姉さまのリベンジ戦を観戦中。

せっかくチート
を貰って異世界に
転移したんだから、
好きなように生きてみたい
6

人物紹介

ローズヒップ伯

帝国軍薔薇騎士団の指揮官。熟練の騎士操縦士であり実力も高い。

タウロ

商人ギルドの騎士操縦士。裏業界では『ドクタースライム』と恐れられている。

黄金の美食家《グルメ・オブ・ゴールド》

王国騎士団の団長。数々の娼館から出入り禁止となっている。その理由とは……。

コーニール

王国騎士団の下級操縦士。タウロと同じく裏業界では『串刺し旋風』で知られている。

Cast Profile

ツインテ

ジェイアンヌの娼婦。教導軽巡の友人でタウロの被害者。

教導軽巡

ジェイアンヌの影のリーダーであり、若い娼婦達の指導役。

爆発着底お姉さま

ジェイアンヌの娼婦。更に力を付けてタウロにリベンジを申し込むが……。

死神

帝国の騎士操縦士。口数も少なく不気味な雰囲気を漂わせているが真性のドM。

CONTENTS

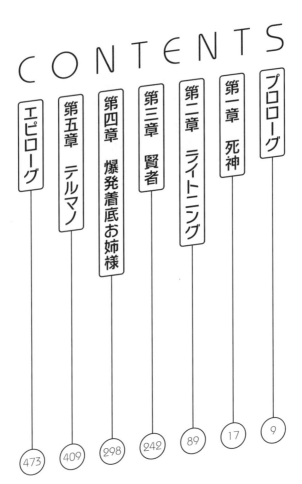

プロローグ

降り注ぐ強い日差しの下に広がる、まばらに草の生えた粘土質のひび割れた地面。周囲を見回せば、直径二千メートルほどの盆地なのがわかるだろう。

実はここ、数ヶ月前まで湖だったのである。蛙に似た魔獣が大発生し、底に穴を開け干上がらせてしまったのだ。

『お姉様！　お願いします』

盾を棍棒で打ち鳴らしつつ、体高十五メートルほどの人型のゴーレムが、外部音声で叫ぶ。

箱と樽を積み重ねたような外観から、C級騎士であるのは間違いない。そして肩と胸に描かれた紋章が、百合騎士団《リリーナイツ》黄百合隊所属である事を示している。

『上出来よ。後は任せなさい』

返したのは体高十八メートルの、こちらは甲冑姿の騎士。

四騎のC級に追い立てられた、騎士をもってしても一抱えはありそうな蛙達《カエル》の集団が、三騎のB級騎士へ飛び掛かる。

岩をも砕く脚力を生かした、強烈な体当たり。しかし横一列となって待ち構えていたB級達には、通用しない。

研鑽を積んだ正統な剣技によって、ぶつかる前に叩き落とされ、地面に落ちたところを突き殺されて行く。

『次に行くわ。地中からの不意打ちに注意してね』

七体の死骸を前に剣についた血を振り飛ばし、外部音声で言葉を継ぐ、頭にトサカのある隊長騎。

地下に水の流れがあるのだろう。地表は乾いて硬くなっているが、その下はまだ湿潤。

泥の中に潜む大蛙から、いく度も襲撃を受けていたのである。

『わかりました、お姉様』

帝国から依頼を受け馳せ参じた、国際的傭兵騎士団百合騎士団《リリーナイツ》の黄百合隊。B級三騎、C級四騎の集団は、次なる獲物を求めて湖の底を歩き始めたのだった。

『……こんなところかしら』

それから半日ほど戦い続けた後、隊長は周囲を見回し仲間達へ告げる。

赤くなった太陽は西の稜線近くまで落ち、騎士達が引く影は長い。区切りをつけるには、いい頃合いだろう。

七騎の騎士は、少しばかり離れた草原の小高い丘の上へ移動。そこへ繊細な作業の出来る騎士の特性を生かし、各々天幕を張り始める。

人里から離れているため、野営をしなければならないのだ。

『いいわね。ご苦労様』

隊長の外部音声を合図に、天幕を囲んで片膝を突く騎士達。

彼女達の魔法陣で防げるのは、手のひら程度の蛾までがせいぜい。魔獣や野生動物が襲うのを諦めるよう、騎士達を壁としたのである。

「腹が減ったぜ」

「あたしもです」

胸にある操縦席から器用に伝い降りる、タイトスカートの隊員達。すぐさま魔法で火を熾《おこ》し、夕餉《ゆうげ》の準備を進めて行く。

慣れているのだろう。手際はよく、出来上がるまでさして時間は掛からなかった。

「お姉様。あの剣をどう思います？　細かい装飾がいっぱいついているので、お宝かも知れませんよね」

振り仰げば視界の外まで広がる、瞬き出した満天の星々。その下で焚火を囲み、腸詰めの野菜煮込みを食べ始めた黄百合隊一行。

スプーンを上下させる合間に言葉を発したのは、C級に乗る茶色い髪を三つ編みにした、十代半ばの少女である。口調に熱がこもっているのは、『そうあって欲しい』という願いからだろう。

「可能性はあるわね。湖の底なんて、こんな事でもない限り人目につかないでしょうし」

長い金髪を三つ編みにし頭へ巻き付けた、二十代半ば過ぎの隊長が返す。

帰り際、大蛙に掘り返された泥の中から、騎士用の剣を拾ったのである。軽く洗っただけでもわかる象嵌《ぞうがん》や浮き彫りの精緻さは、素人目にも高価そうに見えた。

「何かの儀式で捧げた、儀礼用の剣かも」

「王位継承の証だったりしてね。奪われそうになったから、魔獣の住む湖に投げ入れたとか。そんな逸話があったら素敵」

お姉様の肯定に、胃と共に想像も膨らませる妹達。

四騎のC級を操るのは、全員が十代。対してB級は、十歳ほど年上だ。

ちなみに先輩を『お姉様』、後輩を『妹』と呼ぶのは、百合騎士団《リリーナイツ》の習わしである。ここにいる七名に血のつながりはない。

「あたし知ってる。帝国の国宝って言われる盾。あれも発掘品なんだよね」

おかっぱの少女が述べたのは、百年以上前に帝国内で発見され、今は帝都宮殿の宝物庫にあると言われるもの。

『高い魔法耐性を持ち、今の技術では作り得ない』

そのような噂が、一部好事家の間でささやかれる一品だ。

彼らはこのような品々を『場違いな工芸品』と呼び、『かつて世界には、現在を凌ぐ技術と知識が存在した』と主張する。

「何言ってんだ。新しい物の方が、性能がいいに決まっているだろ」

しかし帝国皇帝が黙殺している事から、多くの人々は妄想と退けていた。

魔法や冶金の技術は、遅い歩みながらも向上し続けているのだから、自然な考えと言えるだろう。

「国宝が出土したのは、ここより少し北だったわね。もし揃いの品の片方だったりしたら、凄いわよ」

だが百合騎士団黄百合隊《リリーナイツ》の面々は、例外らしい。隊長自らが、可能性を高める情報を口にする。

「キャーッ！」

俄然色めき出し、奇声を上げる少女達。突然の高音大音量に肩をすくめたのは、小麦色の肌にでかい尻の、髪をソバージュにした成人女性である。

「だったらA級が欲しいわね。いくら国宝級の剣でも、持つのがB級じゃ恰好つかないから」

彼女も否定はしないが、熱気には乗らない。そしてその言葉にほぼ全員が、溜息と共に頷く。

『赤百合、青百合、白百合、黄百合』

同じ編成の隊を四つ持つ百合騎士団《リリーナイツ》の武力は、中規模国家に匹敵するだろう。

違うのは、中規模国の旗騎がA級であるのに対し、百合騎士団《リリーナイツ》の団長騎がB級である事。かつてはA級だったが、先代団長の時に失われてしまったのだ。

それ以来『A級騎士の入手』は、百合騎士団《リリーナイツ》の悲願となっている。

「B級は買えるけれど、A級は自分で造るか、鹵獲《ろかく》するしかないからねえ」

言葉を継ぐ、小麦色のでか尻。

場合によっては双方の騎士達を戦場から退かせ、指揮官同士の一騎打ちで勝敗を決める事もある。

奥の手の塊であるA級を渡せないのも、当然であろう。

そしてどこの国にも属さぬ傭兵騎士団の百合騎士団《リリーナイツ》には、武力と金はあっても建造能力はない。

「B級をA級に改装するっていうのは？　大きな鍛冶ギルドだと、出来るそうじゃない」

「自分の国以外の騎士に？　国が許可すると思う？」

意見を交わし合い、盛り上がる少女達。そこへ尻のでかいソバージュが、いたずらっぽく微笑《ほほえ》みながら問題を投げる。

「仮にあの剣が国宝級だとすれば、A級と交換してくれるかもよ。そうならどうする？」

B級に国宝剣か、剣を手放しA級にするか。

少女達の議論は、溶け崩れた野菜をスプーンで口へ運びつつ白熱。一応の結論が出たのは、鍋が空になった頃だった。

剣の発見者である茶色の髪を三つ編みにした少女が、毅然とした表情で口を開く。

「もう一本見つけて、それをA級と交換します！」

あまりの都合よさに、笑い出すソバージュでか尻。一方、呆れて眉根に皺を寄せるのは、金髪三つ編み巻きのお姉様である。

だが、妹達が大真面目という事に気がついたのだろう。隊長は一呼吸して気を取り直すと、全員へ告げた。

「じゃあ、そういう方針で行きましょう。だけど優先は、魔獣を倒す事よ」

あるのかどうかもわからない、そのような宝物へ気を取られ、後れを取ったりしたら許さない。続いた言葉と込められた迫力に、少女達は背筋を伸ばして返事をする。

「ほら、そろそろ寝る時間よ。起きなさい」

頷いた隊長は隣の金髪ショートカットの副隊長へ、矛盾した言葉を投げた。

実は彼女、昼間の魔力消費がたたり、かなり序盤で寝落ちしていたのである。狩り立てに失敗した妹達を助けるべく、何度か火の矢《ファイヤーアロー》を撃ったせいだろう。

「ん？　ああ」

目をこすり大きく欠伸をすると、後片づけを少女達へ任せ、天幕の一つへ入って行くのだった。


そして翌日。

踏むと柔らかさを覚える、内部に水分を多く含んだ地面。それへ足跡を千鳥に残しながら、C級騎士が進む。

『剣はないか、盾はないか。杖《ライフル》でも短杖《ワンド》でもいいのよお』

外部音声で独《ひと》り言《ご》ち、うつむきながら歩く騎士の操縦席に座るのは、茶色の髪を三つ編みにした少女。

昨日の宣言どおり、二つ目の掘り出し物を探しているのである。

『国宝級の武具を手にしたA級騎士』

実現すれば帝国や王国など大国の旗騎と、肩を並べる存在となるだろう。

(今までB級って軽く見ていた奴らの、鼻を明かしてやるんだから)

悔しげに口を引き結び、目を皿のようにする茶髪三つ編み。

総力を挙げれば容易に叩き潰せるだろう、中身がスカスカの中規模国。そのようなところでも、

『旗騎がB級』というだけで馬鹿にして来るのである。

さすがに面と向かって言われはしないが、言葉や態度の端々にわざと匂わせるのだ。

『おい、あれ。いいのか？』

注意が散っているのではないか。

そう考えたのだろう。背後から見つめていたフォロー役のB級が、隣のB級を肘で小突く。

乗り手は金髪ショートカットの副隊長。聞かれた方は、金髪三つ編み巻きの隊長である。

『まあ、しょうがないんじゃない。動機は騎士団への愛だし、素敵に落ちもないようだし』

返す隊長の言葉に、疑うように首を傾げるB級騎士。だが言葉を発する前に、件《くだん》のC級が振り向き叫んだ。

『大蛙いました！　地面にある呼吸用の穴の数から見て、十四以上潜っています』

周囲に散っていた残り三騎のC級は、茶髪三つ編みの指示した方向を、三方から囲むべく動き出す。

わざと開けているのは、B級達がいる方向。盾を打ち鳴らし、主力の待つ場所へと追い込むのである。

『ほらね。あの子、やる事はちゃんとやるのよ』

金髪三つ編み巻きの言葉に、肩をすくめ剣を抜き放つ金髪ショートカットであった。

第一章　死神

帝国西部から遥か東。王国の王都の中心には、街造りの定番と言える大きな広場がある。

東には商店街、西には歓楽街、南は都の大門、そして北には王城。これらを十字につなぐ大きな街路の、交わる場所。

大勢の人々が行き交い、大道芸人が技を披露し、時にはイベントも開かれる、王都きっての一等地である。

その東側に建つ、三階建ての商人ギルドの最上階。ギルド長室では、二人の人物が言葉を交わしていた。

「最近、周囲を嗅ぎまわる者達が増えております」

ソファーに座り、そう報告するのは目の細い痩せた男。

体躯は細いが、鞭のようなしなやかさを感じさせる。見る者が見れば、所作に隙がない事がわかるだろう。

「これまで、何もなかったのじゃがな」

応接セットに座る男に背を向け、窓から外を眺めるゴブリンに似た小柄な老人。

曇り空の下、眼下の広場では、多くの人々が行き来していた。

「どこの手の者か、わかるかの？」

「おそらくは帝国かと」

その言葉に、威嚇《いかく》するゴブリンのごとく唸るギルド長。

「とうとう目を付けおったか」

そして、自分自身で答えを出した。

「北部戦線での活躍があるからの。タウロ君の戦闘スタイルと今回のアウォークの件、何か関連するものを感じ取ったのかも知れん」

目の細い痩せた男は、無言。

彼は『暗殺者ギルド』の主任。以前よりタウロの身辺を、秘密裏に警護していた。

名前こそものものしいが、主な業務は護衛である。

「冒険者ギルドの連中と、同じようにはいかんか」

危害を加える可能性が、最も高いと思われた冒険者ギルド。しかし暗殺者ギルドの存在に気づいた彼らは、ついぞ手を出して来なかった。

冒険者ギルドが、タウロを狙う理由。

それは商人ギルド騎士の活躍によって、大きな不利益を受けているからである。

タウロが老嬢《オールドレディ》に乗るようになって、交易路の安全性は格段に改善。

その結果、商隊護衛の必要性は大幅に低下していたのだ。

『財布が空になるまで買って、運べ！』

商人達はそれを合言葉に、品物を満載した荷馬車の御者台に座り、各地を自由に往来し始める。

高額な費用が掛かる上に、足が遅い護衛。それから解放された彼らは、資金の限界まで買い、街道を爆走し、そして熱弁をふるって売り払ったのである。

「どういう事だよ！」

物の流れがよくなった一方で、不満の声を張り上げる者達もいた。割りを食った冒険者達である。

魔獣と盗賊の跋扈《ばっこ》する街道を安全に通るためには、彼らの同行が必須。

また物の流れが悪いため、素材は地産地消せざるを得ない。

そのため護衛と採取の依頼は、これまで絶えた事がなかったのだ。

「冗談じゃねえぞ！　こんなんじゃ生活出来ねえよ」

冒険者ギルドのロビーにあるカウンターへ、切羽詰まった様子で詰め寄ったのも当然であろう。

今や護衛を募集する張り紙は少なく、採取の仕事もほとんどない。採取など頼まなくても、商店街に行けば安価で売られているからである。

「……あの野郎のせいか」

冒険者ギルドが商人ギルドの操縦士を敵視するようになるまで、さして時間は掛からなかったのだ。

「なくてはならん存在じゃ。タウロ君を絶対に守れ」

周囲の動きを懸念したギルド長が、護衛を暗殺者ギルドに依頼。

その名を恐れたのか、害をなそうという存在は現れなかった。少なくともこれまでは。

「標的は、タウロさんだけではありません。商人ギルドの上層部、格納庫の警備員、それに整備士など、騎士に近い者すべてが対象ですね」

ギルド長の表情は、ますます渋くなる。

「消しますか？」

最後まで商人ギルドがケツを持ってくれるのなら、やりますよ。主任の目はそう言っている。

いくら、『護衛が本業、暗殺なんて看板だけです』とうそぶいても、やはり暗殺者ギルドは暗殺者の集団。対価が見合えば、行動に躊躇《ためら》いはない。

表情筋一つ動かさずに、主任は返事を待つ。

(宰相や騎士団長には、相談出来んの)

帝国から狙われているから助力を頼む、と言えば、なぜ？　という事になるだろう。

その力を知れば間違いなく、『ランドバーン奪還作戦』なるものをひねり出し、実行しようとするはずだ。

一部の頭のおかしい連中に至っては、帝都に逆侵攻して皇帝の命を奪う、などと言い出しかねない。

(愚かな事よ)

命じれば、商人ギルド騎士はそのとおり動くと考えている。

卑官は顕官に従う。それを当然と思ってしまうのだ。

行政府内で時を過ごした高位高官。彼らに時折見られる、職業上の病であろう。

(となると、わしも腹を決めねばならんか)

ギルド長は振り返り、暗殺者ギルドの主任と視線を合わせた。

「徹底的にやれ。金も責任も、すべて商人ギルドが引き受ける」

静かな口調だが、まとうのは地を震わすような迫力。

主任は唾を飲み込み、無意識に背を背もたれに押し付けた。

「……わかりました。そのご覚悟、肝に銘じます」

ハンカチに額の汗を吸わせると。主任は立ち上がる。

ギルド長はもとのように向き直り、窓から広場を眺め続けたのだった。


舞台は再度帝国へ。

ここは帝都と呼ばれる砂色の都に建つ、大規模な石造りの倉庫群。

帝国鍛冶ギルドの格納庫であり、内部には帝国騎士団の騎士達が、整備や改修を受けるべく立ち並んでいる。

その一角にある事務室では初老の男が椅子に腰を下ろし、腕を組み思案げな表情を浮かべていた。

(天才の仕事だ)

心中で、嘆息する初老。

座ったまま室内窓から目を向けているのは、だだっ広い格納庫内。そこに横たえられた白い騎士だ。

しかし言葉と裏腹に、その瞳に称賛の色はない。

(あまりに独りよがり。心の赴くままに組んだとしか思えん)

彼は、帝国鍛冶ギルドの副ギルド長。

そして王国騎士団の前騎士団長専用騎、通称『箱入り娘』の解析を任されていた。

(正直、設計図が存在したのかも疑わしい)

高価な塗装を施されているらしく、角度によっては真珠色にも見える、箱入り娘の騎体。それを恨みがましく睨む。

もつれた糸玉のような魔法陣の組み合わせは、解析作業を著しく阻害していたのである。

そして鍛冶ギルドの長からは、何かわかったかと、連日連夜せかされ続けていた。

（攻撃魔法については、期待外れだったな）

当初、最も期待した新技術。少ない魔力量で、高出力の魔術を発動させる魔法陣。

しかし、そのようなものは存在しなかった。

箱入り娘の中にあったのは、操縦士一人ではとても賄えない量の魔力を要求する、大喰らいの従来型魔法陣だけだったのである。

つまり、これを発動させるのに必要な魔力は、今までと変わらない。

（行き詰まった）

気分を変えるべく、初老の男は大きく深呼吸を行う。

（切り口を変えてみるか）

これまでの調査は、『大出力の遠距離攻撃魔法を、どのようにして実現しているのか』という視点からのもの。

そこで今度は、逆方向から思考を展開する。

（長所ではなく、短所。運用を躊躇わせる欠陥とは何だ？）

頭に入っている情報を、一つ一つ思い浮かべて行く。だが途中で、猛烈な睡魔が襲って来た。

（最近、満足に寝ていなかったからな）

眉を曲げ、何とか耐えようとするおっさん。しかし抗し切れず、椅子に背を預けたまま意識を落とす。

事務室には人の出入りがあるが、誰も起こそうとはしない。無理をしているのを知っていたからだろう。

そして過ぎたのは、時間にして十数分。

（……あっ！）

睡眠不足を補える時間ではない。しかし副ギルド長は、まどろみを感じさせない様子で身を起こす。

眠っている間に、頭の中でつながるものがあったのだ。

（大量の魔力を必要とする、大出力攻撃魔法。周囲で倒れ伏す王国騎士。そして、味方に襲い掛かる箱入り娘）

頭の中でランドバーン会戦の情景が、まるで自分の目で見て来たかのように再現されて行く。

（もしかして魔力は、操縦士の魂の奥から汲み上げられたのでは？）

それこそ新技術。大出力攻撃魔法を実現させた技ではないだろうか。

（うっ！）

瞬間、背筋を冷気が走り抜け、全身が総毛立つ。許されざる深淵、それを覗いた気がしたのだ。

（人が、足を踏み入れてよい領域ではないぞ）

絶対に大きな代償があるはず。そう思えて仕方がない。

（たとえばだ。汲み上げられる事に耐え切れず、操縦士の心が狂ったとしたら？）

理性を失い狂化《バーサク》した操縦士は、その強大な力をもって味方をも攻撃する。

そのため周囲の騎士は倒れ、騎士団長騎が襲われたのだとしたら。

（……重騎馬《ヘヴィーランサー》討伐！）

思い出し、脳内に雷が落ちる。

王国が多くの騎士を失い、今回の帝国侵攻を呼び込んだ原因。重騎馬《ヘヴィーランサー》討伐戦での大敗だ。

その時戦場では大出力の遠距離攻撃魔法が、王国の騎士達をいく度となく襲ったという。

（おかしいとは思ったのだ）

重騎馬《ヘヴィーランサー》は強力な魔獣だが、戦い方は突撃しかなく、当然ながら攻撃魔法は使えない。

いなす事さえ忘れなければ、騎士団が総崩れとなるような敵ではないはずである。

（王国は重騎馬《ヘヴィーランサー》との戦いに、幽霊騎士《ゴーストナイト》を持ち出した。しかし途中で、幽霊騎士《ゴーストナイト》は制御不能に陥ってしまう）

あくまで仮定の話。だが、驚くほど筋が通る。

援護するはずの幽霊騎士《ゴーストナイト》が、突如として味方へ攻撃魔法を放ったなら。

そして予想外の事態に混乱したところへ、今度は重騎馬《ヘヴィーランサー》の突撃があったのだとしたら。

（……厳しいな）

いかに精強な騎士団とはいえ、たまったものではないだろう。

「なるほど。これではよほどの事態に追い込まれぬ限り、使いたいとは思うまい」

頷きながら口に出す、帝国鍛冶ギルドの副ギルド長。

ちなみに大出力の遠距離攻撃魔法を放ったのは、重騎馬《ヘヴィーランサー》の長《おさ》。しかし長が精霊の森を出て人族と戦うような事はこれまでなかったため、使える事は知られていない。

「遠征軍へも四発に留めたのは、狂化《バーサク》を恐れての事だろう」

ぶつぶつと呟き始めた初老のおっさんを見て、事務室に出入りしていた技師達は、期待の表情を浮かべる。何かをつかんだように、見えたからだ。

思索に沈む副ギルド長。だが、それを邪魔するようにノックの音が響く。

廊下から姿を現したのは、職員の一人。最近すっかり馴染みになってしまった男だった。

副ギルド長は、うんざりした口調で先に声を出す。

「わかっている。ギルド長が呼んでいるのだろう」

口を開きかけた職員は、申し訳なさそうな顔をして頷いた。

(ギルド長も、上から圧力を掛けられているのだろうが)

でっぷり太った中年男である上司の、焦りがにじみ出す表情を思い出す。

気持ちはわかるが、圧力をそのまま自分に下ろすのはやめて欲しい。こう一日に何度も呼び出されては、進むものも進まなくなってしまう。

(何か、報告出来るものが欲しいのだろう)

そこで副ギルド長は、『あくまで仮定ですが』という枕詞をつけて、狂化《バーサク》の件を話す事にした。

事実、思いついただけで、何の検証もしていない。それはこれからの作業である。

(これで少しは、上からの圧力も減じるのではないか)

いくらかでも進んでいる事がわかれば、上も安心するだろう。

そう考え階段を上り、帝国鍛冶ギルドのギルド長室に向かう。

だが生粋の技術者である副ギルド長は、いささか軽く考えていた。事務系のギルド長はあっさりと、『あくまで仮定ですが』という部分を外したのである。

これは意識の違いであったろう。『仮定』と『事実』の間の距離が、副ギルド長よりずっと近かったのだ。

結果、ギルド長は額の汗を拭きつつ馬車へ乗り込み、宮殿の一室へ赴く事になる。

「我が鍛冶ギルドが総力を挙げ解析を進めた結果、驚くべき事実が判明致しました」

大変でした、と顔中で語りつつ報告するギルド長。

笑顔で称賛するえらの張った中年女は、円卓会議の一員である。

こうして皇帝の主催する円卓会議へ、『代償は操縦士の狂化《バーサク》』という情報が上がって行ったのだった。


数日後。宮殿での円卓会議を終え私邸へ戻る、温厚そうな顔のおっさん。

玄関で執事に、ある人物を呼ぶように告げると、書斎へと上がって行った。

(鍛冶ギルドで大きな進展があったが、こちらはまだ何も得られていない)

円卓会議で対面に座った、えらの張った中年女の顔を思い出し、不快になる。

箱入り娘の解析を担当するその中年女は、鼻息荒く新情報を報告。皇帝から労いの言葉を貰っていたのだ。

(このままでは、立場がなくなるぞ)

ここ最近、芳しい働きを見せられていない。

この間までは辺境伯の下で、王国への工作活動に助力していた。麻薬を用いた、王国弱体化工作である。

だが、たくらみは露見。組織は根こそぎ潰されてしまった。

(うまく逃げられたと思ったのだが)

辺境伯の将来に見切りをつけた彼は、体調不良を理由に帝都へ舞い戻る。

思い出されるのは出立時、眠たげな眼で恨みがましく見て来た、直属の部下だったハンドル形の髭をした男の姿。

しかしそんな事、気にもならない。損切りに成功したと、胸をなで下ろしたものだった。

(それが、こうも早くランドバーンを落とすとは)

沈むとみなした船が、突如として空へ舞い上がったのである。しかも、自分が降りてすぐにだ。

結果、辺境伯一党は出世街道の先頭へ躍り出し、自分は白い目で見られている。

続けてもう一度失敗すれば、円卓会議の席を失いかねないだろう。

(残っていれば、自分も躍進出来たろうに)

過ぎた事を思い出し、焼け付くような感覚を胸に覚えた。

そこにノックの音が響く。

執事に案内され、姿を現したのは一人の老人。

「ご用との事で」

この老人は、温厚そうな顔のおっさんの部下。彼の所有する娼館で、長年コンシェルジュを務めている。

「王国の娼館に人を送り、そこである人物を探って貰いたい」

立ったままの老人を椅子から見上げながら、指示を出す。

「商人ギルドで騎士の操縦士をしている。篭絡《ろうらく》して、騎士の情報を手に入れろ」

「承知致しました」

胸に手を当て、老人は礼儀正しく頭を下げる。

温厚そうな顔のおっさんの経営する娼館は、帝都有数だ。

だがそれは表の顔に過ぎない。裏には、ハニートラップを仕掛ける情報機関としての顔がある。

そしてこの老人は、マスター・コンシェルジュとして機関を差配していた。

「王都の花柳界では、それなりに名の知れた男らしいぞ。大丈夫か？」

温厚そうな顔だが目は冷たいおっさんに、静かに答える。

「いかに名を揚げようと、歴史の浅い娼館しかない田舎での事。たかが知れております」

百年単位の話になるが、王国は魔獣と人とのせめぎ合いの中で建てられた国。王都も最初は、砦であったという。

一方帝都は、昔から人族の住む地。歴史の深浅は比べようもない。

「本当の女の味というものを、思い知らせてやりましょう」

そう言って、口の両端を吊り上げる。その様子は自信に満ちていた。

実際、彼の娼館で鍛えられた男女は、国の内外を問わず活躍を続けている。

『娼館遊びは、紳士淑女のたしなみ。娼館のロビーは、社交の場であり情報交換の場』

これは王国だろうと帝国だろうと変わらない。

名士と呼ばれる人々は、毎夜のように誘い誘われ懇親を深め、時に商談、あるいははかり事を行う。

その場へ裸で食い込む彼の情報機関は、多大な功績を上げて来たのである。

「民間騎士とはいえ操縦士、その社会的地位は高うございますな」

「そうだな。行くとすれば、それなりの格の店だろう」

温厚そうな顔のおっさんは頷く。

「わかった。高級店へは、こちらからつなぎをつけておく」

「よろしくお願い致します。こちらは腕利きを選りすぐっておきましょう」

若干の打ち合わせの後退室し、娼館へと向かう老人。

すでに頭の中では、人選を始めていた。

(対象は、何人もの女性を行動不能に陥らせていると聞く)

ふむ、と頷く。

主の前では大きな事を口にしたが、慢心は禁物。

(かなりの大物。そう考えて対処せねば、手痛い目に遭うやも知れぬ)

落ち窪んだ底で、目が鋭く光を反射した。

(彼女だな)

その輝くような容姿。いく人ものつわもの達に、彼女しかいない、と言わしめた実力。

まったくもって、申し分ない。

老人は満足し、口元の笑みを強めた。

こうして一人の女性が、第三国を経由して王都へと赴いたのである。

第三国の貴族による紹介状。それを手に彼女が足を向けたのは、王都きっての高級娼館。

その店の名はジェイアンヌといい、先に聖都で開催された親善試合に、王国代表を送り出した店である。

しかし温厚そうな顔のおっさんも、そして彼女を送り出した老人も知らなかった。

商人ギルドの操縦士が、この店で出入り禁止となっていた事を。

（いつでも来なさいな。商人ギルドの操縦士さん）

腕利きの工作員は、王都の名士達を相手に腰を振るう。

短期間で、一部の諸兄から熱狂的な支持を得て行った。

（花柳界の名士という割りには、姿を見せないわね）

十日の日が過ぎる頃、彼女は若干の不安を感じ始める。

噂とは大きくなるもの。実際は、まれにしか高級店に来られない人物、その可能性もあるのだ。

出入り禁止の話が、同僚から彼女にもたらされるのはもう少し先。

それまで彼女は、落ち着かない気持ちで待ち続けるのだった。


王都御三家の一つジェイアンヌ。

白の大理石とレンガを組み合わせた、シックで落ち着いた店構えをしており、入口にある重い樫の両扉は、艶やかに磨き抜かれている。

超一流店の名に恥じない建物の一階奥の控え室では、困惑した表情の爆発着底お姉様が立ちすくんでいた。

その身は、黒いマントに包まれている。

「ねえ、本当にこれでやるの？」

マントの中は、特注の衣装。

ファッションとしてはなくもないが、随分奇抜なデザインだと彼女は思う。

「大丈夫だ」

一方のコンシェルジュは自信に溢れ、断言した後言葉を継ぐ。

「私も最初、それはちょっと、と思ったよ。しかし話を聞くうちに、そういう趣向もあるのか、と考え直すようになった」

不安を払拭出来ないでいる爆発着底お姉様を、声を大にして励ました。

「死神卿が望んでいるのは、これで間違いない。今はそう確信している」

押し切られるように爆発着底お姉様は、肺の底から息を吐く。

「じゃ、頼むぞ。練習したとおりにやるんだ」

聖都の神前試合で爆発着底お姉様に敗れはしたが、本職は帝国でA級騎士を駆る操縦士。しかも今回、『休戦協定の調印式へ出席する、帝国代表団の一員』として来ているのだから、間違いなく国賓であろう。

「わかったわ。任せて頂戴」

納得していなくとも、彼女はプロ。しかも超一流店のナンバーワンである。

やると決めれば、完璧にこなすのだ。

控え室を出て、三階にあるスイートルームの扉前へ。そして大きく数度、深呼吸を行うと、表情がプロのものへと変わって行く。

死神はすでにたっぷりと、部屋の中で待たされているが、これも手はずどおり。コンシェルジュいわく『焦らし』だそうで、すでにプレイは始まっているらしい。

(行くわよ、私)

着ていたマントを、床へ落とす。

現れたのはボンデージファッション。黒い皮と黒い布で作られたコルセットとハイレグ、それにガーターが、銀の鋲をきらめかせつつムチムチボディを包んでいる。

適度に筋肉の乗った、体育会系女子大生のような美しいおみ脚。お姉様から女王様へと変身した彼女は、その脚で扉を蹴り開いた。

「殺して欲しいとか、下らない事を言っているのはお前？」

腰バスタオルでソファーに座る、痩せ型で背の高い猫背の男。

その顔色は悪く、こけた頬に三白眼。しかも目の下には濃過ぎるほどの隈。

爆発着底女王様の叫びに反応し、死神は目線を彼女へ向ける。しかし表情に変化は見られず、不気味な薄笑いを張りつかせたままだった。

（本当にこれでいいんでしょうね？　ここまでやって失敗とか、嫌よ、私）

内心で焦りつつ、爆発着底女王様は手にした柔らかい鞭を宙に躍らせる。

「望みどおり、殺してあげるわ！」

パアンという炸裂音が床から発せられ、カーテン奥の窓ガラスを震わせる。

それは同時に、死神の心をも震わせていた。

「何を笑っているの！　気持ち悪いわね」

強まる死神の口元の歪み。それが意味するのは悦び。

しかし爆発着底女王様の目には、覚めた目で冷笑しているように映った。

（勘弁してよ、もう）

羞恥でパニック寸前の彼女は、滅茶苦茶に鞭を振り回す。

「あっ！」

突如爆発着底女王様は、素で声を上げる。当てるつもりのない鞭が、死神の肩を捉えたからだ。

（ごめんなさい！）

しかし今はプレイの最中。女王様をやめる訳にはいかない。

気づかなかった振りをして、手前の床を鞭で打った。

（えっ？）

絶対に当てない自信を持って、狙いどおり手前の床タイルを目指した鞭。しかしそれは床に届かず、途中で死神の肩を再度捉えている。

それゆに今度は、声を出さなかった。

（自分から、当たりに来た？）

次もその次も。

大きく外して振るっても、死神は体を投げ出し鞭先を拾う。

（何でよ！）

自分の方が耐えられなくなり、鞭を投げ捨てる爆発着底女王様。

床に跳ね返り、部屋の奥へと落下する鞭。死神は信じられない表情で、それを目で追っていた。

「その顔は何？　まさか文句でもあるの？」

口にしながら、爆発着底お姉様の足が死神の胸板を蹴る。

あっさり後ろに倒れ込むのを見つつ、ヒールを脱いで一歩踏み出した。

「何か言いたい事があるなら、言ってごらんなさいな」

そしてタイツに包まれた足裏で、死神の顔面を踏み潰す。

足下の恍惚とした表情に、怖気が立った。

（ひっ）

土踏まずを舐められ、反射的に引っ込める。

バランスを崩して、後ろに下がった足。それが踏んだのは、偶然ながら死神の局部。

同時に足の下から、悦びの声が上がる。

（硬い）

心の中で、爆発着底女王様は呻く。

バスタオル下の大鎌《デスサイズ》は、長さと硬度を著しく増していたのだ。

ひまわりの種が芽吹くように、バスタオルから這い出し身を大きく持ち上げている。

それは爆発着底女王様の、体重すら支えそうな勢いだった。

（本気で、こういうのが好みなの？）

疑っていたのだが、コンシェルジュは正しかったらしい。

しかし彼女には、死神の気持ちがまったく理解出来ないでいた。

（もう何でもいいわ。次の手順に行くわよ）

状況を確認した爆発着底女王様は、練習したとおりに動く。

そこに、なぜ？　などという疑問を差し挟む事はしない。体重を掛け、踏みにじるだけだ。

「この変態！」

さらに増す硬度に、爆発着底女王様は本音で叫ぶ。

焚き火を踏み消すような動きで、大鎌《デスサイズ》を踏みつけられた死神は、悦びに顔をゆがめ、身をよじり続ける。

痛みは鋭い悦びに変換され、脳髄を痺れさせていたのだ。

「何とか言ったらどうなのよ？」

化粧台から、小椅子を引き寄せた爆発着底女王様。

そこに腰掛け、今度は両足裏で大鎌《デスサイズ》を挟み込む。そして丁寧にこすり上げ始めた。

（こうよね）

彼女の踵から爪先までより長い大鎌《デスサイズ》。弓なりの形状に苦労しつつも、丹念に刺激を与えて行く。

（えっ？）

突如として死神は、発情期の猫のような叫びを上げる。

一拍遅れて大鎌《デスサイズ》は爆発。へその上で噴き出し、自身の腹上に泥濘《でいねい》を生み出した。

（早過ぎよ！　本当にあの死神？）

ぬかるむ足場に、驚愕する爆発着底女王様。

世界ランカーがこの程度で果てるなど、一体誰が信じようか。

半ば以上呆然とする中で、練習した手順とマニュアルだけが彼女を動かした。

（確か、勝手をしたらお仕置きだったはず）

そして叫ぶ。

「誰が出していいって言った！」

足の指を器用に用い、きつく握る。

「誰の許可を得て出したのかって聞いているのよ？　答えなさい！」

そしてさらに、力を加えて行く。

（えっ？　嘘っ）

痛いほどのその刺激に、またもや噴き出す死神の大鎌《デスサイズ》。

背を反らし体を跳ね上げられたため、爆発着底女王様は泥濘に足を滑らせ、椅子から床へ尻を落とす。

（何なのよ）

痛みに顔をしかめつつ、死神を見やる。

仰向けに横たわり、弓なりに背を反らすその姿。顔からは険が取れ、純粋な悦びの表情が浮かんでいる。

それは爆発着底女王様に、神殿で祈りを捧げる信徒の表情を想起させた。

（これって、もしかして法悦？）

死神の心境を悟り、愕然とする。

その後、爆発着底女王様は、ひるむ自分の心と戦いながら、言い渡されたメニューをこなして行ったのだった。


二時間後。

控え室にあるのは、すっかり消耗しテーブルに突っ伏す爆発着底お姉様の姿。

「死神卿は、大変満足されたご様子。もてなしは大成功だ」

コンシェルジュは称賛し、彼女を労う。

しかし爆発着底お姉様は、伏せたまま生返事を返すだけ。

「メニューは、すべて実施したんだね？」

「やったわよ」

疲れた溜息と共に答える。

メニューとはタウロが考案した、今回行うべき作業項目だ。

「言葉で責め、美脚で責め、鞭で打ち据え顔面に騎乗。そして最後は蝋燭を垂らす」

「読まなくていいわ」

喋りたくなさそうな様子であるが、コンシェルジュは聞き取りをしなければならない。

今後のために客の反応は、プレイ直後の記憶が鮮明なうちに話させたいのだ。

一個一個項目を口にし、身を起こした爆発着底お姉様に返事をさせる。

「順番が違うの。言葉責めの次は鞭打ちだったわ。自分から飛び込んで来たから、仕方なくだけど」

「ほう」

興味深そうな声と共に片眉を上げ、メモ帳にペンで文字を書く。プレイ順に、検討の余地を見つけたのだろう。

「蝋燭への反応はどうでした？」

コンシェルジュとしては、一番気に掛かっていたところである。

蝋燭から蝋を垂らすなど、拷問でしかない。喜ばれる要素があるなど、彼には想像だに出来なかったのだ。

「それがね、大当たりよ」

「大当たり？」

怪訝な表情で聞き返す。

「熱いー火傷《やけど》しちゃうーって、大喜びなの。そしてもう、ビックンビックン出しまくりだったわ」

「……何と」

爆発着底お姉様は両手のひらを上へ向けると、肩をすくめ左右へ頭を振る。

「あんまり出すものだから、こちらもいい加減頭に来て、出ないように蝋で出口を塞いでやったの」

コンシェルジュは、口を開けたまま声が出ない。

「そしたら今度は、火をつけないで下さい！　火をつけないで下さい！　って、期待するような目で言って来るのよ」

思い出したくないらしい。しかし両手で我が身を抱きつつも、彼女は続ける。

「しょうがないから予備の蝋燭の芯を先端にくっつけて、お望みどおりにしてやったわ」

「……それで、どうなりました？」

再度、テーブルへ覆いかぶさると、握った拳で天板を叩く爆発着底お姉様。

「熱い！　苦しい！　助けて！　って叫び始めたものだから、火を消して蝋のカバーを外したの。そしたら中から、どっぱり」

彼女はその姿勢のまま、今度はテーブルの上でグリグリと頭を左右へ動かす。

「あれであそこまで喜べるなんて、正気の沙汰じゃないわ」

それを聞いたコンシェルジュの心に、衝撃が走る。

(人というものは、何と奥深い存在である事か)

何十年とこの仕事を続け、超一流店でマスター・コンシェルジュの地位まで上り詰めた。

しかし、未知は変わらず自分の前に広がっている。

(高みは、まだまだ自分の手の届かないところにあるのだな)

自分の知り得た知識など、海岸の砂粒程度でしかない。海の広大さを思い、心を震わすコンシェルジュ。

そこへ爆発着底お姉様は、平坦な口調で告げた。

「もうこれ、私は嫌よ。お店のバリエーションに加えるなら、他の子にやらせて頂戴」

コンシェルジュは彼女の意見を尊重しつつも、一つ尋ねる。

「身体的な負担は、少ないと思うのだが」

いじめ続け、たまにご褒美。このプレイは、基本的に最後までしない。

「そういう問題じゃないの。精神的に来るのよ」

爆発着底お姉様は、お気に召さなかったようである。

(しかし)

コンシェルジュは思う。

(苦痛を喜ぶ者がいるのなら、与えるのを喜ぶ者がいてもおかしくはない)

神が世に人を作り出したとするならば、対となる存在を準備するのではないか。コンシェルジュはそう思うのだ。

(望む者と、与える者)

両者がうまく噛み合わされれば、人の文化はまた一つ前へと進むだろう。

（今自分は、文化史の転換点に立っているのかも知れない）

歴史の流れをその身に感じ、ゾクリとする。

（それにしても、このような事を思いつくとは。まさに鬼才）

どちらかと言えばパッとしない外見の、三十路《みそじ》の男を思い浮かべる。しかしタウロという名の彼こそ、今や歓楽街で知らぬ者のないドクタースライムなのだ。

（ううむ）

歴史、とくに文化史というものは、一人の傑出した天才によって、大きな影響を受けるのかも知れない。

（彼の存在。今回の件だけで、歴史の針を数十年は進めている）

そして自分は、そのような人物と同じ時代に生き、交流を持てている。

（後世、文化史の一端に、彼と交流のあった人物の一人として、私の名が記載されるかも知れん）

その可能性を考えると、心の奥底に感動に似た喜びが湧き上がった。

ならばそのためにも、解決しておきたい事象がある。

「ところで、タウロ様の出入り禁止処分、そろそろ解除したいと思うのだが、どうかな？」

ピクリと爆発着底お姉様は反応し、突っ伏していたテーブルから顔を上げる。

「どうして急に、その話が出るの？」

コンシェルジュは、この案がタウロのものである事を話す。

「解決策を求めて、かのドクタースライムに助けて貰ったって訳ね」

頷くコンシェルジュ。

「確かにこんなの、ドクタースライム以外思いつかないわ」

妙に納得した彼女は、大きく溜息をつく。

「かの御仁には恩がある。何とかその一部でも返したい」

しばし無言を続ける爆発着底お姉様。そして、ゆっくりと言葉を発した。

「いいんじゃないかしら。ただ、判断は各自に任せた方が無難ね」

コンシェルジュは返事をしない。

今の出入り禁止も、彼女達の総意で指名拒否にしているのだ。いくら店側で解除しても、全員がお断りであれば、今と何も変わらない。

それを察して、爆発着底お姉様はもそもそと呟く。

「私は、休日前限定で、やり過ぎ防止の約束を呑ませられるなら、受けてもいいわよ」

その答えに、コンシェルジュの顔が明るくなる。

だがすぐに、爆発着底お姉様は釘を刺した。

「だけど、受けてもいいって言うのは、おそらく私を含めて二、三人。それでもいい？」

「充分だ」

コンシェルジュは、女性達の意向を確認すべく部屋を出る。

出来るなら、結果報告のためタウロを訪れる際、禁止解除の話も持って行きたい。

（まずは、彼女に尋ねてみるか）

ジェイアンヌ、陰のナンバーワン。そして、出入り禁止事件の犠牲者となった女性。

その姿を思い浮かべ、コンシェルジュは雛壇へと向かうのだった。

王都歓楽街の南の端にして、ダウンタウンの北の外れ。一部三階建ての建物の最上階が、俺の自宅である。

「いやあ、うまく行って何よりです」

俺は居間のソファーで、正面に座る上品さと貫録を兼ね備えた壮年男性へ応えていた。

彼はジェイアンヌのコンシェルジュのトップ。用件は『帝国代表団の件についての報告』と俺へのお礼らしい。

(帝国代表団の面々は、大満足で帰って行ったか)

ピーナッツ風味のどら焼きという、謎のスイーツ。それを手に取りつつ、笑みを浮かべる俺。

コンシェルジュが持参したもので、何と桐箱の菓子折である。感謝の表れなのだろう。

「しかし、人の心とはうかがい知れないものですな」

しみじみとした様子で、壮年男性は口にする。

接待の目玉であった死神は、爆発着底お姉様のソフトSMを受けて、大喜びだったらしい。

「鞭の跡や蝋燭での火傷、その治療を申し出たのですが」

断られたとの事。

自然治癒するまで、この痛みと疼きを楽しむのだそうだ。

『これは我が罪に、彼女から与えられた罰。言い換えれば、我が身に残った彼女の痕跡』

それを魔法で癒そうなど、とんでもない。

恍惚として語る姿に、爆発着底お姉様は心底ゾッとしたと言う。

「まあ、嗜好は人様々ですからね」

人の数だけ好き嫌いがある。

この世界に来て娼館を巡るうち、わかるようになって来た。

俺には無理なタイプでも、他の客からは大人気。そんな女性も数多い。

「さすがはタウロ様です」

コンシェルジュは、感心したように頷く。

「いえいえ、自分はアイディアを出しただけですよ。皆さんの実力がなければ、うまく行くはずがありません」

照れながら返す。これは世辞ではなく本音である。

誰もやってない事をやらされて、成功させてしまう。それは、爆発着底お姉様の力があったればこそ。

（……爆発着底女王様か）

その気のない俺でさえ、プレイを受けたいと思ってしまう。それほどの魅力を備えているのだ。

残念ながらその願いは、かなう事はないようであるが。

「ははあ、彼女はもう嫌だと」

コンシェルジュが肩を落としつつ、そう告げたのである。

どうやら爆発着底お姉様の好みには、合わなかったらしい。

（SM文化については、まだ揺籃《ようらん》期。だからこそソフトなメニューにしたのだが）

それでも駄目だったようである。

これも個人の好みだ。おそらく爆発着底お姉様には、Sの素養そのものが欠落しているのだろう。

(残念だなあ)

ちょっと上から目線の、お姉様感全開のオーラ。

彼女に女王様になってもらいたいと願う男性は、世に溢れるほどいるに違いない。

「ですがこのプレイ、今回限りとするのは、あまりに惜しいと思います」

情熱のこもった口調で、コンシェルジュは続ける。

「これは、新たな方向を指し示すものだと思うのです。当店のプレイメニューの一つに、是非加えさせていただきたい」

目の光を強め、身を乗り出すコンシェルジュ。

俺は手に残ったどら焼きを口に入れ、お茶をすする。

一流娼館のマネージャーである彼が、これはいけると見ているのだ。俺に拒否する理由はない。

「ええ、構いませんよ」

ただ懸念を一つ、伝えておく。

「しかし、こういったプレイをジェイアンヌで始めると、常連客から反発が起きたりしませんか？」

俺のイメージでは、SMというものは色物に入る。

高級娼館ではなく、専門の店が取り扱う。そんなイメージだ。

愛と喜びに満ちた、格式ある高級娼館。その内で、口汚く罵り鞭で叩く行為が行われる。

長年のファンの中には、それを嫌う人もいるのではないか。

「ご心配ありがとうございます。しかし、問題はないかと」

俺の心配を一蹴し、コンシェルジュは胸を張る。

「確かにタウロ様のおっしゃるとおり、そのような方はおられるでしょう」

熱い口調で、言葉を継ぐ。

「ですが、先駆者という者は常に抵抗を受けるものです。私の見立てでは、これは必ず後世に残り、人々の心を豊かにするでしょう」

（それはちょっと、大げさじゃないか）

一瞬、そう思い掛けたが、考え直す。

俺がはまっていないだけで、前世には熱心なファンが多くいた。彼らが聞けば、深く頷きながら当然と思うだろう。

（真の価値を理解出来る人に、伝えられてよかった）

胸をなで下ろす。

これなら道を切り開いて来た偉大な先人達も、知識借りパクを許してくれるに違いない。

「ありがとうございます。そう言っていただけて、とても光栄に思います」

俺には、それしか言えなかった。

コンシェルジュは頭を下げる俺に慌て、感謝を口にしながら自分も頭を下げる。

そして咳払いを一つし、話を変えた。

「ところで、発案者としてタウロ様のお名前を出させていただきたいのですが、よろしいでしょうか」

元いた世界の先人達。その功績を横取りするような気もするが、いいだろう。ここで断れば、かえって不自然だ。

あくまで俺の立ち位置は、仏教経典を日本に伝えた僧侶と同じ。驕《おご》らなければよい。

「構いませんが、出来ればドクタースライム名義にしてもらえませんか」

シオーネと一緒だ。親子丼の発案者として、ドクタースライムの名を出している。

「その名を使わせていただけるのですか」

顔を輝かせるコンシェルジュ。シオーネの時も思ったが、どうもドクタースライムという名は、俺が思っているより価値があるらしい。

「お願いばかりで申し訳ないのですが、出来ればこのプレイの名も頂戴したく」

予想外の要望に、考える俺。

(前世ではSMだが、この世界では意味が通じない)

思考を回す事しばし。そこで、先ほどの死神のセリフが蘇った。

(自分の言葉がプレイの名になれば、死神も嬉しいだろう)

初めての客である。彼がいなかったら、このプレイそのものが世に生まれ出なかったと言っていい。

間接的な名付け親になる資格は、充分にある。

「では、『罪と罰』というのではいかがでしょう」

コンシェルジュは響きを味わうように間を置き、深く頷いた。

「よい名だと思います。死神卿も、きっと喜ばれるでしょう」

礼を言って、コンシェルジュは居住まいを正す。

話が終わったと思い、俺はソファーから腰を上げようとした。

「失礼しました。最初にお伝えすべき事があったのですが、すっかり失念しておりまして」

少し慌てた様子で、口を開くコンシェルジュ。その額にはハンカチが当てられ、汗を押さえていた。

何だろうと思っていると、それは想像だにしていなかった吉報。

俺の出入り禁止が、解除になったらしい。

「本当ですか！　それ」

思わず席から立ち上がってしまった。

「ええ、ですが対象が限られておりまして。今のところ四人といったところです」

名前を聞くと、爆発着底お姉様、教導軽巡先生、人狼《ワーウルフ》のお姉さん、それに知らない人だ。

「ただそれぞれ、条件がついておりまして」

申し訳なさそうに、コンシェルジュが続ける。

予約必須は全員だが、その外にも延長禁止、当日と翌日の収入補償、指定日のみなど様々な制限が課されていた。

「いえ、構いませんよ。もう一度皆さんに相手をしてもらえるなんて、夢のようです」

本当に嬉しい。

俺はこの場で、人狼《ワーウルフ》のお姉さんを予約する。

爆発着底お姉様は、制限以前に予約で一杯。

そして教導軽巡先生は、『四人の中で最後に解禁』という条件だ。他の人とのプレイ結果を見て、俺が更生したかどうか見極めるらしい。

人狼《ワーウルフ》のお姉さんを最初にしたのは、最後の人を知らないからである。

「頑張りますよ！」

コンシェルジュはそんな俺を見て、お手柔らかに、と笑っている。

俺は全身に、やる気が満ちていくのを感じていた。


広い草原を、初夏の風が吹き渡る。

風は草原を越えた後、湖の上を通り過ぎて行く。

昼下がりの初夏の日差しを受けて、湖面は銀色に光り輝いていた。

『理想ノ地ダ』

草原の一角で、一体の重騎馬《ヘヴィーランサー》が目を細める。

見つめる先は、走り回る重騎馬《ヘヴィーランサー》の子供達。すぐそばで、親達がのんびりと草を食んでいる。

この重騎馬《ヘヴィーランサー》は、他より二回り以上大きい体を持つ。そして顔には、歌舞伎役者のような隈取りがあった。

この個体こそ、重騎馬《ヘヴィーランサー》の群れを率いる長《おさ》。

空を見上げ、若い世界樹の葉の輝きを目に納める。

『精霊獣サマニ感謝ヲ』

精霊の森にいた頃、彼らはひどく飢えていた。

年々広がる、食えない草がその原因。エルフ達が草地を花畑に変え、植え育てていたものである。

エルフには有用だが、そのいずれもが重騎馬《ヘヴィーランサー》の食用には適さなかった。

腹がへこみ、あばらが浮き、わずかな草を巡っては他の群れと角を突き合わせる日々。

怪我をして命を落とす者も多く、数は減る一方。

子が生まれても育つのは少数で、確実に滅びの道を進んでいたのだ。

『恩ニ報イル』

長は見上げたまま、精霊獣の姿を探す。

二柱のうち一柱は、天空にいる事が多い。今日も遥か上空に掛かる枝の上を、ゆっくりと移動していた。

そして地に目を転じれば、遠くにある巨大な岩の間に一柱。地を支配する偉大な精霊獣がいる。

二柱の精霊獣と森。

これらを守り抜く事を、長は決意していた。

対象に、山より大きな巨人は含まれていない。

この地の所有者にして、精霊獣より上位の存在。そう精霊獣は言うのだが、意思疎通がかなわない上、大き過ぎて逆に印象が薄いのである。

そのため長は、巨人を土地神として捉えていた。

『神ハ、怒ラセネバヨイ』

長は静かに頷く。

そして、岸辺へと向かうのだった。

『……魚』

到着し、水を飲むべく頭を下げる。すると水中を、小さな影が素早く横切るのが見えた。

これらは、動く島が伴って来た魚達。島が帰った後も、湖に留まっている。

『動ク島』

あの時、自分達は何も出来なかった。

仕方がないとは言える。あれは格が違い過ぎた。

だが、悔しくない訳ではない。そのため今は、やれる事を行っていた。

『長』

後方から姿を見せたのは、若い重騎馬《ヘヴィーランサー》の個体。

『少シイタ』

パトロールの結果である。

動く島と時を同じくして、この地に現れた森に住む人型。まだ残っているらしく、時折見受けられたのだ。

見つけ次第すぐ踏み潰している事もあり、増えてはいない。なので、じきに姿を消すだろう。

活力あるこの森では糞も死体も、急速に分解され草が生えて行くのだから。

『日ガ暮レル前、マタ見テマワル』

若い個体は、報告を終えると離れて行った。

精霊獣に報告はしていない。これは自分達の仕事だ。そう思っている。

そこで地の揺れを感じ、振り向く。

すると目に入ったのは、山より巨大な土地の神が、森へと近づきつつある姿だった。

『果皮ガ貫エルヤモ知レヌ』

雅な風味を思い出した長は、ごくりと喉を鳴らす。

自分達にかかわって来なかった、土地の神。しかし最近は、たまにうまいものをくれる。

すっかり味を覚えた群れの者達は、そわそわと四肢を踏み鳴らす。

長は苦笑しつつ、群れを率いて土地の神に近づいて行くのだった。


よく晴れた初夏の昼下がり。

日の光を反射して、薬草樹や草の緑が眩しい。

俺はジェイアンヌのコンシェルジュが帰った後、文旦《ぶんたん》を収穫すべく庭森に出た。

「今日の夜、出掛けて来るからな」

アゲハ蝶の五齢幼虫によく似たイモスケと、ダンゴムシそのもののダンゴロウに伝える。

なんと今日、たまたま人狼《ワーウルフ》のお姉さんが空いていたのだ。

解除当日とは、実に素晴らしい巡り合わせであろう。

「逆に今日でよかった。数日後なんて言われたら、眠れない夜を過ごしそうだからな」

文旦の皮を重騎馬《ヘヴィーランサー》に与えつつ、実を口にする俺。

あいかわらずの、爽やかな酸味と甘さが口内に広がって行く。

「えっ？　もっと取れって」

イモスケが言う。

文旦がたくさんなったので、摘み取れ、との事だ。

確かに鈴なりになっている。

「あの亀の影響なのか」

強力な上位精霊獣である亀は、短時間ながら庭森に影響を残して行ったらしい。

いろいろよくなって、いっぱい実がついたそうである。

「風とか土とかは得意だけど、水は苦手なんだって？」

イモスケやダンゴロウは、泳げないそうだ。

だから庭森の水の部分は、他に比べてややおろそか。そこに友好的な亀が出現したものだから、一気に改善されたという。

そこで俺は聞いてみた。

「もしあの亀がここに住みたいって言い出したら、どうなんだ？」

二匹は枝上と地面で見つめ合い、何やら会話らしきものを交わしている。

イモスケの頭がこちらを向く。話がまとまったのだろう。

「俺が認めるなら構わない、ねえ」

こちらとしても、眷属達がいいならいい、というスタンスだったので、今一つ尻が据わらない。

「じゃあ、その時考えるか」

上下から、了解、の波が届いた。

その後、七個ほどもいで、両腕で抱える。日持ちのいい果物であるが、ちょっと多い。

「部下に食わせろ？」

イモスケである。

どうも初物喰らい《ユニコーン》の事のようだ。

死ぬ死ぬ団副首領のイモスケ、将軍であるダンゴロウ。最近、死ぬ死ぬ団の活動に目覚めた眷属達は、下の者の面倒を見たがっている。

初物喰らい《ユニコーン》は活躍こそしているものの、立場は平の怪人だ。イモスケ達にとっては部下と言っていい。

「外に持ち出してもいいんだな？」

いいらしい。

珍しい果物だからきっと喜ぶ、などと言っている。

「わかった。もし初物喰らい《ユニコーン》が店にいたら、おすそ分けして来る」

そして俺は居間に戻り、麻色の紙袋に三個ほど入れたのだった。


初夏の遅い日没より後の時刻。

王都の歓楽街の上空には星空が広がっているが、瞬きに力はない。歓楽街の明かりが、星々を奥へと押しやっているからである。

街路には人が溢れ、露店も店も、人を次々と飲み込んでは吐き出していた。

その中に、タウロの姿もある。

(混んでるなあ)

人波にもまれつつ、心に呟く。

帝国との戦いが終わり、平和が訪れたからだろう。万一に備えて締めていた財布の紐が、お祝いという理由で大きく緩められているのだ。

戦争自体は、西の中核都市ランドバーンを失った負け戦。

しかし庶民の明るくなる心を、押し返すには至らなかったらしい。

(久しぶりだ)

目の前に建つ、白の大理石とレンガを組み合わせたシックな建物。それこそ夢にまで見た、王都御三家の一つジェイアンヌである。

今日は、出入り禁止解除の後の初プレイ。人狼《ワーウルフ》のお姉さんと楽しみに来たのだ。

(おお)

感無量で、磨き抜かれた樫の両扉の間を通る。

俺がロビーに姿を現すと、気づいた女性達は一様に息を呑んだ。

「来たわよ」

「……怖い」

混み合う中でも、そんな言葉が耳に届く。どうやらドクタースライムは、まだまだ悪名が高いらしい。

聞こえぬ振りをしつつ、コンシェルジュへ声を掛ける。

「時間には早かったのですが、知り合いに渡したいものがありまして」

文旦が三つ入った、麻色の紙袋を見せる。クールさんへのおすそ分けだ。

コンシェルジュはシフト表に目を走らせ、礼儀正しい笑みを浮かべる。

「他ならぬタウロ様。どうぞ控え室へお進み下さい」

特別扱い、気持ちいい。

頭を下げると、クールさんの潜む控え室へと足を向ける俺。

ノックし、入室許可を貰い扉を開ける。クールさんの他、二人の女性がいたが、どちらも俺を見ると逃げるように部屋を出て行った。

「初物の水揚げ、ないみたいだね」

挨拶代わりの第一声。

無表情のクールさんだが、付き合いの長い俺にはわかる。飢えが満たされず、不機嫌な顔なのだ。

「はいこれ」

紙袋を渡すと、中身を確認。

そしてクールさんは、不思議そうな表情を作る。

「首領、これは何ですか？」

俺は軽く顎を上げ、自慢げに答えた。

「高級フルーツ。この辺では手に入らない貴重な奴だよ」

鼻の下を軽くこすり、言葉を継ぐ。

「死ぬ死ぬ団の副首領と将軍から、最近活躍著しい初物喰らい《ユニコーン》へのプレゼントだってさ」

眉根を寄せ、眉間に皺を浮かべるクールさん。自分以外の構成員の存在など、初耳だったのだろう。

だが返って来た言葉は、意外なものだった。

「何となく、いらっしゃる事は予想しておりました」

「何で？」

今度は俺が不思議顔だ。驚いてもいる。

そのような話は、今まで一切した事がない。

「首領のお宅へお伺いした時、常に気配が残っておりました」

「気配？」

クールさんは頷く。

「ついさっきまで、どなたかが部屋におられた。そんな感じがしたのです」

女性の感知能力というのは、恐ろしいものである。しかもそれを、まったく俺に気づかせない。

「正解。ただ、今のところは名前だけだよ。何にも活動していないんだ」

クールさんはそれ以上追及する素振りを見せず、礼を言って文旦を受け取った。

早速ナイフで四つに切り、紅茶と一緒に出してくれる。

「……これは、清涼な酸味と控えめな甘さ。今まで食べた事がありません」

驚く様子が微笑ましい。

この世界でいまいちなところがあるとすれば、果物は甘いほどよい、という風潮だろう。

そのせいで、甘い品種が幅を利かせ過ぎている。

「皮が厚くて剥きにくいかも知れないけど、その分日持ちするからね」

防御力が高いので、その辺に転がしておいても悪くなりにくい。

「それに皮も、部屋の香りづけに何日か使えるよ」

皮をつまみ鼻を近づける、冷たい系の美女。その様子から、気にいった事が見て取れた。

そろそろ人狼《ワーウルフ》のお姉さんの予約時間が近づいて来たので、椅子から立ち上がる。

するとクールさんが、口を寄せ小声でささやいて来た。

「首領のお相手に名を連ねる四人目。彼女にはお気をつけ下さい」

俺が、知らないと言った女性である。何やら思うところがあるらしい。

「おそらく工作員です。それも帝国の」

眉の間へ、無意識に皺が寄る。

「最近入店したのですが、才能というよりは、厳しく技術を叩き込まれた感じがします」

驚き顔を向ければ、クールさんの何者をも見抜く目が、至近距離で静かに光を放っていた。

「目的は不明です。首領を狙っている可能性もありますので、どうかご注意を」

「わかった。助かる」

死ぬ死ぬ団の首領、ドクタースライムの雰囲気で返事をする俺。

そして、今度こそ部屋を出た。

(宿場町の狙撃の件かな？　それとも北部諸国防衛戦の方か)

思い当たる節は、いくらでもある。

クールさんの言葉を胸に刻み、俺はロビーへと向かうのだった。


タウロが後にした控え室。

文旦を食べ終えたクールさんは、化粧台の隅に皮を並べる。

それは爽やかな香気を部屋にもたらした。

(心が安らぎます)

ソファーにゆったりと座り、深く呼吸を繰り返す。

こんなに店は混んでいるのに、初物が来店しない。その理不尽さに傾いていた気持ちが、ゆっくりと持ち直していく。

するとそこに、爆発着底お姉様が姿を現した。

一仕事終えた直後だろう。艶やかな雰囲気をまとっている。

「あら、いい香りね」

鼻を動かす爆発着底お姉様に、クールさんは頷いた。

「珍しい果物をいただいたの。あなたも食べる？」

彼女も一個の半分では、物足りなかったのである。

顔をほころばせる爆発着底お姉様を見て、再度文旦を切り分ける。

「何これ？　おいっしい」

「でしょう？」

爆発着底お姉様は、軽く溜息をついてクールさんに問い掛ける。

「何であなたは、こんなにおいしいものを、そう無表情で食べられるの？」

それにクールさんが言い返す。二人はしばしの間、雑談を楽しんだ。

そして休憩時間が終わりに近づいた頃、爆発着底お姉様は文旦の皮を手に、不思議そうな表情を作る。

再度香りを確認し、表面をなで引っ繰り返し、最後に皮を少し齧った。

その表情は厳しい。

「ねえ、これって、あれじゃない？」

何やら言わんとするが、クールさんにはわからない。

「そう、そうよね。聞いていい？　これ、誰から貰ったの？」

「秘密」

「そんな事言わないで教えてよ！」

テンションを一気に上げる爆発着底お姉様と、反対に訝しく見つめ出すクールさん。

そこへノックの音が響き、少し遅れて扉の外から、見習いコンシェルジュの若い声が届く。

「初物が入りましたー。準備をお願いしまーす」

その言葉に、両目を全開まで開くクールさん。瞬時に全身へ活力が漲るのが、外からでもわかる。

「すぐに行くわ」

麻色の紙袋を表情一つ変えずにバッグへ入れ、部屋にある文旦の皮も回収。勿論、爆発着底お姉様の手からもだ。

「ちょっと待って！　話を聞いて、大事な話なの」

中腰で取りすがる、爆発着底お姉様。しかしこの世に、初物より重要なものなど存在しない。

「邪魔しないで」

せめて皮を、と食い下がる爆発着底お姉様。それを冷え切った声音で黙らせる。

そこにいたのは、先ほどまでたわいない話をしていたクールさんではない。商売の神の神前試合で優勝した、初物喰らい《ユニコーン》であった。

「どいて」

気圧《けお》された爆発着底お姉様は、数歩下がる。

気分が高揚しているのだろう。クールさんはバレエダンサーのように爪先立ちで、つむじ風のように回転しながら出て行った。

その後ろ姿を見ながらソファーに腰を落とし、爆発着底お姉様は大きく息を吐く。

(嘘でしょ。あれってまさか)

信じられない思いと、確かめたいという探究心が心臓をつかむ。

だが、その方法が思い浮かばない。あの状態の彼女は、話など通じないのである。

「時間でーす。お願いしまーす」

ノックと共に、またもや見習いコンシェルジュの声が響く。

今度は自分の番である。爆発着底お姉様は、未練を引きずりつつ部屋を出るのであった。


同時刻、控え室の上にある部屋では、すでに激しい戦いの真っ最中。

一人は全裸のタウロ。ジェイアンヌのエース級を次々に打ち破り、再起不能の手前まで追いやった悪名高い人物だ。

花柳界ではドクタースライムの名で知られており、男性からは畏怖、女性からは恐怖を多分に含んだ興味が向けられている。

もう一人は、ローレグ黒ビキニ姿の人狼《ワーウルフ》のお姉さん。

人間とは比較にならない身体能力を持ち、発情期以外は高い防御力と耐久力を誇る、緩いウェーブの掛かった長い黒髪が魅力的な女性である。

二人はベッドの上で向かい合い、立ち技による格闘戦を展開していた。

(強いわ。予想どおりね)

人狼《ワーウルフ》のお姉さんは思う。

タウロと戦うのは二回目。

しかし前回は発情していたため、最初から最後までいきどおしであり、勝負になっていない。

今回が初の真剣勝負だった。

(うっ)

捕まえるべく伸ばした右腕。その前腕にタウロが触れる。

それだけで、腕から背骨に甘い電流が走り抜けた。

反射的に振り払い、数歩下がって構え直す。

(これが、例のマッサージ)

ドクタースライムの名の由来。それは触れただけで、相手を溶かしてしまうから。

一時期、王都の花柳界で猛威を振るった技である。

話には聞いていたが、予想以上だった。

(ここまでなの)

自分さえ知らない、敏感なつぼ。押されると力が抜けてしまう。

そのため、せっかくの膂力の優位を生かせていない。

(あの両手。あれさえ封じれば)

勝機はある。そう考え、戦い方をイメージする人狼《ワーウルフ》のお姉さん。

幸い相手は待ちの姿勢。自分から攻撃する気はないらしい。

こちらを侮っているのだろうが、逆に好都合。その時間を使って、策を組み直す。

(この作戦で行くわ)

相手の両手首、それを両手でつかみ取る。

そのまま後ろへ押し倒し、馬乗りでビキニの脇から相手を飲み込む。

逃げられないよう腹筋で一気に締め上げたら、後は身体能力を生かして腰を振りまくるのみ。

自分が先か、相手が先か。そこからは我慢比べだ。

(耐久力には、少しばかり自信があるのよ)

口の端に、ほんの少し笑みを浮かべ、踏み込み距離を詰める人狼《ワーウルフ》のお姉さん。右手を伸ばし、手首を狙う。

鉤形に指を曲げ、迎え撃ってくるタウロの手。それを手の甲で弾き飛ばし、そのまま素早く手首をつかんだ。

(やった)

もう一本。そう考え左手を伸ばした直後、手首を拘束した方の手に流れる、甘い大電流。

(つ！　何なの！)

感電したように、反射的に手を離す。そして転がるように離脱した。

攻撃の正体はすぐに判明。

それは、手首を捕らえた人狼《ワーウルフ》のお姉さんの手を、タウロが残りの手で握ったから。

(両手を同時に拘束しないと、駄目って事ね)

上がるハードルに、表情が知らず険しくなる。

再度距離を詰め、両手首を同時に狙うも、失敗。逆に腕をつかまれ、背骨まで電流が走り、膝が笑う。

腰が砕けそうになるのを何とか耐え、振り払って距離を取った。

(もう一度)

何とか隙を見つけようと、睨みつけながらタウロの周囲をゆっくりと回る。

相手は、掛かって来いとばかりに、涼しげな表情を浮かべていた。

(随分と余裕じゃない)

こちらは必死なのにもかかわらず、相手は悠然とした様子を崩さない。

(あなたとの力の差は、わかっているわ)

でもね、と心の中で続ける。

(ベッドの上では、何が起こるかわからないものよ)

数字の比べっこではない、男女の真剣勝負。

万が一というものが、万より遥かに安売りされているのが戦場である。

人狼《ワーウルフ》のお姉さんは大きく息を吸い込むと、覚悟を決め飛び込んで行ったのだった。


一方のタウロ。

こちらは人狼《ワーウルフ》のお姉さんが思うように、余裕を持って戦っていた。しかし、慢心している訳ではない。

(さすが人狼《ワーウルフ》族。パワーが桁違いだ)

成人男性を小脇に抱え、階段を駆け上がれるほどの筋力。前回俺は、そのようにしてロビーからプレイルームへ運ばれている。

(まるで重機)

建設現場で唸りを上げながら剛腕を振るう、バケット容量コンマ七立方メートル、いわゆる二十トンクラスのバックホウ。

圧倒的なパワーとスピードを持つその姿は、原始的な恐怖を腹の底から湧き上がらせる。生身の人間が戦える相手では、絶対にない。

(目の前の彼女も、同列の存在だ)

しかし対応策があるため、焦りはない。

(捕まえられれば、つぼを突く)

発動した魔眼により、急所を強く押して力を抜けさせている。

腕の長さは互角であるため、相手の手が届くところには、こちらの手も届く。そして俺には、彼女の弱点が光って見えるのだ。

打撃のないこの戦いにおいて、極めて有利と言えるだろう。

(さあ来いウルフちゃん。カウンターで気持ちよくしてやるからな)

汗に光る、彼女の浅く割れた腹筋。

健康的な美しさに唇をひと舐めし、俺は攻撃を待ち構えるのだった。

王都の歓楽街に建つ、白の大理石とレンガを組み合わせたシックな建物。

重厚な両開きの木扉の上には、『ジェイアンヌ』の銀文字が控えめに光る。

二階の一室では今なお、人間と人狼《ワーウルフ》の格闘戦が続いていた。

(難しいわ)

ベッドの上に立ち、向かい合う二人。

人狼《ワーウルフ》のお姉さんは腰を低くし、両手を胸の高さで突き出した構え。

一方のタウロは、構えず自然体。涼しげな表情で相手を見やっている。

(両手首を、同時につかむのは無理ね)

額に汗を浮かべ独り言ちる、人狼《ワーウルフ》のお姉さん。

触れられるだけで力が抜ける、ドクタースライムのマッサージ。それを封じるべく試みたのだが、
ことごとく撃退されていた。

(なら、手の届かないところを攻めるしかないわ)

目の前の男の、両の手が届く範囲を想像。

しかし膝より上はすべてカバーされ、死角はない。

(一体どこをって、え?)

失意の直後に閃きが走り、両の瞳が輝く。

攻略の糸口を見つけ、イメージが映像化した。

(行けるわ!)

大きく息を吸い込み、さらに身を低くし足元へと飛び込む人狼《ワーウルフ》のお姉さん。

(こんなもの!)

上から降って来る両手を、こちらも両手を使って下から弾き飛ばし、そのまま足元へと爆発的なタックルを決める。

膝下を背後に持って行かれ、タウロは顔面からベッドの上に突っ込んだ。

(手首が駄目なら、足首よ)

人狼《ワーウルフ》のお姉さんは身を起こすと、すぐに振り返り、うつ伏せになっているタウロの両足首をつかむ。

(これなら、手は届かないわ)

彼女のいる位置は、タウロの足元。

そしてうつ伏せ状態のタウロは、いくら海老反っても手をここまで伸ばせない。

「はあっ!」

叫びつつ、タウロの両足首を両側に引く。

力で開いた脚の間に、彼女は自分の片脚を割り入れた。

次に足裏を付け根に押し当てると、そのまま激しく振動させる。

「うあああああ!」

三十路のおっさんの、情けなくも汚い悲鳴が部屋を満たす。

その技はタウロの前世で言う、『電気あんま』そのものであろう。

(いくら何でも、これは邪道だろう!)

まったく予想していなかった状況に、取り乱しつつ俺は思う。

男女の触れ合いにしては、あまりに乱暴過ぎる技だ。

(人狼《ワーウルフ》族による電気あんま)

振動はまるで、コンクリート打設時に用いるバイブレーターのよう。このままではすぐに、怪我治療魔法の発動が必要になるだろう。

（この野郎っ！）

股間に食い込む足首を前後から両手でつかむと、光の循環の最も明るいところを、力の限り押し潰した。

自分にやれる事は、これしかない。

（外れろおっ！）

祈りにも似た思いで、えぐり続ける。

あと数秒、それで勝負はつく。勿論、俺の敗北で。

頭に浮かぶのは、体液を垂れ流したまま動かない自分。似ているのは、車にひかれたカエルだろう。

（よおし、やった）

何という幸運。

人狼《ワーウルフ》のお姉さんの足が、俺の急所から外れたのである。

足首への刺激に耐えられなくなった彼女は、技の継続を諦めたに違いない。

（うおりゃー！）

全力で両足をばたつかせ、何とか両足首の拘束を解除。そのままベッドの端まで、四つん這いで逃げる俺。

首を回して後方を見やれば、人狼《ワーウルフ》のお姉さんは座った姿勢で、自分の右足首を顔をしかめつつ押さえている。

（いや、幸運ではない。相手の判断ミスだ）

勝負は、決まり掛けていたと言っていい。足首を責められ達しようとも、そのまま踏み続けていれば勝てただろう。

なぜなら人狼《ワーウルフ》のお姉さんのダメージは、少しの休憩で立ち直れるレベル。対して俺は、意識を手放していたはずだからだ。

（よくも、やりやがったな）

安堵の次に来たのは、怒りにも似た嗜虐の心。ふつふつと沸き立つ心のままに、いまだ足首を押さえ続ける体操座りの黒ビキニお姉さんを見やる。

その股間のデルタゾーンへ視線を向けると、俺は勝利を確信した。

（その姿勢、電気あんま師の前では厳禁だぞ）

なぜなら体操座りは、膝を立てつつも、肝心の部分をまったくガードしていないから。

足首を取られたら、後は天国と地獄の狭間に直行するしかないのである。

（思い知らせてやる）

人狼《ワーウルフ》のお姉さんへ跳び掛かると、両足首をつかんで持ち上げ、右足をアクセルペダルを踏み込むように脚の間へ。

彼女は膝を閉じ防ごうとするが、下側のデルタゾーンはむき出しなため守れない。

俺はそこに爪先をあてがうと、するどく踏み込んだ。

「ウオン！」

敏感な部分を踏みにじられ、人狼《ワーウルフ》のお姉さんが吼える。

その一瞬、力が抜けたのを俺は見逃さない。

「ヒール・アンド・トウ」

俺はキュキュッと足を踏み替え、がっちりと黒ビキニの中央を土踏まずで捉えた。

「アクセル・ミュージック、スタート！」

魔眼全開。

「三三七拍子！」

巧みで激しいアクセルワークで、人狼《ワーウルフ》のお姉さんを咆哮させる。

（我ながら、下手糞な演奏だぜ）

聞いた事はあるが、やった事はない。正直なところ、ミュージックとは言えないただの絶叫だ。

反省した俺は、腕を上げるべくより繊細にアクセルペダルを操作。

（足裏のコリコリ、気持ちいいなあ）

夏の砂浜。それを想起させる足裏の熱さ。さらに一個の固い突起が、滑り止めのように土踏まずを刺激する。

その心地よさに、夢中になって練習した。

（……しまった）

踏んだり戻したりを繰り返していると、時折ブローオフバルブが開く、『プシッ、プシッ』という独特の音がする。

そのたびに噴き出す熱い液体のせいで、俺は足を滑らせてしまったのだ。

それはまるでアクセルを踏んでいる途中で、ギアがすっぽ抜けたかのよう。結果コリコリは、足裏で乱暴にこすられる。

人狼《ワーウルフ》のお姉さんの口から放たれ続ける、迫力ある甘いサウンドに、鋭く甲高い音が混ざる。

(難しい)

正直、もっと簡単だと思っていた。多少練習すれば、ものになるくらいだと。

「ウオッ！　ウオアッ！」

だが彼女の声を聞くに、エンジンそのものの限界は近い。

(だんだん、音が割れて来た。抑えて来たが、ここまでか)

魔眼を行使している俺は、無茶をしているようでも、アクセルを完全に吹き切らせてはいなかったのである。

反応を感じ取りながら、タコメーターの針をバンド内に収まるよう踏み具合を調整。オーバーレブで苦しませるような事はしていなかった。

別な表現をすれば、『絶頂寸前で留めていた』とも言えるだろう。

「ウオアッ！　ウオオアッ！」

口の端から泡を吹きつつ、半分白眼の人狼《ワーウルフ》のお姉さん。激しく頭を左右に振って、狂ったように身をよじっている。

(よし、そろそろ止めを刺してやるか)

そう思うも俺は、おだやかに絶頂を迎えるような幸せを、許すつもりなどない。

(二度と電気あんまなど選択しないよう、その身に刻め)

人狼《ワーウルフ》の電気あんまは危険過ぎる。反撃の恐ろしさを思い知らせ、封印せねばならない。

「ワイドオープン！」

アクセル全開。

同時に、耳を覆いたくなるような大音量の咆哮が始まる。

俺の右足が与える、下腹部への重い振動。

魔眼で高感度帯を完全に捉えた技の前には、いかな人狼《ワーウルフ》といえど耐え切れるものではない。

さらに激しく首を振り、周囲に唾や泡を撒き散らした後、大きく大きく口を開ける。

真っ白な歯、大きめの八重歯が照明を反射しきらめいた。

「アオッ、アオオオオオオン！」

一オクターブ高い、甘い雄たけび。人狼《ワーウルフ》のお姉さんは、何度も何度も身を仰け反らせ痙攣し続ける。

(倒した)

足裏に感じる、うごめくようなヒクつきと熱量。その感触が勝利した事を確信させ、俺は右足を彼女の股間から離す。

「フッ、ハッ、フッ」

電気あんまから解放された後も、人狼《ワーウルフ》のお姉さんは荒い息を続けていた。

ベッドに横たわる彼女の耳は垂れ、尻尾も丸まっている。

彼女は満足したかも知れないが、俺はまだまだ。これからが本番と言っていい。

「さて、次はワンワンスタイルだ。こっちも楽しませてもらうからな」

彼女に余力は残っているはず。

そのために、レブリミッターを解除しなかったのである。完全に本気なら、オーバーレブで回し続け、焼き付かせていただろう。

（やり過ぎは禁物）

頷きながら、腰骨をつかんで突き出させ、ビキニの横紐を引っ張りむき出しにする。

目の前の巨大な桃を両側に押し広げ、俺は一息で侵入した。

（うむ。ソーグッドだ）

オーバーヒート寸前の熱さを股間に感じ、俺の口から温泉につかったような声が漏れる。

久しぶりのジェイアンヌ。たっぷり楽しまなくては。

相手は人狼《ワーウルフ》、耐久力は折り紙つき。そして先に危険な技を放ったのは、彼女である。

（少々負荷を掛けられても、文句は言えまい）

そう胸算用し、深く激しく律動を始めたのだった。


一方、人狼《ワーウルフ》のお姉さんの方はどう思っていたのか。

こちらは単純。

（負けた）

股間から足を外された時、彼女の心の中にはそれしかなかった。

余韻が神経に残留し、荒い息が収まらない。

（もう駄目。本能が、向こうを上と認めちゃった）

雄は力を示し、雌は敗れた。

後はもう、どうにもならない。勝利した雄に、望むようにされるだけである。

一度だけ部屋の奥に目を向ける、人狼《ワーウルフ》のお姉さん。

（あたし頑張ったよ。少しは参考になった？）

心にそう思い、後は自らの運命を受け入れたのである。

ビキニを脱がされ、最深部への侵入を許す。

それから終了時間まで、人狼《ワーウルフ》のお姉さんは、子犬のような鳴き声を上げ続けたのだった。


それから二時間後。

大満足の俺は、歓楽街の屋台で夕飯を食っていた。

（ワンワンスタイルが一番だったな）

時間たっぷり、いろいろな体位で楽しんだのだが、やはり人狼《ワーウルフ》。四つん這いにさせ後ろから突き込むのが、一番効いたように思う。

（一往復ごとにクウンクウンキャンキャン、かわいいったらなかったね）

わずかに筋肉のラインが浮き出た、引き締まったボディ。

それを征服し鳴かせるのは、実に甘美な経験であった。

（何か群れのボスになったというか、戦いに勝って雌を奪い取ったというか、野性味溢れる味わいだったなあ）

雌を引き連れ闊歩する野獣の気持ち。それが少し、わかったような気もする。

（次は爆発着底お姉様か、工作員。それをクリアして教導軽巡先生だ）

クールさんが教えてくれた、おそらくは帝国の手の者だという女性。充分に注意が必要であろう。

出来れば近づきたくないのだが、教導軽巡先生の条件は『一番最後』。ゆえに彼女も、こなさなければならない。

（あっ、嫌な事思い出した）

アウォークで出会った、エルダーリッチことエルダ。プレイでも試合でもなく、真に敵として戦ったのは、彼女が最初で最後である。

娼館で叩きのめされ、一時的に洗脳された記憶が思い浮かぶ。

（やだなあ、対策どうしようかなあ）

せっかくの余韻が、急速に冷えていく。

俺は難しい顔をしつつ、海鮮野菜炒めを口に運ぶのだった。


タウロと人狼《ワーウルフ》のお姉さんのプレイが終わり、二人が部屋を出て少し後。

激戦の余韻冷めやらぬ部屋の奥にあるクローゼットから、二人の女性が這い出した。

「どう？」

背筋や腰を伸ばしつつ、ツインテールの女性が隣の清楚な女性へ問う。

「さすがはタウロ様。おそろしい技の切れですわ」

感心したように頷きつつ返す、問われた女性。二人はこの寝具置き場から、プレイを観戦していたのだ。

答えた彼女こそ、教導軽巡先生。タウロの更生状況を確認するため、ここに潜んでいたのである。

「そうじゃなくて。やり過ぎとか、そっちの方よ」

ツインテールは呆れ顔だ。

「今のだけ見れば、問題ありません。彼女もロビーまで、タウロ様を送りに行ったでしょう？」

娼館で働く女性のマナーである。

しかしタウロの場合、それが出来ないほどダメージを与える事が多かった。

「大分ふらついていたけどね」

肩をすくめるツインテールと、彼女を諭す教導軽巡先生。

「相手を見ながら、負荷を調整されているわ。今のも、生物としての限界よりずっと手前よ」

生物としての限界。そのセリフに、ツインテールの背筋を悪寒が走り抜けた。

タウロのマッサージよって、極楽浄土へ連れて行かれた事を思い出したのである。

以前、質の悪い媚薬を盛られ、深刻な体調不良に陥っていた彼女。タウロによって健康を取り戻したものの、その時は別の意味で死を覚悟したものだ。

「何そのレベル。勘弁してよもう」

極楽浄土送りにされた時に上がった感度が、なぜか戻らなかったツインテール。敏感過ぎて固定客の相手が出来なくなった彼女は、違う客層へのシフトを余儀なくされてしまう。

しかしこれが、結果として大当たり。

『彼女こそ、自分達が求めていた女性だ』

敏感系男子の間で、一躍売れっ子になったのだ。

ちなみに、感度が下がらない原因。それが体質によるものか素養によるものかは、いまだにわかっていない。

「私なんか、あの足でグリグリっての、見ているだけでおかしくなりそうだったわよ」

思い出したのか、身を固くするツインテール。

当然ながらタウロお断り派であり、ここに潜んでいたのは、友達付き合いと野次馬根性である。

「あなたのお客様に、しちゃ駄目よ？」

「やらないわよ！」

ツインテールの客層には、絶対に向いていない技だ。

もとよりする気はなかったし、教導軽巡先生もわかって言っている。

「で、どうなの。このままで行くなら、相手するつもり？」

「そうね、このままなら」

穏やかに微笑む教導軽巡先生。ツインテールは豊かな胸を揺らし、大きく息を吐いた。

絶対に、自分では対応出来ない次元。その戦いを胸に思い描いたからである。

「……頑張ってね」

ニコニコと笑う友人へ、ツインテールはそう声を掛けたのだった。


初夏の日差しの下を、二台のゴーレム馬車が進んで行く。

ゴーレム馬は、それぞれ二頭ずつ。先頭はカボチャ形の客車、二台目は幌のかかった貨車だ。

「着いたぜ」

御者台に座る渋いおっさんが、客車内に声を掛ける。

停車した馬車の扉が開き、三つの人影が降り立った。

すぐに、後方から来た貨車も止まる。

「ここか」

客室から降りた一人が、鼻をひくつかせつつ周囲を見回す。

中背ながら、がっしりとした体躯。そして、見るからに毛深い。

「俺達三人で探索する。お前達二人は、馬車を頼む」

毛深い男はそう告げると、客車から降り立った二人の男と共に、貨車に向かう。

そして装備を整えると、焼け焦げた野原へ足を踏み出した。

(焼けた臭い。山火事に飲まれた集落みてえだ)

この毛深い男の名はドルバ。王国有数の冒険者チーム、『堅牢』のリーダーである。

そしてここは王国の東国境、そのさらに東側。

大司教を頂点にいただく宗教国家、一般に『東の国』と呼ばれる国の領土だ。

(あのでかいのは、騎士の残骸か)

形に名残を感じ、三人一塊で近寄って行く。

「……真っ黒だぜ」

頬のこけた男が、眉根を寄せて言う。

騎士だったであろうものは焼け焦げ、そして砕けていた。

「いねえよな?」

騎士をこのようにした何か、それが今にも現れるのでは。そう考えたのだろう、臆病なまでに周囲を警戒している。

堅牢の五人は東の国に依頼され、調査に来たのだ。

東の国の西のはずれ。王国との国境にほど近いこの地で、何かが起きたらしい。

「B級騎士が、一、二、三。あとはC級か。おい！」

ドルバは、無精髭の魔術師に声を掛ける。

「後で漫画が描けるよう、位置関係を記録しておいてくれ」

無精髭は頷く。そして小さな手帳を取り出すと、歩数で距離を測り始めた。

頬のこけたおっさんは、ドルバと一緒に周辺の探索を始める。

「何が起きたんですかねえ」

頬のこけたおっさんは、周囲を不安げに見回す。

あるのは騎士の残骸だけではない。廃墟と化した集落があり、炭化した塊も複数見受けられる。

おそらくかつては、人や家畜だったものだ。

「山火事じゃねえ。魔法か、あるいは魔獣だな。しかも超強力な奴」

険しい表情で予想する。

「魔獣だとしたら、それこそサラマンダークラスですよ、これ」

下位《レッサー》のついていない、真のサラマンダー。まずお目にかかる事のない、そしてお目にかかりたくない存在だ。

しかしドルバは、納得出来ない表情で首をひねる。

「だがなあ、この焼け方。火じゃなくて、雷系のような気がするんだよな」

冒険者として積み重ねてきた経験が、そんな印象をこの毛深い男に与えていた。

「いずれにせよ、国家騎士がやられているのに、冒険者に調査を頼むような案件だ。まともじゃねえ」

騎士の胸甲にある、焼け爛れた浮き彫り。東の国の騎士団の紋章である。

それを睨みつつ発せられた言葉に、頬のこけたおっさんは頷く。

依頼の内容そのものに、違和感を感じていたのだ。

「深い詮索は身を滅ぼす。報告書だけきっちり仕上げて、さっさと金を貰うぞ」

王国の冒険者チームである、堅牢。彼らが他国で活動してしている事に、不思議はない。

一流の冒険者は、あまり国に縛られないのである。

（レッサーサラマンダー以来の、実入りのいい仕事。こいつをこなせば一息つけるな）

王都北部の鉱山に現れたレッサーサラマンダーと、それを退治して一躍国民的ヒーローになった彼ら。

リーダーであるドルバは、C級冒険者へのランクアップ間違いなしと噂され、本人もすっかりその気になっていた。

（あれが、まずかった）

顔をしかめ、今さらながら反省する。

のぼせ上がった彼らは、見栄を張って必要以上に金を使いまくってしまったのだ。

ギルド口座の残金を確認した時は、頭を鈍器で殴られたような気がしたものである。

（すぐにでっけえ仕事が入るさ。そうすりゃ金は手に入るし、うまくしたら今度こそ昇格出来るかも知れねえ）

昇格はならなかったものの、当時は楽観的に考えていた。

だが、大きな仕事などそうはない。肥大したプライドは小さな仕事を受ける事を躊躇わせ、収入を細らせる。

さすがに危機感を抱いた彼らは、国外へと出たのであった。

(ここなら、知り合いも少ねえからな)

人目がなければ、見栄を張らずに仕事を受けられる。

ドルバは頷き、調査を再開したのだった。


舞台は遠く遠く、オスト大陸の北部へと移動する。

精霊の森のさらに北、そこに広がる大きな湖。

その中央に浮かぶ島で、亀は困惑していた。

(身動キガ取レヌ)

亀はこの島そのもの。全長二百メートルはある巨大な精霊獣である。

エルフからは『ザラタン』と呼ばれ、精霊の湖の守護者とみなされていた。

(アノ実ガナッテイル。シカモ大量ニ)

空間を超越して届く、芳しい香り。味を思い出して、喉が鳴る。

(ダガ、コレデハ行ケヌ)

湖に戻って以降、森に住む人型の生物が大量に上陸して来たのだ。

ザラタンが何も行動を起こさぬのをいい事に、最近では巨人の人形まで持ち込んでいる。

（我ト同ジカ）

あの果実を欲していたはず。

次に自分が移動する時、くっついて来るつもりだろう。

（根コソギ奪ワレルヤモ）

それがザラタンの危惧するところ。

森に住む人型の生物に、思慮など期待出来ない。あるだけ収穫し、枯らしてしまうだろう。

除去する事も可能だが、出来ればあまりやりたくない。

（困ッタ）

それはザラタンの、嘘偽らざる思いだった。

さらに舞台は、そこから南南東へと大きく跳ぶ。

そこはランドバーン。新たに帝国へ組み入れられ、辺境伯領の首都となった都市。

「王国に動きはありません」

眠たげな目をした、ハンドル髭の痩せ男が報告する。

場所は、中央広場に面した城館の会議室。初夏の太陽は少し前、名残惜しげに西の稜線へ姿を消していた。

会議室の窓は開け放たれ、涼しい夜風が吹き抜けている。

「奴らにとっても、本当に最後の手段だったのでしょうな」

短く刈り上げた白髪の大男が、同じく白い顎髭をなでつつ口にした。

ローズヒップ伯のその言葉に、ハゲた中年男は安堵の表情を見せる。

彼らが恐れていたのは、遠征軍を襲った幽霊騎士《ゴーストナイト》が、そのまま帝国へと攻め掛かる事。

その際彼らは、ここランドバーンで防ぎ止めなくてはならない。

「ならば、こちらが手を出し追い詰めない限り、幽霊騎士《ゴーストナイト》が姿を現す事もあるまい」

頭頂の汗をハンカチで拭い、辺境伯は息をつく。

照明を眩しく反射した頭部に、ローズヒップ伯は思わず目を細めた。

アウォーク手前の宿場町。あの一件以降、幽霊騎士《ゴーストナイト》の関与を疑わせるような事は、何も起きていない。

「やはり、代償が大き過ぎるのでしょう」

ハンドル髭は言いつつ、書類をめくる。

それは帝都から届いた、円卓会議の議事録。そこにはこう書かれていた。

『幽霊騎士《ゴーストナイト》は力と引き換えに、乗り手の心を狂わせる』

さもありなん、といった表情の辺境伯。

あれほどの力、対価が並大抵であるはずがない。

「技量の低い者や、忠誠心の低い者。その者達が騎乗した場合、狂化《バーサク》へのハードルが低くなる。鍛冶ギルドではそう見ているようだな」

辺境伯の言葉に、ローズヒップ伯は大きく左右に頭を振る。

「となると必要になるのは、A級騎士の操縦士クラス。それを使い捨てにする騎士など、使用不可能でしょう」

頷き合う三人。

辺境伯は、締めくくるように言葉を発した。

「すぐに解決するような問題とは思えん。対策は本国に任せるとして、我らは内政に専念するぞ」

そして会議は閉会。部屋を出た辺境伯は、敷地続きの自分の屋敷へと向かう。

(しかしここは、気候がいい)

心地いい夜風に、わずかに残った髪をなでさせながら、目を細める。

夏は暑いが、カラリとした風が吹く。この間までいた軍事都市とは大違いだ。

その地の夏は、湿度が高く風がない。そのくせ冬は、冷たく乾燥した風が吹き荒れる。

(何が、三つの春《スリー・スプリングス》だ)

地名を思い出し、吐き捨てた。

梅、桃、桜。本来少しずつ咲く時期の違う花が、その地では一斉に開く。

それが、三つの春《スリー・スプリングス》の名の由来。

(響きから春の長い、温暖な地と思ったのだが、全然違った)

暑過ぎる夏と、厳し過ぎる冬。その二つが長々と続き、春と秋は少ししかない。凍りつくような冬から、うだるような夏へ、一気に季節が移り変わってしまうのだ。

三種の花が同時に咲くのは、春が極端に短いからであろう。『咲く』というより『咲かざるを得ない』に違いない。

(まあよい)

ランドバーンに広く豊かな領地を得た事で、三つの春《スリー・スプリングス》は皇帝に返上済み。もはや足を踏み入れる事もない。

その時唐突に、笑いの発作が辺境伯を襲う。

引き継ぎ書に記した内容を、思い出したのである。

『春には濃淡様々な紅白の花が、山野を埋め尽くす。この地にいると春の価値がわかる。とても待ち遠しく、過ぎ去ると悲しくなるのだ』

嘘は言ってない。

短い春、それ以外の季節は過ごしにくい。それを遠まわしに表現しただけである。

(次の領主も、勘違いで期待しておればいいのだ)

邪悪な笑みを顔中に浮かべつつ、建物の中へと入って行く。

食事を済ませ少しすると、消灯の時間を告げる鐘がなった。この屋敷のローカルルールである。

「もうそんな時間か」

辺境伯は指輪をはめ、床に就くべく廊下を歩き出す。

しかし向かう先は寝室ではなく、メイド達の起居する寮。

(さて今日は、どこへ行くか)

明かりの落ちた廊下を進む。

これからが彼の、数少ない息抜きの一つ。

(こんばんはあ)

静かに扉を押し開き、二人部屋へ侵入。

扉は魔法的に施錠されているものの、辺境伯の指に光るリングはマスターキー。どこへでも入る事が出来る。

二段ベッドの上に登り、明かりの消えたままの室内で、横たわるメイドに抱きついた。

（うほほほほ。温かくて柔らかい）

メイド達は言い渡されている。辺境伯が訪れた場合、たとえ目を覚ましていても、寝ている振りをするようにと。

そのため抵抗しない若い体へ、辺境伯は充分にいたずらをし、内部へと押し進む。

「んっ」

必死に目を閉じ、押し殺す声がまたそそる。

辺境伯も当然、メイドが起きている事を知っていた。眠っている女性ではなく、寝た振りを続ける女性。それが彼の好みなのである。

おそらく若かりし日に、彼の嗜好を決定付ける何かがあったのだろう。

（王国女も、悪くない。この健康的な小麦色の肌など、どうだ）

半裸にさせ露出した肌をなでさすりつつ、味わうようにゆっくりと腰を前後させる。

（現地で採用してよかった）

他国から来た領主と、もとからこの地に住まう住民。

よき領主たらんとした彼は、その距離を縮めようと心を砕いている。

その一つが、反対を押し切ってのメイド現地採用だ。

（やはり、こうして肌を触れ合って交流しなくては、互いの事はわからん）

知らず増して行く、往復速度。

（よし、我が情報のすべて、今すぐ注いでやる）

張りのある若い体にがっちりしがみついた辺境伯は、最後の一滴まで送り込んだ。

息の上がる若いメイドを残し、二段ベッドの梯子を降りる。

そしてそのまま、下の段に侵入した。

（ルームメイトが上の段で抱かれていたの、聞こえていただろう？）

耳元でささやくが、寝た振りをしたメイドは答えない。

（さて、では体に返事を聞くとするか）

そして手を、パジャマに滑り込ませる。

「あらっ？　あららら！　これは何と」

ささやくような音量で、わざとらしく驚くハゲ中年。湿った股間をまさぐられたメイドは、恥ずかしそうに横を向く。

満面の笑みで辺境伯は、またもや胸へしゃぶりついたのである。

（夜は長い。ちょっとペース配分を考えんとな）

辺境伯の寝室にあるベッドは、いまだに未使用。なぜなら夜は常に、メイドの寮で過ごしているからだ。

どこかの部屋のどこかのベッドで、いつの間にか眠り、メイドのモーニング・リップサービスで目を覚ます。そのような日々を過ごしている。

（もう少し雇ってもよいな）

音を立てて吸いながら考える辺境伯。

この規模の屋敷にしては若干多めだが、金銭的な問題はない。

(次は、どんなタイプにするか)

雇う人数、自分の空いている日と面接の予定。瞬く間に頭の中で、スケジュールが組まれて行く。

彼は優秀な人物なのだ。

彫刻や絵画を購入し、屋敷に飾る。それを以前、ハンドル髭が勧めた事がある。

その時辺境伯は、こう言ったものだ。

「高価な美術品を購入するくらいなら、メイドを雇って給金を払い続けた方がいい」

それにな、と言いながら、近くにいたメイドを手招き。いきなりスカートを半分ほどめくり上げると、すべすべの太腿へ手を這わす。

「こっちの方が、よっぽど美術品だと思わないか?」

いやらしく、かつ嬉しそうに笑う主。

それを見てハンドル髭は、溜息をつき頭を下げるしかなかった。

第二章　ライトニング

辺境伯が、メイドの寮で眠りについた頃。

北の大地で、目を覚ます者がいた。

(苦しい)

原因はわかっている。

自分の中に眠っていたものが、最近になって動き出したからだ。

(封印が弱まったのか？)

自問するも、答えは否。自分の意志の力は、衰えてなどいない。

(ならばなぜ？)

それは封印されていたものが、強さを増したから。

(気を緩めてはいけない。封印が解ければ大変な事になる)

だが、試練は続く。

内圧は日に日に高まり、封印されしものは暴れ狂い身を揺する。

理性という名の不可視の鎖は、何度も激しい衝撃を受け取っていた。

(このままでは、まずい)

だが、対処すべき方法がわからない。

最近、相方は自分に近寄って来ない。そのため夜は、こうして独り、封印を守るべく戦っている。

「……ぐっ」
今夜は何とか、抑え留める事に成功した。
だが、いつまでも抑え続ける事など、出来はしないだろう。
(何とかしなければ)
最近、同じ夢を見る。
それは英雄の剣に何度も貫かれ、倒れ行く自分の姿。
おぞましくも喜悦に満ちた表情。今の自分とはまったく違う。
鎖が切れ、封印されていたもの。それに心を乗っ取られた後の自分に違いない。
(それでもいい)
そんな事を思うようになるほど追い詰められ、疲れ果てていた。
(楽になりたい)
助けのない状態で、それは独り。
封印の鎖を揺るがす衝動を、毎夜のように迎え撃つ。
「ウモオオオオ」
激しく動く右手と、かき回される水音。それに時折漏れる、苦しげな呻き声。
封印を守る戦いが、今まさに行われているのだった。

季節は初夏。
強い日差しと共に居座っていた暑さは、日が落ちると共にどこかへ去って行く。

後に残ったのは、涼しさを運ぶ穏やかな風。

王都は今、最も過ごしやすい時期の一つを迎えていた。

「乾杯！」

歓楽街の通りに面した、庶民的なレストラン。そこで俺は、コーニールと麦酒《ビール》のジョッキをぶつけ合っている。

「久しぶりの、『大人のグルメ倶楽部』開催ですね」

俺の言葉に少々ブサイクなマッチョマンは、泡の髭をつけたまま嬉しそうに頷く。

「とりあえず、帝国との戦いも一区切りつきました。これからは自分の時間が持てそうです」

そしてこの後行く娼館をどこにするか、意見を交わし合う俺達。

『大人のグルメ倶楽部』とは、俺とコーニールで立ち上げた紳士のサークル。活動内容は、娼館のレビュー。

ちなみにメンバーは、まだ二人だけである。

「おっ、来ましたよ」

ジョッキを半分ほど空けたところで、厨房の方を見ながら俺は言う。

おばさんの手によってテーブルに並べられ始めたのは、麻婆豆腐のような料理が盛られた浅い大皿。

大盛りなのは、食後の肉体労働を見据えての事だ。

「暑くなると、香辛料の効いた奴が食べたくなりますね」

赤黒い麻婆豆腐もどきをスプーンですくい、口に運ぶコーニール。

「やっぱりこれですよ」

山椒に唇を痺れさせながらも、顔をほころばせている。戦場では、あまりいいものを食っていなかったのだろう。

（この世界、食事がよくて助かった）

心からそう思う。

食材が豊富で、様々な料理がある。しかも魔法で鮮度を保てるせいか、元いた世界より味のよいものも多い。

いくらポーションを売って稼いでも、一杯のラーメンを思い枕を涙に濡らすようでは、甲斐がないというものだ。

「お姉さん！　もう一杯」

目の前で左右へ振られる、太い腕に持ち上げられた空ジョッキ。暑い日の辛い料理は、やはり飲み物が進む。

その後俺達は、食事をしながら語り合った。

「出入り禁止解除、おめでとうございます！」

「ありがとうございます。けど一部だけですよ」

そう返しつつも、俺の口元は緩む。

御三家を筆頭とした上級娼館の出入り禁止は、それだけ辛いものだった。

「いや、シオーネが全面解禁。そしてジェイアンヌが一部とはいえ扉を開いたとなれば、おそらく他も大丈夫ですよ」

その言葉に食いつく俺へ、コーニールは目を閉じ頷いた。

「今度、それとなくキャサベルを当たってみましょう。それに他の上級娼館も」

「是非、お願いします」

俺が直接問い合わせるより、第三者が尋ねた方がいい。そう判断するコーニールに、頼む事にした。

俺からの話題は、主に娼館の事。コーニールは帝国との戦いについて。

ただ守秘義務があるらしく、俺でも知っているような事しか話に出なかった。

「……貴族の館ですか」

俺が、貴族の館に連れて行ってもらった事を話すと、コーニールは恨めしげな表情を作る。

そして山椒臭い溜息をつきながら、戦場の辛さについて語り始めた。

「遊びには行けないし、個室もない。本当に苦しいんですから」

その様子を見て、もしやと思う。

(だから、貴族の子相手に発散したのか)

貴族の子とは、操縦士学校での俺の同級生。定期実技試験で優勝し、騎士団に採用されている。

コーニール自身、貴族の子に手を出した事を認めているので、どういった経緯でそうなったのか、ちょっと聞いてみた。

「いやあ、溜まっていたのは認めますよ。それでつい、ケツを触っちまったんです」

照れ臭そうに、頭をボリボリと掻く。

ちなみに貴族の子は、女の子ではない。秀麗な顔立ちをしているが、れっきとした少年だ。

「そしたら、嫌がらないんですよ。抵抗されたら、冗談だって手を離すつもりだったんですけどね」

げへへと笑いながら、スケベマッチョはジョッキを呷る。

「ついついそのまま、触り続けてしまいました」

「それで？」

情景を思い出したのか、目尻を下げながらコーニールは言う。

「そうしたら、尻を小さく左右に振り出しやがって。もう、感じているのが丸わかりですよ」

そして俺の方に、ずいっと身を乗り出す。

「こうなりゃもう、やるしかないでしょう？　そのまま操縦席に連れて行って、ギシギシです」

狭くて大変でした、と大声で笑う。

マッチョの膝上で揺すられる少年。自分で尋ねておいて何だが、その姿の生々しさに、食欲が大きく減退してしまった。

だがコーニールは、そんな俺に気がつかない。

「おかげで、陣にいる間は助かりましたねえ」

その言葉が意味するのは、一度で済ませていない事。

溜まるたびに呼び出して、操縦席をきしませたのだろう。

テンションが下がっている俺を見て、コーニールもさすがに気づいたようである。咳払いをして、話題を変えて来た。

「ところでタウロさん。考えてくれました？」

話が見えず、反応薄く見返す俺。

それを目にし、コーニールは困ったような顔をした。

「忘れたんですか？　俺の騎士の名前ですよ」

言われて思い出す。

騎士団本部に、新たな乗騎となったA級騎士を見物に行った際、頼まれたのである。

そのA級騎士は、元はお亡くなりになった第二王子の専用騎、王家の青《ロイヤルブルー》。

王族でもないコーニールが乗るのに、そのままの名ではまずかろう。そう、俺の方から言い出したのだ。

（コーニールを象徴するような名前）

わずかに考えた後、ある言葉が脳内に浮かんだ。

「……二刀の王《バイキング》というのはどうでしょう」

騎士に乗っては小太刀の二刀流。降りても貴族の子を串刺しだ。

俺の視線を受けつつ、コーニールは口の中でその響きを確認する。

そして破顔した。

「俺の戦い方にピッタリです。それにしましょう」

こうしてコーニールの乗るA級騎士は、王家の青《ロイヤルブルー》改め、二刀の王《バイキング》へ名を変えたのである。

料理を食べ終え、しばし休憩。

「そろそろ行きましょうか」

俺の言葉に、コーニールが頷く。

「かのドクタースライムが考案した親子丼。名前を聞いただけでこう、心が沸き立ちますね」

俺としても、是非親友の意見を聞きたい。今日の『大人のグルメ倶楽部』は、シオーネ開催である。

「結構、巷で評判ですよ」

店へ到着してみれば、嬉しい事にそのとおり。

戦争が終わっての祝賀ムードもあるのか、シオーネは連日満員のようだ。

コンシェルジュは喜びつつも、真似をする店が出て来まして、と顔を曇らせている。特許とかはないようなので、やめさせる事は出来ないらしい。

「当店こそ、ドクタースライムより伝えられし発祥の店。それを前面に押し出しております」

そう言われ、色紙のようなものを差し出された。その旨を書いてくれと言う。

断るのも何なので、適当にペンを走らす。

幸い俺は石像より、『人族の一般的な公用語の能力』を貰っている。ランクはDで、話す・読む・書くに不自由はない。

ただ、書く内容は俺の頭次第。

書き終えた後眺めるも、余白が余り過ぎてちょっと寂しい。

(そろそろ、秘密結社の名を世に広めるか)

もともと、特撮ヒーロー物の悪役に憧れて作ったものだ。ガチな秘密の組織にしたのでは面白くない。

そう考え役職を付け足す。

『死ぬ死ぬ団首領、ドクタースライム』

その名で書かれた色紙の出来上がりは、どう見てもラーメン屋に置かれた地方局アナウンサーのものだった。

「ありがとうございます」

それでもいいのか、コンシェルジュはほくほく顔。早速カウンターの前に飾っている。

そこへ、さっき指名したサイドラインの子が二人、手をつないで走って来た。

「準備出来たよ」

コンシェルジュは振り返り、俺達へ慇懃に礼をする。

「シルバーバッジ、ツーセット。ご用意出来ました」

おっさん二人と少女二人は腕を絡ませ、彼女らの母親が待つ二階へと向かうのだった。


それから二時間後、すべてを終えて店から通りへと踏み出す。

コーニールは大喜びで、歩きながらも熱く感想を語っていた。

「これはちょっと、エポックなメイキングですよ！」

「そんな大げさな」

「そんな事ありませんって。前にも言いましたが、タウロさんは自覚が足りないんです」

ウェーブショートの化粧の濃いお母さん。それが大層気に入ったらしい。その証拠に、彼女にだけ『串刺し旋風』を披露していた。

だからこんなにご機嫌で、大げさな事を言うのだろう。

「親子丼は、思春期の親子不和さえ解決する可能性があります！」

酔っているのだろうか、また妙な事を口にする。

「同じ客を親子で相手にする。これによって共通体験が生まれ、互いの苦楽を知る事が出来るでしょう」

それは間違っているとは言い切れない。俺は頷く。

「不和の主因の一つは、互いの理解不足。俺はそう思ってます。親子丼はそれをおぎなえる」

そこでコーニールは両手を顎の前で組み、身を小さくして少女の声真似をする。

「お母さんは、あたしの事なんて何もわかってない」

今度は向きを変え、背筋を伸ばして偉そうな態度を取った。

「そっちこそ、親の苦労をわかってないじゃない」

どうやら、母親に扮しているつもりらしい。俺はこの出来の悪い小芝居を、しばし眺める。

母子の最後のセリフは、『お母さん凄ーい』、『あなた、私の若い頃より遥かに上よ』で、共に相手を認め合い、仲良くなって終劇となった。

「という感じです」

どうだ、と言わんばかりのコーニールである。

(父親はどうなるんだろう)

母子の絆ばかりが強まって、お父さんの居場所がなくなるのではないだろうか。

そんな不安を感じたが、鼻息荒いコーニールには黙っておく事にした。

「じゃあ、次行きましょう、次。今日は戦争終了と、タウロさんの出入り禁止解除祝いですよ！」

よほど溜まっていたのだろう。先ほど母子四人を相手にしたのに、まだまだ元気一杯である。

俺は苦笑しながら、先を行く大男の後ろをついて行くのだった。


それから数時間後。

初夏の早い日の出は、王都の歓楽街を明るく照らし始める。

そして俺は、ふらつきながらその光を浴びていた。

(やべえ、朝だよ)

いつまでたっても、コーニールは切り上げようとせず、とうとうこの時間になってしまったのだ。

「ようし、じゃあラスト一発。もう一軒だけ行きましょうか」

開いている店なんてないでしょう、と弱々しく返す俺に、朝日に照らされた笑顔が眩しい。

「大丈夫です。徹夜明けでやりたくなった人向けの店が、ちゃんとありますから」

疲れ何とか、という奴だろうか。

前世でも、夜勤明けに子供を作った同僚が何人かいた。その需要に応える店があるらしい。

さすがこの世界、そっち方面は至れり尽くせりである。

「……本当に、これで最後ですからね」

観念した俺はそう念押しし、アンデッドのような足取りで次の店へと向かうのだった。


同時刻、王国の北北西に位置するニセアカシア国では、二騎の騎士が森を進んでいた。

B級とC級。いずれも日の出と共に、ニセアカシア国を進発している。

(盗賊団の根拠を急襲する)

B級騎士の操縦席に座る、上唇の上に手入れされた短い口髭を生やした、おっさんと言うにはまだ若い男性。

今やニセアカシア国の英雄となった、ライトニングである。

後ろに従えるのは、最近採用した操縦士。

背の高い痩せた老人で、かつての愛騎、樽人形《バレルドール》を任せていた。

(こちらに気づいたか)

森の中から立ち上がる、盗賊団のC級騎士。

ここは、王国国境に近い森。最近、王国方面から流れてきた盗賊団が、商隊を襲うようになったのである。

厄介な事に、C級とはいえ複数の騎士を帯同していた。

『後ろを任せる』

そう言ってライトニングは速度を上げ、一気に敵陣奥へと突入する。

『ライトニング・ソード!』

敵は三騎、技の出し惜しみはしない。

高速の連続突きに、盗賊騎士の腰から上は破片になって飛び散った。

(軽過ぎる)

予想より手応えがなく、ライトニングは勢い余ってオーバーラン。

盛大に土砂を巻き上げつつ向きを変え、僚騎へと振り返る。

(さすがだな)

老操縦士の操る樽人形《バレルドール》は、盗賊騎士を圧倒していた。

剣と盾を巧みに操り、隙を見せず隙を見逃さないその戦いぶりは、老練の一言に尽きる。

もう一騎は、瞬時に戦況を悟ったのだろう、背を見せ駆け出していた。

(無駄だ)

一旦、膝を大きく曲げ騎体を沈めた後、ライトニングは大地を蹴り飛ばす。

矢のように加速した騎士は、数瞬で盗賊騎士の背後に肉迫。一突きで片足を破壊し転倒させると、利き手を肩口から破壊した。

そして、地面から半身を起こした盗賊騎士の胸部に、ピタリと刺突剣の先端を押し当てる。

『降りろ』

外部音声を響かせ、その姿勢のまま目だけ動かし樽人形《バレルドール》を見やる。

盗賊騎士の剣を手首ごと弾き飛ばし、そちらでも勝負を決めていた。

(それにしても、ここまで差があるとは)

乗り換えてある程度たつが、驚く事は多い。

B級騎士の性能は、想像以上にC級を上回っていたのだ。

(しかし自分には、タウロ殿の真似は出来ない。あの子爵のような事も)

老嬢《オールドレディ》の戦いを思い出すと、身が震えてしまう。

遥か彼方から、雨霰と遠距離魔法攻撃を放ち続ける老嬢《オールドレディ》。片や踊るような所作で、そのすべてをかいくぐり、距離を詰めて行く熟女子爵。

(いずれは、あの領域に近づきたいものだ)

このB級騎士は、その戦いで熟女子爵が乗っていたもの。それをタウロが鹵獲し、ライトニングに譲ったのである。

(厚意に応える意味でも、乗りこなしてみせたい)

さらなる精進を心に誓うのであった。


ニセアカシア国南部、王国との国境付近。

ニセアカシア国の兵達が到着したのは、ライトニング達が盗賊騎士を倒してから半日後の事である。

絶望的な抵抗を試みた者はすでに命を失い、生き残りは十数人に過ぎない。

「お待たせ致しました。後は我々にお任せを」

隊長である太っちょおっさんの背後では、すでに作業が始まっていた。

捕らえた盗賊達を個々に縄で縛り、さらにそれを一本の長い縄につなぐ。その様はまるで、軒先に吊るされた干し柿のよう。

また盗賊のC級騎士は、こちらもロープを掛けられ、多数のゴーレム馬によって大型の荷車に引き上げられて行く。

すべてを引き渡し、帰りの途につくライトニング達。兵達が町へ到着したのは、ライトニング達に遅れる事、数日だった。


初夏の日差しが、ニセアカシア国の町に降り注ぐ。

町の中央にある王の館。その裏庭には、鹵獲された盗賊騎士が横たえられていた。

(この紋章。確か王国の貴族じゃったような)

小柄で丸く腹の出た、気弱そうな老人。

ニセアカシア国の大臣である彼は、窓越しに裏庭の盗賊騎士を一瞥する。そしてすぐに、視線を机の上の飾り物に戻した。

置かれているのは、手のひら大の板が三枚。すべて中央に、同じ紋章が大きく浮き彫りにされている。

（外装の紋章は潰しても、操縦席内がそのままとはのう）

これらは、盗賊騎士の操縦席内から剥がして来たものだ。元の所属を表していると見て、間違いない。

爪先立ちで、本棚から紋章図鑑を取り出す。

パラパラとめくり、すぐに該当する家名を探し当てた。

（この家は、最近取り潰しにあったはず）

ハの字形の眉の下で、小さな目を大きくしばたたく。

（粛清の手を逃れた者達が、盗賊を始めたという事じゃろう）

合点が行き独り頷いていると、国王が入室して来た。威厳の少ない、壮年の痩せ男である。

「何かわかったか？」

その問いに、見解を口にする大臣。

国王は大きく頷き、同意を示す。

「生き残りが北へ逃れ、この地で盗賊稼業を始めたという事か」

迷惑な事だ、と呟きつつ息を吐く。

「本来なら盗賊は死罪だが、事情が事情だ。王国に話を入れよう」

そして、この男には珍しく人の悪い笑みを見せる。

「そもそもの原因は王国の不始末。迷惑料を請求しても、罰は当たるまい」

この場で処刑しても銅貨一枚にもならないが、引き渡せば金貨が手に入る。

それに、どちらにしろ盗賊の行く先は処刑台だ。

「騎士はどうされます？」

大破が一騎、小破が二騎。計三騎のC級騎士が運び込まれている。

「騎士も同様だ。王国は騎士不足、喉から手が出るほど欲しいはず。せいぜい吹っ掛けてやれ」

大臣がホッとした表情を浮かべたのは、所有騎士をさらに増やすなどと、言い出さなかったからだ。

「そんな顔をするな。俺にもわかっている。今の騎士を維持するので精一杯な事ぐらいな」

笑顔を向けられ、大臣は気まずそうに視線をそらした。

国王は気にせず、言葉を続ける。

「尋問はどうする？　身代金が手に入るとなれば、痛めつける訳にもいかぬ。敗戦姦で聞き出そうにも、女はあの操縦士一人だけだ」

足を破壊された騎士。その操縦士である。

年の頃は二十代後半、髪は赤くショートのくせっ毛。美人ではないが不美人でもない、そんな女性であった。

「操縦士に敗戦姦を行えるのは、操縦士のみですからなあ」

嘆息する大臣。

この国には二人の操縦士がいる。

しかしライトニングは、気質から敗戦姦を好まなかった。そして最近雇った老操縦士は、男性であるものの物理的に行えない。

「まあよい。我が国に有用な情報を持っているとは思えん。そのまま引き渡そう」

早速、見事な筆使いで文をしたため始める大臣。書き終えた後は兵を呼び、王国へ届けるよう指示。

廊下を走り去る後ろ姿を見ながら、小さく息を吐く。ちなみに国王は、すでに退室していた。

「気の毒な事よ」

最近雇った、老操縦士についてである。

最近この国に流れ着いた人物。自分が操縦士だった事は覚えていたが、他の記憶は失っていた。

（いやあれは、破壊されたと見た方が正解かも知れん）

小国とはいえ、大臣職を務めて長い。いくらかは暗部も知っていた。

（魔法を用いた尋問じゃな。限界を超えて記憶を探り、壊してしもうたんじゃ）

痛ましそうな表情が浮かぶ。

生活に支障はないかも知れないが、記憶が戻る事はないだろう。

そして大臣には、気になる事がもう一つあった。

（去勢されておる）

それが、老操縦士が敗戦姦を行えない理由。

野良猫を野に放す時に行われるような、『玉抜き』が施されていたのだ。

（扱いが動物と同じじゃ。人同士が互いに持つ尊厳が感じられん。一体何者が行ったのか）

大臣の心配。それは得体の知れない何者かが、ニセアカシア国に目をつける事。

優秀な操縦士は置いておきたいが、そこは天秤。マイナスが多ければ、国王に進言せざるを得ない。

（大丈夫じゃとは思うがのう）
老操縦士への仕打ちは、捨てられた動物に似ている。
もはやその何者かは、老操縦士に価値を見出さなくなったのだろう。
（記憶はないが、操縦士としては優秀じゃし、武芸の心得もある）
窓から裏庭に目をやると、件の老操縦士が兵に交じって格闘訓練をしていた。
なかなかの腕である。
（他に操縦士のあてがない以上、手放す訳にはいかんのう）
大臣はちょこちょこと、狭い歩幅で廊下を歩いて行くのだった。

舞台は国境を越え、南南東へ大きく移動する。
王国の中心都市である王都。そこでは今、ある変化が起き始めていた。
新たな文化が、花開きつつあったのである。
「戦争が終わった！」
休戦協定が締結され、戦乱は終結。
失意の指導者層はさておき、庶民はその事を素直に喜んだ。
それまで絞っていた財布の紐を緩め、陽気に遊び出す。
折しも花柳界には『親子丼』と『罪と罰』という、それまでなかったものが登場。
目新しさを好む人々はこれに飛びつき、そして絶賛した。
『親子丼始めました』

『新登場！　罪と罰。是非一度お試し下さい』

そのような文言が、店先に掲げられる。

新メニューを取り入れる店舗は、急速に増え広まっていた。

戦争の反動による一時のブーム。その可能性は大きい。

しかし新メニューは他国にも知られ、多くの旅人を惹き寄せる。

王都が文化の発信地『花の都』と称され始めたのは、実にこの時からであった。

「さてタウロさん。今日はキャサベルですね」

白い大理石で組み上げられた建物の前で、コーニールが言う。

本日も開催されている『大人のグルメ倶楽部』、その行く先である。

嬉しい事に、ここでも俺の出入り禁止は解けていた。

「勿論、ちゃんと予約しましたよ」

頷きながら、俺は答える。

御三家で最も格式の高いキャサベルに、彗星のごとく現れた女王様がいるらしい。

「ついこの間、ジェイアンヌで始めたばかりなのに、広まりましたねえ」

コーニールが言うとおり、爆発的な勢いで広まった。

今やどこでも、罪に対して罰を受ける事が出来る。質さえ問わなければだが。

親子丼発祥の店を名乗るシオーネと同じように、ジェイアンヌも罪と罰の元祖を宣言している。

そのため俺は、ジェイアンヌのロビーにも色紙を納める事になった。

「ところでタウロさん。死ぬ死ぬ団って何です？　相手に『死ぬ死ぬ』言わせるから、その名なのですか？」

シオーネに納めた色紙、そこに書かれた『死ぬ死ぬ団首領、ドクタースライム』という部分を思い出したのだろう。下品な笑みを浮かべながら聞いて来た。

俺としては、『死ね』という言葉の響きがキツ過ぎたため、まろやかにしただけなのだが。

「ドクタースライムって呼び名だけだと寂しいので、首領の役職をつけたんですよ。団はさらに後付けです」

ここで一つ、勧誘を試みる。

「現在団員募集中です。よかったらコーニールさんもどうですか？」

そうですねえ、とコーニールは思案した後答えた。

「俺もタウロさんみたいに、『死ぬう！　死ぬう！　いっそ殺してえっ！』って相手に言われるよう頑張ります。そうなったら、是非入れて下さい」

一体、人の事をどう見ているのか。

否定しようとしたが、結構真剣な表情。面倒なので、そのままにする事にした。

そんな話をしていると、扉をボーイが引き開けたので、俺達は礼を言いロビーへと進む。

「予約していましたタウロです」

コンシェルジュは頭を下げ、確認を求めた。

「お二人様に、女王一名。それでよろしかったでしょうか」

揃って頷き、三階へと上がる。

女王様は、少し遅れて入室するそうだ。

（先に待っている女王様というのも何だし、そうなるだろうな）

手をつないで階段を上る訳にも行くまい。

妙に納得しつつ、部屋で服を脱いでいくのだった。


それから数十分の時が流れる。

俺とコーニールは四つん這いで並び、交互に鞭で打たれていた。

おもちゃの鞭なので、大して痛くはない。しかし驚きがある。

何と、今巷で評判の女王様は、地味子ちゃんだったのだ。

（彼女に、こんな素質があったとは）

田舎の、おとなしい幼馴染みのような風情。

はにかみながら、『指名してくれてありがとう』と口にするかわいらしさ。

以前相手してもらった時は、そんな女性だったはず。

しかし今や、その顔はルビー色のバタフライマスクに隠され、口からは汚い言葉を吐き出し続けていた。

「このクソ野郎！　自分のクソを食って死ね！」

音高く鞭が鳴り、鋭くも軽い痛みが背中に走る。

一瞬で痛みは引き、じんわりとした温かさが残った。

「何がグルメだ！　気持ち悪いんだよ！」

俺はコーニールと顔を見合わせる。俺達の『大人のグルメ倶楽部』、その存在を彼女は知っていただろうか。

コーニールも同じように思ったようで、首を傾げている。

「うっ！」

股間の圧迫感と痛みに、俺は呻く。

「何、ひそひそ話してんだあ？」

俺達の様子に、怒りを覚えたらしい。地味子女王様は、右足先で軽く蹴り上げて来たのだ。

「上を向きな」

正面の鏡を見ると、顎で指示しつつ足の裏を見せている。

(美脚責めか)

握るようにうごめく足の指を見ながら、生唾を飲み込む。そして服従する犬のように、腹を見せてひっくり返った。

「何だあ？　これはあ」

「っ！　申し訳ございません」

足の親指と人差し指で巧みに挟まれた俺は、元気である。

下から見上げる地味子女王は、これはこれで美しい。

(何か、気持ちがわかって来たような)

発案者という事になっているが、中身は前世知識の丸パクリである。

体験するのはこれが初めて。熟練度は、常連客の足元にも及ばない。

(Fランクの怪我治療ポーションを持参して、閉店まで入り浸る。そんな上級者までいるらしいから

な)

どこにでも、熱心なファンというのは存在するらしい。

(ん?)

地味子女王の背後に、指をくわえたコーニールの姿が見える。

俺が女王様を独占しているため、寂しいのだろう。

「私にも、罰をお与え下さい」

そう言いながら、レザーに包まれたヒップに頬ずりするコーニール。

当然のごとく女王様は、烈火のごとくお怒りになった。

「何しやがる！　クソ野郎！」

怒号と共に振り返り、コーニールを蹴倒す地味子ちゃん。

全然効いていなくとも、コーニールはコロンと倒れ腹を見せた。

「そんなに欲しいなら、くれてやる！」

ぐりぐりと美脚お仕置きを始める。コーニールはニコニコだ。

(途中だったのになあ)

切り上げられた俺は、もどかしい。

しばらく地味子女王の後ろ姿を眺めていたが、我慢出来なくなって来た。きっとコーニールも、同じ思いだったのだろう。

「女王様！」

後ろから近づき、さほど大きくないが形のいいヒップに顔を埋める。

「つ！　てめえ！」

感度がいいのだろう。ビクリと反応し、向き直って鞭を振り回す。

俺は頭を抱えて、鞭の雨を受けた。

(相手してもらえないと、寂しくなるんだ)

かまわれるなら、鞭でも嬉しい。

また一つ理解し、成長してしまった。

一方コーニールは、先ほどと同じように女王様に近づいている。

「罰を！」

「女王様！」

寂しがり屋の俺達は、母犬を求める子犬のごとく地味子女王様に殺到する。

どちらかと言うと小柄で華奢な女王様は、男二人に群がられ、身動きが取れなくなってしまった。

「いい加減にしろ！　ふざけるな！」

ほほえましくも、女王様は本気でお怒りである。

「美脚責め、お願い致します！」

コーニールは足首をつかんで持ち上げ、足裏を舐めまわす。

負けてはいられぬと俺は、がっぱり開いた脚の間に顔を埋め、宣言。

「顔面騎乗、ありがとうございます！」

黒革の衣装をずらして、舌をフル回転だ。女王様は腰を大きく跳ね上げ、口から舌を突き出し大きく呻く。

その後も女王様相手に、いたずらを続けた俺達。最後は後ろから馬乗りになり、粘りつく思いを交代で最奥に捧げて来てしまった。

その後、怒りに狂った地味子女王は、時間一杯鞭を振り回し俺達を打ち据える。

しかし、膝が笑うほど腰が抜けているので、まったく痛くなかったのだった。


それから一時間後。

俺達二人は、歓楽街の屋台で食事をしている。

最近は気温が上がって来たので、今日も麦酒だ。

「面白かったですねえ」

コーニールはご機嫌である。

本気の女王様をからかって遊ぶというシチュエーションが、大変に楽しかったらしい。

俺も同意であるが、反省もある。悪乗りして楽しんでしまったが、本来のＳＭとはかけ離れたものだったからだ。

「イメージはもっとこう、別のもので」

大いなる知識を与えてくれた先人達。彼らに対して、申し訳ない気持ちが湧く。

「でも彼女は、あれで人気が爆発しているんでしょう？」

ぐずぐず言う俺に、コーニールがあっけらかんとした表情で告げる。

それは事実。

帰り際にコンシェルジュに聞いたところ、地味子女王は客によっては逆襲され、やっつけられてしまうらしい。

全員ではない。腕の立つ一握りにだ。

そして最も熱心な客層は、そこより少し下。『もう少しで攻略出来る』との実感を持つ者達である。

彼らは地味子女王を、『今日こそは屈服させる』といきり立ち、足繁く通っているらしい。

「あの、本気のところが人気なのでしょうねえ」

揚げ物をバリバリと噛み砕いたコーニールは、麦酒で一気に流し込むと大きく息を吐く。

「演技じゃなく、天然だそうですから」

そう言いながら、俺も海鮮揚げを口に入れ、麦酒で飲み下す。

コーニールは思い出したのか、口元をいやらしく曲げる。

「本気の女王様を引っ繰り返してやっちまうってのは、やっぱり面白いですよ」

大人のグルメ倶楽部の『罪と罰』レビュー。

これをまとめるには、もう二、三軒回る必要があるようだ。

そして俺達の話題は、この後向かう店と次回開催の件に移って行ったのである。


日差しは強いものの、本格的な暑さはこれからという季節の昼下がり。

教導軽巡先生は人狼《ワーウルフ》のお姉さんと一緒に、親友の姉夫婦が住まう一軒家へお邪魔していた。

場所は王都の南西隅。ダウンタウンにおいても家賃が安そうな地区であるのは、広い庭を求めての事であろう。

夫と幼子の三人家族だが、大型犬を子犬達と共に飼っているのである。

「また寝ているって？」

絨毯の上に横座りした教導軽巡先生が声を掛けるのは、彼女の膝の上から何かを訴える、犬耳を生やした幼児。

人狼《ワーウルフ》と人のハーフであり、人狼《ワーウルフ》のお姉さんにとっては姪に当たる。

まだ立って歩けないこの幼児は、叔母が遊んでくれないのに不満を持ったらしい。

「大仕事をこなしたばっかりだから、疲れているのよ。勘弁してあげてね」

姉夫婦の外出時、たびたび子守を頼まれる人狼《ワーウルフ》のお姉さん。教導軽巡先生が非番の予定を変えてまで同行しているのは、この子にすっかり心を奪われてしまっているからだ。

『人間の赤ちゃんと、子犬の愛らしさを併せ持つ』

この手脚の短い小動物は、母性本能を刺激してやまないのである。

(だけど確かに、ここへ来ると昼寝ばかりしているような)

絨毯の上に置かれたクッションを枕にし、仰向け大の字で盛大に眠りこけている親友。それを見て思う教導軽巡先生。

(もしかして私がいるから？　子守を安心して任せられるって事なの？)

そうであるなら光栄と、信頼に応えるべく気を引き締める。

ちなみに人狼《ワーウルフ》のお姉さんがこなした大仕事とは、先日行われたドクタースライムとの一戦。

完膚なきまでに叩きのめされた時受けたダメージは、人狼《ワーウルフ》族の頑健さをもってしても、容易には抜けないらしい。

「降りたいの？」

こちらに目を合わせ、身振りで意思を示す犬耳幼児。教導軽巡先生は、少々残念に思いながらも床へ置く。

幼児は草原を行くように絨毯の上を這い進むと、少し迷い、最終的に叔母の脇腹から登り始めた。このルートを選んだのは、胸や尻が大きく険しかったからだろう。

「……駄目。足を外して」

苦労しながらも小動物が腹上へよじ登るのに成功した直後、叔母は目を閉じたまま眉根を寄せ、苦しげに口を開く。

呻きを拾った姪の小さな犬耳はピクリと動き、頭へ向かうべく踏み出し掛けていた前腕を戻した。

「あなたのせいじゃないわ。夢を見ているのよ」

心配そうに振り返る幼児へ顔を寄せ、ささやく教導軽巡先生。

続いて漏れた言葉の端々から、わかったのだ。親友は今ドクタースライムとの戦いを、夢の中で再体験しているという事を。

「ううう っ」

額に汗して、膝を閉じ合わせる人狼《ワーウルフ》のお姉さん。

『股間を踏みにじったタウロが、足裏で激しい振動を送り込んでいる』

場面はこれで、間違いないだろう。

(あら、胸が)

思わず口に手を当てる、教導軽巡先生。

豊かな胸を持ちながらも、本日はノーブラの親友。着ているのは、袖なしで首回りにゆとりがあるシャツ一枚だ。

タンクトップに似た服の布地を、下から二つの突起が持ち上げ始めたのである。

（さすがはタウロ様）

幻とはいえ、責め手は王都花柳界屈指の人物。覚えてしまった体が反応するのも、致し方ないと言えよう。

（だけど、このままにはしておけない）

不意の来客があるかも知れず、淑女としてはよろしくない。

何か体へ掛けるものはないかと、教導軽巡先生は居間の奥へ目をやった。

「んぐうっ」

その時背後で上がったのは、押し殺した親友の悲鳴。夢の影響にしては妙に生々しく、怪訝な顔で振り返る。

目に入ったのは、尖った布地の先端へ向け横なぎの前腕を叩きつける、愛らしくも真剣な表情の犬耳幼児の姿だった。

「興味を引いてしまったのね」

細まった目が示すのは、集中力の高まり。似ているのは、獲物を前にした犬猫であろう。

犬耳ではあるものの、猫パンチを繰り出す人狼《ワーウルフ》族の幼子。

しかも一度きりではない。右、左と連続で放ち、そのたび叔母に息を呑ませ、背を床からわずかながらも浮かさせる。

「いじめないの。敏感になっているから、苦しそうでしょう」

引き離すべく両手を差し出す教導軽巡先生だが、その前に幼児の『挟み打ち』が炸裂。

それは猫がネズミを押さえ込まんとするような、両腕による同時攻撃だ。

「くあっ」

女性の胸の感覚。似たものを探すなら、男性の股間が両胸の先端についているような感じだろうか。

それが両側から叩かれたのだからたまらない。

逃げ場なく内部に留まった衝撃に人狼《ワーウルフ》のお姉さんは、豊満ながらも引き締まった体を激しくよじらせた。

(危ない!)

振り落とされてしまう。

そう思い顔色を変えた教導軽巡先生だが、幸いそれは杞憂に終わる。

幼児でハーフとはいえ人狼族《ワーウルフ》。タンクトップにしがみつく事で、大波を乗り切ったのだ。

(あらあら)

一転困った表情を浮かべたのは、親友がボリュームある胸をこぼれさせてしまったから。幼児を引っ付かせたまま、体をひねった結果だろう。

服を直してやろうと近寄るも、事態はさらに急変した。

「ひいいっ」

何と幼児が、露わになった突起にむしゃぶりついたのである。

乳離れをしたものの、まだ口寂しいお年頃。馴染みの存在を眼前にして、食に対する本能が刺激されたに違いない。

「ちょっと待って！　あたしのは出ないって。姉さんのでお願い」

さすがに目を覚まし、一拍の後に事態を理解した人狼《ワーウルフ》のお姉さんは叫ぶ。

しかしそのようなもの、欲望に突き動かされる幼児には届かない。

『腹が減った。早く出せ』

そう言わんばかりの勢いで激しく舌をうごめかせ、強く先端をするのだ。

「うひいいい！」

姪の両脇腹を持ち、引き離そうとする叔母。しかし吸引は強力で、口のみで豊かな胸にしがみつき、引っ張り伸ばしている。

（……これは、タウロ様の余韻《よいん》だけではないわね）

その様子を真剣な眼差しで見つめ、教導軽巡先生は思う。

『男性の太腿の間に喰らい付いた女性が、猛烈にバキュームしている』

男女を入れ替えて説明するなら、今の状況はこれだろう。

しかし、いかに寝ている間の不意打ちとはいえ、人狼《ワーウルフ》のお姉さんは王都御三家のサイドライン。この反応は大き過ぎる。

（もしかして、これが胸の正しい使い方だから？）

天啓を受け、視界が明るくなる感覚を得た教導軽巡先生。

揉まれいじられると走る、低電圧の甘い電流。しかし本来これは、『子へ乳を与えている間、親をおとなしくさせておく』ためのものではなかろうか。

他へ自らの栄養を分け与える事への、ご褒美とも言っていい。

（そう考えれば、説明がつくわ）

本能で動く乳児と、経験を積み技を身につけた成人男性。しかし胸を吸われた時にもたらされる喜びは、乳児からの方が大きいのかも知れない。

もし大自然により『そうあれ』と作られたのなら、おかしな話ではないだろう。

（中に出された時も同じね）

熱い感覚が体の奥底から沁み広がり、後頭部から足先まで痺れさせる甘さ。

男女の営みの決定打とも言えるあの感覚も、『出産するために支払う代償』を考えればわかる。自らの命そのものとする種も、少なくないのだから。

『妊娠をともなわず、性行為を楽しめるか否か』

だからこそこれが、文明の有無を判断する基準。

人族やエルフ族、それに少なくない獣人族が満たし、繁殖を自ら制御し人生を楽しんでいる。

（勉強になるわ）

感嘆の息を吐き出す教導軽巡先生。

姪に気を遣いつつも、何とかしようと焦る人狼《ワーウルフ》のお姉さん。涙目で助けを求めて来るが、教導軽巡先生は気がつかない。

視線が向けられた先は、親友の背後の窓の外。そこでは大型犬が芝生の上に横たわり、数匹の子犬を腹へ吸い付かせていた。

（……これって、新しいプレイにならないかしら）

閃いたのは、『男女の営みに、子育てを加える』というもの。

娼館の働き手が母となり、男性客を乳飲み子に見立てるのだ。

(本物には敵わない。だけれど)

刺激された母性は、サービスにより心をこめさせ、男性客の幼き日の感傷を掻き立てるだろう。

『依存しか出来ない存在となって、徹底的に甘やかされる』

それは日々懸命に生きている成人男性にとって、ひと時の安息とはならないか。

(っ!)

教導軽巡先生の心を呼び戻したのは、感極まった親友の獣のような咆哮である。

急いで顔を向けると、そこには絨毯の上で身をのたうち回らせる、人狼《ワーウルフ》のお姉さんがいた。

(限界ね)

夢の中で上限近くまで責められた後、同種族の幼児による『お母さん大好き。だからおっぱい頂戴』攻撃を受け続けたのだ。仕方がないと言えるだろう。

しかし今回、放置出来ない理由がある。

『達する時は、野蛮なまでに派手に行く』

多くの客達を魅了してやまない彼女の個性が、発揮されてしまうだろうからだ。

(このままでは、あの子が危ないわ)

湧き上がる甘い野性に、自分を見失っている親友。姪が胸に吸い付いている事すら意識から飛び、仰向けに転がってしまうかも知れない。

そうなれば幼児は、豊満ボディに押し潰されてしまうだろう。

(ごめんなさい)

一気に目つきを鋭くした教導軽巡先生は、心中で謝りつつ親友の緩い短パンの裾を、中の下着ごと横へずらす。

そして放たれたのは、一本だけ立てられた右中指による鋭い突き。

「グガッ！」

一息で根元まで突き刺すと、次に教導軽巡先生は第一関節を鉤《かぎ》のように曲げた。

(ここを、こうね)

続けて手首を利かし、奥の手前内側をグリリとこじる。

瞬間、声なき絶叫と共に盛大にほとばしらせる、人狼《ワーウルフ》のお姉さん。それはまるで刺された場所から透明な水を噴き出す、水風船のよう。

(こうするしかなかったの)

白目を剥き痙攣を重ねた後、動かなくなった親友へ、申し訳なさそうな視線を向ける教導軽巡先生。

『一撃で、暴れさせずに意識を刈り取る』

もし近くにこの光景を見ていた者がいれば、『暗殺者』という感想を持ったに違いない。

だがそれも共に技を磨き合い、交代で実験台となった二人だからこそ。互いの急所は、充分にわかっていたのである。

ただし二人の実力差が大きかったため、大きく震えるのは常に犬耳の方だったが。

(あら)

力による順位付けが、群れの中で明確に行われる人狼《ワーウルフ》族。

その文化のせいだろうか、振り返った幼児の瞳には尊敬の光がある。あれほど執拗に吸い付いていた口を離したのも、感銘を受けたからに違いない。

「こっちに来ましょうね」

少し照れ、引き寄せようと両手を伸ばす教導軽巡先生。幼児は嫌がらず、そのまま頬ずりを受け入れた。

(うふふふふ)

床にだらしなく伸びる親友をよそに、相好を崩し幸せを満喫する教導軽巡先生。

小さな手で数度胸を押された彼女は、慈愛に満ちた表情で口を開く。

「私の？　いいわよ」

出ないけれど、と続け、シャツのボタンを外し始めた。

(……これは、なかなかね)

犬耳幼児を胸に抱き、うっとりと目を細める教導軽巡先生。

彼女は気がついていないが、一連の騒ぎは隣家に住まう受験生達の勉強を、大きく邪魔してしまっていた。

人狼《ワーウルフ》のお姉さんの甘い叫びは、兄弟の集中力を削ぐのに充分だったのである。

王都から北西へ遠く。日が落ちた後の帝都は、昼の暑さが偽りであったかのように気温が下がっている。

内陸部にあるため、日中と夜の気温差が大きいのだ。

そして、宮殿のほど近くにある屋敷。

その二階にある書斎の窓は開けられ、やや肌寒いほどの夜風を導き入れていた。

(警戒が、予想以上に厳重だ)

重厚な机の上に灯したランプ。そのオレンジ色の光に顔の片側を照らさせながら、温厚そうな顔のおっさんは独り言ちる。

王国が秘密裏に開発を続けていると思われる、幽霊騎士《ゴーストナイト》。

その情報を手に入れるべく彼は、諜報部隊を王都に送り込んでいた。

本命と思われる鍛冶ギルド。そして、実験騎を所有していると思われる商人ギルド。この二つを重点的に探らせていたのだが、目ぼしい情報はまだ得られていない。

(それどころか、連絡が途絶えている)

眉間の皺が深くなる。

多くの人員を向かわせているのだが、次々に行方がわからなくなっていたのだ。

(消されたか)

その可能性は高い。

(しかし、我々が行っているのは、民間組織への情報収集だぞ)

王族暗殺を企てている訳でもないのに、諜報員が次々と殺されて行く。

明らかに異常。その警戒レベルは、王族に匹敵すると言っても過言ではない。

(やはり、求めるものはここにあるのだ)

確信する、温厚そうな顔のおっさん。情報収集を得意とするこのおっさんの、目の光は穏やかさとは程遠い。

（娼館から情報が得られないのは、誤算だったな）

最も期待した、商人ギルド操縦士へのハニートラップ。

だがこの人物。娼館遊びを嗜むにもかかわらず、高級娼館へ姿を現さない。

（操縦士の身分でありながら、下賤な店にしか行かないだと？　どういう了見だ）

名士なら、名士の体面に相応しい場所に通うべきである。

それが、庶民に交ざって安い店で遊ぶとはどういう事か。完全に彼の目論見を外されていた。

（このまま進展なしでは、次回の円卓会議に顔を出せぬ）

そこで温厚そうな顔のおっさんは、えらの張った中年女の顔を思い出す。

幽霊騎士《ゴーストナイト》の欠陥を突き止めたとかで、大いに評価を上げていた。

噛み締めた事によって、奥歯のきしる音が鳴る。

（動くか）

このままでは進展は見られない。

そう考えた温厚そうな顔のおっさんは、椅子を立つ。

（この時間なら、まだ執務室で仕事をしているだろう）

帝国騎士団長の顔を思い浮かべつつ、執事にゴーレム馬車の準備を命じる。

次の作戦には、どうしても複数の騎士が必要。

使用人の御する馬車に乗り込み、交渉すべく帝国騎士団本部へと走らせたのだった。


数日後。

帝国北東部、王国との国境に近い山の中。

斜面を埋め尽くす杉の木々が、悲鳴を上げながら次々と倒れ行く。

そのたびに地面は大きく揺れ、鳥達が雲霞のように森を飛び立つ。

奥から姿を現したのは、カマキリのような姿をした大型魔獣であった。

一体ではない。

先頭のカマキリが両腕の大斧を振るい、木々をなぎ倒し前進。さらに斧を振り上げるその後ろには、十体以上の同族が列をなして付き従っていた。

「うまく行ったようだな」

谷を越えた山の斜面より、その様子を見つめるB級騎士の姿がある。

操縦席に座る男は、独り呟《つぶや》いた。

次に外部音声を投入し、背後に控える三騎のB級騎士に指示を出す。

『先回りして網を張るぞ。遅れるな』

そして山林を縫うように進み、王国領内へ侵入。

彼らは帝国騎士団の一員。目的は、王国商人ギルド騎士の鹵獲である。

(魔獣が街道を脅かせば、商人ギルドの騎士が即座に現れる)

調査の結果、判明した事実。

その情報を元に彼らは、大型魔獣を王国領内に誘導したのである。

街道まで向かうよう、街道沿いの町に餌を用意していたのだ。

(さすがに雌の悲鳴は、効果があると見える)

彼らが準備した餌とは、先日捕らえたカマキリ。ダブルアックスと呼ばれるこの魔獣の雌である。

槍を刺された状態の彼女は、檻に押し込められ、町の郊外に隠されていた。

上げ続ける悲鳴は、人間には聞こえなくとも同族には届くらしい。

怒り狂った巨大カマキリ《ダブルアックス》達は、町に向けて突き進む。

(後は、その戦いぶりを拝見。最後に倒して、騎士を手に入れる)

それが今回の作戦。

環境色のようなブラウン一色に塗られた騎体は、所属を示すものは撤去されている。

(騒ぎを起こしても、証拠さえ残さねば構わない)

疑われようと、認めない限り非難はされない。当然ながら休戦協定も維持される。

ようは、表立っての敵対行動さえしなければよい。

そのような世情であった。


舞台は南南東へ大きく飛び、王都へと移動する。

王都東門そばにある、紡績工場のような大きな石造りの建物。商人ギルド騎士の格納庫である。

そこで俺は、草食整備士から次の仕事の話を受けていた。

「巨大カマキリ《ダブルアックス》の群れですか。珍しいですねえ」

渡された資料を見ながら、俺は感想を漏らす。

添付された絵は、でかいカマキリ。山を好み、あまり平地には出て来ないので、意外な感じがしたのだ。

脅威度は低くないが足が遅く、カマキリのように飛んだりもしない。

斧のような両腕を鋭く振り回す、近接特化の魔獣。今まで危険を感じた事はなかった。

「老嬢《オールドレディ》との相性は抜群です。多少数が多くとも問題ありません」

草食整備士も同じ見解だったらしく、頷いている。

出撃に向けて具体的な話を詰めようとしたところで、ノックの音が響いた。

「邪魔するの」

現れたのはギルド長。

ここに姿を見せる事は多くない。いつもは広場隣の本部に詰めている。

「その巨大カマキリ《ダブルアックス》退治、とりやめじゃ」

俺と草食整備士は、顔を見合わせた。

「騎士団がやりたいそうでの。新人に実戦経験を積ませたいらしい」

話によると、騎士団長から申し入れがあったという。

四騎のB級もどき、いやC級を向かわせるとの事。

「十体はいるという話です。C級四騎だと厳しいのではありませんか?」

草食整備士は心配顔だ。

「B級四騎じゃ。公式にはの」

「まあ、それはそうですが」

ギルド長に返され、草食整備士は言葉が続かない。

俺はそこで提案をした。

「老嬢《オールドレディ》が隠れてついて行く、というのはどうでしょうか」

遠くから目視出来、いざとなれば援護も可能。万一の備えとしては充分である。

ただ問題は、商人ギルドに益がない事。どこからも依頼料は出ないのだ。

「ええよ」

拍子抜けするほど、あっさりと下りる許可。

「かつての同期が何人かおるんじゃろ。遠くから見守って、何かあった時は助けてやればよいの。騎士団長には、わしの方から言っておく」

相変わらずの大人物である。

「ありがとうございます」

こうして俺は、保護者のような気持ちを味わいながら、出撃準備を始めたのだった。


一方の騎士団本部。

会議室に、四名の操縦士が整列していた。

ポニーテールの少女、巨乳の少女、それに四十絡みのおっさん二人である。

「目的は、北部街道に現れた巨大カマキリ《ダブルアックス》の撃退だ」

彼らの前に立つ、筋肉質の男。

A級騎士の操縦士であるコーニールが、厳しい表情で言葉を続ける。

「その数、約十体。策なしで挑めば負けるぞ。注意しろ」

そしておっさん達を見、一人を指差す。

「相手にした経験は豊富だろう。指揮を頼む」

おっさんはビシリと敬礼。コーニールの方が年下だが、その辺はきちんとわきまえている。

「よし、では出撃だ」

全員が大きな声で返事をし、騎士へと向かって駆け出した。

（苦戦するだろうな）

その姿を見ながら、コーニールは思う。

冒険者ギルド出身の二人は、問題ない。

魔獣退治は彼らの専門。その知識と経験は、騎士団員を凌駕しているだろう。

問題は二人の少女である。

腕はそこそこだが、実戦経験は皆無。騎士に不足がないのなら、まともなB級をお目付け役につけたいところだ。

（まあ、あの人がついてくれるそうだし、大丈夫だろう）

今朝、騎士団長からその話を聞いた時、心の底からほっとしたものである。

心配の種がなくなった彼は、次の業務をこなすべく、廊下に出たのであった。


王都を進発、街道を北へと向かう四騎の騎士。

山間部に入り、谷に沿って左右にうねる街道を進む。

やがて目的地である、小さな町が見えて来た。

同時に、巨大カマキリ《ダブルアックス》がうごめくシルエットも確認出来る。

「多いわね」

操縦席で、ポニーテールが顔をしかめる。

十を超える巨大カマキリ《ダブルアックス》が、町に群がっていた。

「全員が避難したっていうから、そこは心配ないけども」

見た感じ、人気はない。外部音声のスイッチを入れ、隊長騎へ顔を向ける。

『どうするの？』

指示を求められた、元冒険者ギルド騎士の操縦士。

おっさんは状況を見ながら、少し思案する。

そして隣の、これまたおっさんの乗る騎士と頷き合った。

『奴らは足が遅い。俺達二人で釣り出して来るから、ここで迎え撃て』

おっさんの胴間声が、外部音声で響く。

ポニーテールは頷き、両手剣を上段に構える。編み込みおかっぱ超巨乳ちゃんの騎士は、大盾で身を隠しつつ、片手剣を抜き放つ。

『行くぞ！』

『おうさ！』

阿吽の呼吸で、おっさん達が駆け出す。

手前の一体へ岩や倒木を投げつける事で挑発し、自分達の後を追わす。

(うまいわ)

他の巨大カマキリ《ダブルアックス》達を誘引せず、一体だけ切り離している。かなりの技量だ。

『やれ！』

彼女らの脇を走り抜けつつ、おっさんが叫ぶ。

それを合図に、ポニーテールは鋭く踏み込む。そして上段から、長大な両手剣を振り下ろした。

激しい金属音と共に、衝撃が手に伝わる。

(防がれた)

片斧で弾かれたのを自覚し、素早く後方に下がる。

直後、眼前を大斧が横に飛ぶ。剣を防いだのとは逆側の斧だ。

(本当に視界の外から来るのね。話を聞いていなかったら、やばかったわ)

額の汗を、手の甲で拭う。

事前におっさんから、巨大カマキリ《ダブルアックス》は視界外から横薙ぎに払って来る、そう注意されていたのである。

(あっ！)

友人の窮地を視認し、再度飛び込む。

編み込みおかっぱ超巨乳ちゃんは、横撃を盾で防ぎ切れず転倒していたのだ。

そしてそこへ、もう片方の大斧が振るわれる。

(重い)

大斧へ両手剣を打ち込んで防ぐが、衝撃で騎士の全身が震え、剣を取り落としそうになった。

『おうし、よく頑張った』

その声と共に、Uターンして戻って来たおっさん騎士達が、両側から巨大カマキリ《ダブルアックス》へ迫る。

次の瞬間、剣が振り下ろされ、両腕を斬り飛ばした。

(関節へ叩き込んだ？　あんな正確に？)

驚愕するポニーテールをよそに、おっさんは巨大カマキリ《ダブルアックス》の頭を潰しつつ指示を飛ばす。

『続けて呼ぶからな、体勢を整えておけ』

ポニーテールは頷く。

実力差を見せ付けられ、言葉が出て来なかったのだ。

尊敬の気持ちが、胸の内で膨れ上がって来る。

『くそっ！　騎士団に入っても、結局やる事は同じじゃねえか。しかも騎士のランクは下がってやがる』

『まったくだ。B級なら突っ込んで行くだけで、何とか出来るってのによ！』

しかし愚痴を耳にして、気持ちは急速にしぼんで行くのだった。

小さな町を占拠する巨大カマキリ《ダブルアックス》の群れ。それを相手に奮戦する、王国騎士団の騎士達。

町後背の山中から、それらを見下ろす騎士達がいた。

その数四騎。いずれもブラウン一色に塗装され、所属を示す紋章はどこにもない。

全騎士の胸部ハッチは開いており、操縦士達は騎士の目を使用しつつも、肉声で言葉を交わし合っていた。

「騎士団が出て来るとは、誤算だったな」

苦い表情で一人が言う。

「今までのパターンなら、真っ先に来るのは商人ギルドのはずでしたが」

答える者の声は重い。

過去の事例では、よほどの大物、それこそ重騎馬《ヘヴィーランサー》の大規模な群れでも出現しない限り、騎士団は動かなかったのだ。

「だがここで騎士団に倒させたのでは、時間と手間を掛けた上で成果ゼロだ」

餌に用意した、巨大カマキリ《ダブルアックス》の雌も見つけられてしまうだろう。それは非常によろしくない。

「C級とはいえ王国騎士団。四騎も倒せば、言い訳の足しにはなるだろう」

頷き合う彼ら。

「よし、巨大カマキリ《ダブルアックス》がやられたのを見計らい、一気に行くぞ。あり得る事ではないが、あんなのに遅れは取るなよ」

部下達は、苦笑しながら頷いたのだった。


王国騎士団が奮戦を続ける中、この町に北側から接近する、一騎のB級騎士の姿がある。

胸にある紋章は『房状の花に蜂』。北部諸国の盟主たる国のものだ。

(我が国の民。その救出に来たのだが、すでに避難したようだな)

人気《ひとけ》のない町の様子を遠望し、操縦士は胸をなでおろす。

この町は、ニセアカシア国に程近い。数人ではあるが、滞在している者がいたのだ。

巨大カマキリ《ダブルアックス》来襲の報を受け、彼らの安否を心配した国王。彼はすぐにライトニングを呼び出し、派遣したのである。

（これも無駄になったか）

小物入れに差してある、国王直筆の釈明書。

自国民救出のため、国境を越える旨が記されている。

（しかし変わった騎士だな。Ｂ級のようなＣ級のような）

見た目は一般的なＢ級騎士なのだが、戦う姿を見るに、見た目に合う性能を有していないように感じられた。

（様々あるものだ）

操縦士としての経験が浅く、騎士への知識もそれほどないライトニング。

これ以上の感想はとくに出ない。

（彼らの獲物。余計な手出しは、しない方がいいだろう）

窮地に陥っているようには、見受けられない。

助けを求められたら手を貸そう。そう考えつつ、彼らの戦いを見守るのであった。


町の南方、山の斜面。

そこには片膝立ちで遠望する、ベージュ色の騎士の姿があった。

（あの騎体はライトニングか。久しぶりだなあ）

熟女子爵の乗っていた騎士だ。見間違えるはずもない。

ポニーテール達が、苦戦しつつも巧みに魔獣を倒して行く姿。それを感心しつつ眺めていたところ、その奥に見知った騎士を見つけたのである。

（ライトニングがいるのなら、もう大丈夫だ）

あの男は、恐るべき剣の使い手。

とにかく、剣撃の速度と精度が尋常ではない。

動き回るストーンゴーレムの急所を刺突剣で正確に突き続け、劈開《へきかい》させるほどなのである。しかもC級でだ。

（ライトニングがB級に乗ったら、A級相手にもいいとこ行くんじゃないかな）

おそらくだが、近接戦闘能力はA級に迫る。

俺は構えていた杖《ライフル》を降ろし、首を回してゴキリと音を立てた。


町の北側に到着し、腕を組んでたたずむニセアカシアの騎士。

その目は、戦い終えた王国騎士達を見つめていた。

（見事）

その操縦席で、ライトニングは感心している。

決して高くはない性能の騎体で、工夫と連携を取りながら魔獣を倒し終えたのだ。

倒れ伏す巨大カマキリ《ダブルアックス》の骸《むくろ》。もがくように足を動かす個体はあるが、それもじきに止まるだろう。

（挨拶をしに行くか）

今なら邪魔になるまい。

無断で国境を越えた事を、弁明しておく必要もある。

騎士を踏み出させると、向こうも気がついたようだ。

剣を鞘に収めたまま近づく友好国の騎士の姿に、彼らも剣を鞘に収め始める。
(ん?)
ライトニングの嗅覚に、何かが引っ掛かった。
物理的な臭いではない。それは気配、しかも剣呑なものだ。
(魔獣を倒し終えるまで、待っていた?)
見れば王国の騎士達は、大分疲弊している。
(盗賊騎士? 彼らを倒して、成果を丸ごと持って行こうとでも言うのか?)
最近、国境付近で増えている騎士持ちの盗賊達。ライトニングの頭には、それがある。
(いずれにせよ、ここは自分が対応した方がいいだろう)
手で合図を送り、彼らを自分の背後に回らせ、進み出る。
そして外部音声を投入、町近くの山中に向かって誰何した。
『何者か知らぬが、出て来るがいい。隠れていても、その気配は隠せぬぞ』
ライトニングの言葉に、王国騎士達も周囲を見回す。
(ふむ。返事はなしか。次は実力行使だろう)
魔獣との戦いで消耗したであろう彼らを、手で背後に留める。
そして剣を鞘走らせ、油断なく周囲をうかがった。
(来たか)
次の瞬間、左右正面の森の中から飛び出す、ブラウン一色の騎士達。
すでに抜刀し、走り出している。三騎すべてが、ライトニングへと向かっていた。

C級との性能差を考えれば、最大の脅威はニセアカシアのB級騎士。その排除に全力を振り向けたのだろう。

(B級だと？　しかも三騎！)

驚愕に、顔色をなくすライトニング。

C級が数騎、そう見込んでいたのである。

B級三騎など、北部諸国全体を探しても存在しない。想定が甘いと言うのは、酷であろう。

(まずい)

彼我の戦力差に、死への恐怖が心臓を握る。

ライトニングにとってB級騎士と言えば、師と仰ぐ人物と、この騎士の前の乗り手だけ。その戦う姿が脳裏に蘇る。勝てるとは、到底思えなかったのだ。

(……だが私が戦わねば、彼らが殺される)

どう見てもC級の性能しかない、背後の騎士達。

町の人々を助けるべく駆けつけ、魔獣を退治した者達だ。見捨てて逃げる事など、出来はしない。

操縦席で、静かに頷くライトニング。

恐れと迷いが、急速に心から消え去って行った。

「参る！」

叫ぶと同時に、ライトニングは神速の踏み込みを見せる。

襲い掛かる敵に、恐れを知らず飛び込んで行くその姿。ライトニングの流派の真骨頂だ。

あまりに予想外の突っ込みに、正面のブラウン騎士は戸惑いを隠せない。

剣を振り下ろし始めるまでに、一瞬の間があった。

(遅い)

ライトニングは腕の関節に剣先を突き込み、肘から先を剣ごと切り飛ばす。

(この程度なら)

最初の相手は、腕の立つ操縦士ではなかった。

最悪の事態が回避され、少しだけ心が軽くなる。

(次！)

片腕を失い体勢を崩す騎士。その脇を通り過ぎ、直角に方向転換。

爆発的な踏み込みで地面に重い衝撃を与えつつ、もう一騎の側面へ矢のように迫る。

急接近するライトニングに気づいた敵は、急いで盾を構え直した。

(下が空いている)

地にへばりつくように身を沈め、盾の下端をかいくぐる。

そしてほとんど真下から、鋭く剣を突き上げた。バネのように溜め込まれた脚力が解放され、飛び上がらんばかりの勢いである。

(よし！)

その力は、頑強なはずの胸部装甲をも貫通し、操縦席に届く。

即座に引き抜かれた剣先からは、細い血の糸が引かれていた。

(行けるか？)

二人目も、自分の速度について来られていない。

最後の一人も同程度なら、倒し切れるはず。

そう考えもう一騎へと顔を向ける。

だがすでにその騎士は、離脱を図っていた。

矢継ぎ早に二騎を倒され、ライトニングの強さを悟ったのだろう。

(方向がまずい)

街中を突破し、北へ逃げるつもりらしい。

そしてその途中には、王国の騎士達が立っている。剣を振るわれれば、無傷では済まないだろう。

(一合、持たせてくれ)

それだけあれば、駆けつけられる。

脚を曲げ身を沈め、踏み込みに必要な力をため始めたその時、視界の端で何かが小さく光った。

(!)

次の瞬間、王国騎士達へ突進を始めていたブラウン騎士の右脚が、根元から吹き飛ぶ。

片脚を失った騎士は惰性で宙を飛び、王国騎士達の目の前で地面へと激突。激しく転がった。

起き上がろうとするが、その前に王国騎士達が群がり、剣で叩き始める。

(これは……)

知らず、口元に小さな笑みが浮かぶ。

一瞬気が緩みかけたが、背後からの敵の気配がそれを許さない。

振り返れば、片手のブラウン騎士の姿。剣を左手に持ち替え、大きく振り上げていた。

『ライトニング・ソード!』

常人には一撃にしか見えない、三度の突き。

腰部に集中した剣先に、騎士は耐え切れず二つに分かれる。

操縦席を含む上半身が、固い地面に落下。一度小さく弾んだ後、半回転して停止した。

(見ていただけましたか)

落ちた剣を蹴り飛ばした後、南方の山中を見やる。そして心に呟いた。

ライトニングには確信がある。

先ほどの山中に感じた、白いきらめき。

直後、吹き飛んだ敵騎士の片脚。

それは、ニセアカシア国近郊で行われた防衛戦、そこで見た事象そのものだったからだ。

(私も以前よりいくらか、強くなりましたよ)

なればこそ魔力の消耗を押してまで、不要な必殺技を発動させたのである。

それはライトニングなりの、尊敬する人物への挨拶だった。

(しかし今回は、さらに遠い距離。それに威力も増している)

王国騎士達が、片脚を失った騎士を滅多打ちにする姿。それを視界の片隅に収めつつ、南方の山中を眺めやる。そして深い溜息をついた。

(追いつけぬものだな)

その背中は、遥かに遠い。

あまりの距離に、眩暈《めまい》すら覚えるほどだ。

その時、視界の隅に陽光の反射を感じ、横を向く。

(まだいたのか!)

谷を挟んだ向こう側。そこに、斜面をよじ登るブラウン騎士の姿があった。

明らかに、全力で逃走を図っている。

そして残念ながら自分には、この距離で攻撃出来る手段はない。

(……まあよいか。あの方がいらっしゃるのだ。逃げられるはずなどない)

そう独白した直後、ブラウンの騎士が突如仰け反り、斜面を転がり落ちて行く。

当然ながら直前に、南方の森の中で白いきらめきが走っていた。

(何と)

かなりの間を置いて、控えめな射撃音がこだまを伴って耳に届く。

あまりの鮮やかさに声が出ず、騎士の消えた斜面をただ眺め続けた。

『えーっと、助けていただき、ありがとうございやす』

それを打ち破る、少し割れ気味の外部音声。

振り返れば、一騎の王国騎士が進み出ていた。

背後には、原型をかろうじて留めるブラウン騎士。止めを刺し切ったようである。

『無事で何よりです』

続けてライトニングは、自分がここに来た理由を説明。

この町に滞在していたニセアカシア国民の救出。その内容に、王国騎士は納得したらしい。頭を縦に一度振る。

『うあー、えっと、何ですかね』

しかしその後、何やら言いにくそうな様子。

無言で促すと、申し訳なさそうな声音で話し出した。

『その、本来なら何かお礼をしなきゃいけないんでしょうが、証拠の確保とか、いろいろありやしてね』

どうやら仕事と慣例の間に挟まって、困っているらしい。

その様子に、思わず微笑が浮かぶ。

自分が老嬢《オールドレディ》に助けられた時の事を、思い出したからだ。

(ああ、あの時のタウロ殿は、こんな気持ちだったのだな)

ストーンゴーレムを倒しておきながら、一切の礼を受け取ろうとしない。

似た立場になって、やっと思い至る。

『礼はいらない』と口にした言葉。それは遠慮でも何でもない、本心だったのだ。

(では自分も、その例にならおう)

一呼吸して、言葉を発する。

『気遣いは不要だ』

そして右手を顔の側面にかざし、敬礼。

くるりと向きを変えると、ニセアカシア国へ向けて走り出す。

その背後には、やや呆然とした雰囲気の王国騎士達が残った。

『……すかした野郎だな』

充分に距離が開いたのを確認し、おっさんが口にする。

すぐに女性陣が、猛烈な勢いで噛み付いた。
『助けてもらって、何て事言うのよ！』
『かっこいいじゃないですか！　何言っているんです？　反省して下さい！』
あまりの剣幕に、おっさんは後退。
もう一人のおっさんは、余計な事を言わなくてよかったと心から思った。
『本当に、どうしようもないんだから』
しばし喚き立てたポニーテールが、親友を振り返る。
途中で噛み付くのをやめた彼女の騎士は、ぼんやりと北を見つめていた。
『……素敵』
そのような声が、風に乗って流れて来る。
（……わからなくはないわね）
ポニーテールは少し考えた後、肩をすくめる。
このような状況だ。親友がその気になるのも、しょうがないだろう。
気持ちを切り替え、おっさんに言う。
『けど、本当にB級って凄いのね。あんたの言うとおりだったわ』
『……おっ、おう。まあな』
倒された方もB級なんだがな、とは口にしない。
（あんなの規格外だぜ。見た事ねえよ）
騎士団に入り、B級に乗せろと騒いで来たが、その自信が急にぐらつき出す。

そこへポニーテールが、職責に相応《ふさわ》しい行動を求めて来た。

『ほら、隊長なんでしょ！　後始末始めるわよ。指示を出して』

尻を叩かれたおっさんは、頭を一振りして弱気を吹き飛ばす。

巨大カマキリ《ダブルアックス》の生き残りの確認、ここに集まった原因の調査、そしてこの所属不明騎士の取り扱い。

やるべき事はいくらでもあった。

四人は手分けして、仕事を再開したのである。


王国北部、ニセアカシア国との境に程近い町。

その南にある小高い山の森の中、片膝を立てたベージュ色の騎士の姿があった。

両手で構えられた杖《ライフル》は、正確に町へと向けられている。

（一体何だったんだ？　あの騎士は）

俺はそのベージュ色の騎士、商人ギルド騎士である老嬢《オールドレディ》の操縦席で、独り言ちる。

眼前で回転する、光学補正魔法陣。それを通して見ているのだが、倒れ伏した騎士の正体がつかめない。

ダークブラウン一色で塗装された外観には、所属する国を示す物が一切見当たらないのだ。

（B級騎士なのは間違いない）

つまり、国家騎士クラスである。

それが四騎ともなれば、もはや中小国家の騎士団クラス。盗賊とは、とてもではないが考えにくい。

（たぶん帝国だな）

休戦協定を結んでいるから、敵対行動をしない、などという言葉には、『表立って』という枕詞がつくものだ。

あえて国籍不明にしている分だけ、帝国の可能性が高いと言える。

(まあ、その手の事は、うちのギルド長や宰相あたりが考えるだろう)

俺は光学補正魔法陣を停止させ、構えていた杖《ライフル》を下ろす。

そして両目を閉じ、別の事に思いを馳せた。

(しかし、よく気がついたな)

ライトニングの事である。

老嬢《オールドレディ》の光学補正魔法陣は、望遠は利くが視界は狭い。

周囲から迫って来ている事など、まったくわからなかったのだ。

ライトニングが誰何する姿を見て、ようやく辺りの確認を始めたのである。

(武芸を修めている奴には、かなわないって事か)

潜む敵を察知する、鋭い感覚。

短時間で二騎を屠《ほふ》る、磨き抜かれた剣技。

いずれも俺にはないものだ。

彼があの場にいなかったら、どうだったか。

(苦しいな)

俺が気づいていない状況で、いっせいに襲い掛かる三騎のB級騎士。その光景を想像し、顔をしかめる。

狙撃だけで全員を守り切れたとは、とても思えなかった。

(まあ何にせよ、無事でよかった)

俺が手を出した事は、たぶんポニーテール達は気がついていない。

あまりに遠距離から飛来する光の矢《マジックミサイル》は、音も何もないからだ。

しかも周囲に溢れているのは、夏の強い日差し。予想していなければ、どこから来たのかもわからないはず。

目の前の騎士の脚が、突然弾け飛んだように見えただろう。

(そうだな、そうするか)

谷底に落ちて行った騎士の分も合わせて、全部ライトニングのせいにしてしまおう。

(ライトニングはわかっていたが、まあ大丈夫だ)

彼は、俺が身を潜めているのを確認している。

何か理由があると考えて、老嬢《オールドレディ》の名を出すのは避けるだろう。そういう面は配慮する男だ。

だからこそライトニング・ソードを放って、俺への挨拶に代えたのだろう。

(帰るか)

高速での長距離移動に秀でた、老嬢《オールドレディ》と俺の組み合わせ。今なら、ぎりぎり娼館に間に合う。

夜通し開いている店もあるにはある。しかし出来れば今日は、『制服の専門店。どんな制服も揃っちゃう。さあ、あなたも今すぐ、制服、征服!』に行きたい。

(おかっぱ頭の貧弱ボディ)

最近働きに来た、操縦士学校の生徒を思い浮かべる。

黒タイツのせいで、さらに細く見える脚。その両足首をつかんで持ち上げ擬似敗戦姦を強要するのが、最近のお気に入りなのだ。

(目隠しをして、室内を追い回すのもいいな)

きっちりした操縦士の制服。タイトスカートからのぞく、薄手の黒いタイツに包まれた脚。

周囲が見えず、怯えて手探りで進む少女の姿を想像する。それをちょいちょいと、いたずらして行く俺の姿もだ。

(……実にいい)

頷く俺。

土煙が立たぬよう老嬢《オールドレディ》の向きを静かに変えると、王都への帰路についたのである。


鈍色《にびいろ》の雲の下、王都に雨が降り始めた。

次第に強くなる雨は、街路を歩く人々を家に追い込み、さらに窓を叩く。

王都の中心よりやや北側にある、ひときわ高く塔を伸ばす王城。

晴れた日には白く陽光を反射するこの建物も、今は違う。空と同じ灰色の姿を、雨の中にけぶらせていた。

その中の一室。

派手さはないが、高価に違いない調度品。それらで整えられた室内に、二人の男の姿があった。

一人は背もたれの高い椅子に座る、中肉中背の中年。もう一人は、その前に立つがっちりした体格の壮年である。

「帝国だな」

椅子に座ったまま、中年宰相は口にする。

直立する壮年の騎士団長は、自慢のカイゼル髭をひとなでずると首肯した。

「所属を示す物は見つけられませんでしたが、型式から帝国騎士で間違いないでしょう」

二人の話題は、先日の北の町での出来事。

魔獣退治に赴いた騎士団の騎士が、所属不明の騎士に襲われ戦闘を行った件である。

「目的がわからん」

背もたれに寄りかかりつつ、宰相は呻《うめ》く。

敵操縦士はすべて自害。

町の内外を隅々まで調べたが、帝国の目を惹くようなものは、痕跡すら見つけられなかった。

「帝国では、一体何が起こっているのだ？」

アウォークを前に、遠征軍の突然の撤退。

有利なはずの帝国から持ち掛けて来た、休戦協定。

それに加えて、今回の不可解な動き。

（おかしい）

遠征軍が歩を進めていれば、アウォークは失陥していただろう。それどころか今頃は、王都そのものが包囲されていた可能性がある。

休戦したい理由は、王国にはあっても帝国にはなかったはずだ。

（遠征軍が、何者かに襲われたという話もある。そして、それが撤退の原因だとも）

宰相は大きく頭《かぶり》を振る。

(馬鹿馬鹿しい話だ)

遠征軍を追い返せる武力。それを王国領内で振るえる組織がどこにある？

あるとすれば、王国騎士団だけ。

そしてその王国騎士団は、アウォークで防御施設の構築にきゅうきゅうとしていたのだ。

(しかも、宿場町を手放す事にまで、同意している)

休戦の条件は、王国側に厳しいはず。遠征軍が拠点化を進めていた宿場町、それを手放す事はあるまい。

交渉に当たって、そう覚悟していたのである。

だが拍子抜けするほどあっさりと、返還要求に応じたのだ。

(帝国内で、まずい事が起きているに違いない)

それに対処するため、軍を帰したとすれば説明がつく。

「……わからんな」

眉根を寄せ、難しい表情で宰相はこぼす。

探らせてはいるものの、目ぼしい情報は入手出来ていない。

「同数の敵を無傷で倒し切るとは、さすがだな。日頃の鍛錬の賜物か」

頭を左右に振って気持ちを切り替えた中肉中背の中年は、騎士団長へ向き直ると称賛の言葉を送った。

敵はB級騎士四騎。

いかに精鋭の王国騎士団とは言え、簡単ではなかったはず。

だが、騎士団長の反応は鈍い。見れば、眉間に皺を寄せていた。

「同数ではありません。ニセアカシア国の騎士も参加しております」

報告書の内容を、思い出す。

巨大カマキリ《ダブルアックス》に襲われた町。そこに滞在していた自国民救出のため、ニセアカシア国の騎士が現地に駆けつけていたのだ。

ランクはB級。先の帝国との戦いで鹵獲した騎士である。

（いずれにせよ主力となったのは、我が国の騎士達で間違いあるまい。騎士団長も、存外細かい事を気にするものよ）

軽く肩をすくめ、返事をする。

「わかった。ニセアカシア国王へは、助力に感謝する旨の手紙を出しておこう」

しかし騎士団長の表情は、まだ冴えない。やや言いにくそうな様子で口を開く。

「我が国の騎士は、一騎に止めを刺したのみ。主に戦ったのはニセアカシアの騎士です」

だが宰相は、今一つ頭に入らない。つい片眉を上げ、怪訝《けげん》な顔を作ってしまう。

「ニセアカシアの騎士が二騎を倒し、一騎の脚を破壊。我が国の騎士が仕留めたのは、その転倒した一騎のみです」

それを見た騎士団長は、重ねて説明。ようやく理解した宰相は、まさか、という表情を作る。

「その後、山中を逃走する一騎を発見。ニセアカシアの騎士はこれを遠距離魔法攻撃で打ち倒し、谷底へ転落させました」

言葉を継いだカイゼル髭の壮年男性は、沈痛な表情で締めくくった。

「助力ではありません。我々は、危ないところを救われたのです」

説明を受けても、宰相は納得出来ない。騎士団長へ疑問を呈する。

「こちらとてB級四騎だぞ。救われたとは、少々言い過ぎではないか？」

答える騎士団長の、口調は苦い。

「現地に赴いたB級は、すべて閣下のお集めになったB級です」

その言葉で、宰相はすべてを理解した。

自分の集めたB級とは、見掛けばかりで実質C級の騎士の事。

国内の貴族から無理やり供出させたC級騎士。その外観に少し手を加え、B級と称したのだ。

(であるなら操縦士は新人。これでは足手まといになっても、戦力にはなるまい)

だが同時に、新たな疑問が湧く。

「しかし、それでは実質一対四だぞ。勝てるものなのか？」

「報告によれば、目にも止まらぬ剣さばき。目視出来ぬほどだったとか」

騎士団長は言葉を継ぐ。

「それに、魔法攻撃の腕もかなりのものです。谷底から引き揚げられた騎士は、胸部を正確に撃ち抜かれておりました」

背もたれに体重を預け、大きく嘆息する宰相。

「つい最近まで、乗り手がいなくて騎士を眠らせていた国。それが今や、帝国騎士四騎を相手取れるのか」

王国の力が落ち、零細国の力が強まる。

幸いなのは、友好国である事ぐらいだ。

「帝国の状況がどうあれ、騎士が欲しい。再度侵攻して来ようとも、これを跳ね返せるだけの騎士が」

宰相の吐露した思いに、騎士団長は顎に手を当て思案する。

そしておもむろに口を開いた。

「ではニセアカシア国の騎士を、お雇いになってはどうです？」

その言葉に、片眉を撥ね上げる。

「友好国から引き抜くと言うのか」

騎士団長は、大きく頭を左右に振った。

「いえ、傭兵として臨時に確保するのです。聞けばニセアカシア国は新たな操縦士を雇い入れ、C級をも稼働させているとの事」

一息ついて言葉を続ける。

「二騎の維持。かの国の台所では大変でしょうな」

宰相は、理解の色を浮かべた。

「そうだな。国家騎士としての業務は、C級一騎で充分事足りよう。逆にB級は、負担になっているやも知れぬ」

独り頷く。

「金銭で充分な対価を払うと言えば、話に乗って来る可能性は大いにあるな」

そして騎士団長を見上げた。

「悪くない。一騎で四騎分の働きが期待出来るのなら、数を減らしたA級の穴埋めにもなる」

すぐに祐筆を呼び、ニセアカシア国王へ文をしたためさせたのだった。


同じ頃、王城の南、中央広場東側にある商人ギルド。

時折強さを増す雨は、スレート屋根に当たった後表面を流れ落ち、雨樋《あまどい》を経由して街路の側溝へと入って行く。

最上階にあるギルド長室は、雨が屋根を叩く音に静かに包まれていた。

「北の町の件で、騎士団から続報が入ったの」

小柄な体を大きな椅子に埋めた老人が、向かいに座るサンタクロースに言う。

「郊外に、巨大カマキリ《ダブルアックス》の雌の骸があったそうじゃ。おそらくそれで、呼び寄せたんじゃろうの」

どう見る？　と問い掛けるギルド長。

サンタクロースによく似た副ギルド長は、長く豊かな白髭に手をあて考える。

北の町とは、王国北西部にある小さな町。北部諸国へ向かう交易路の途中にあるのだが、町自体にめぼしい特産品などはない。

「おそらく帝国の目的は、我ら商人ギルドの騎士、老嬢《オールドレディ》の入手ではないでしょうか？」

所属不明騎士は帝国の騎士。彼らの間で、認識は一致していた。

無言で促すギルド長に、サンタクロースは続ける。

「場所が場所です。山向こうは、すでに帝国領ですからな」

壁に貼られた大きな地図へ、目をやりながら考えを述べる。

意図的に集められた、巨大カマキリ《ダブルアックス》。待ち構えていた、四騎ものB級騎士。

魔獣退治に現れた老嬢《オールドレディ》を、四騎で倒して帝国領に持ち去る。その腹積もりだったのではなかろうか。

「わしも、そう思うの」

ギルド長は頷きつつコーヒーカップを手に取り、コクのある香りに鼻をうごめかす。

「タウロ君が操縦士になってから、交易路の魔獣退治は商人ギルド騎士の独壇場じゃった」

そしてカップに口をつけ、喉を湿らした。

「魔獣が現れれば、老嬢《オールドレディ》が即座に駆けつける。敵も狙いやすかろうよ」

その表情が苦いのは、コーヒーのせいだけではないだろう。

副ギルド長も白磁のコーヒーカップに口をつけ、感想を述べた。

「しかし随分と、思い切った手に出たものですな」

「まったくじゃ。これからは少し、仕事も選ばねばならんの」

肩をすくめるギルド長だが、顔から苦みはいく分抜けている。

「以前と違って、魔獣退治に騎士団も積極的な姿勢を示しておる。適当に仕事を振って、的を絞らせんようにするか」

サンタクロースはゆっくりと頷いた。

「帝国国境近くは、極力騎士団に任せた方がよいかも知れませんな」

それがええの、と言いながらコーヒーカップを大きく傾ける。

ソーサーにカップを戻すと、ギルド長は話題を変えた。

「ところで、幽霊騎士《ゴーストナイト》というのを知っておるかの？」

怪訝な表情を浮かべるサンタクロース。

ひととおり記憶を探るが、聞き覚えはなかった。

「随分とおどろおどろしい呼び名ですな。まさか帝国の新型騎士ですか？」

サンタクロースが知らない様子であるのを見て、ギルド長は子供っぽい笑みを浮かべる。

「王国の秘密兵器らしいの。鍛冶ギルドか騎士団格納庫の最奥で、運用に向けて調整を続けておるそうな」

サンタクロースは頷かない。

その顔は非常に疑わしげである。今までそのような話や、心当たりのある情報に触れた事がなかったからだ。

その姿を眺めやりつつ、ギルド長は笑い出す。

「帝国の連中が見た幻影じゃよ。おそらく、タウロ君と老嬢《オールドレディ》の事じゃ」

ようやっと得心が行き、大きく頷くサンタクロース。

「アウォークへ迫った遠征軍。それを撤退に追いやった存在を、そうみなしたのですな」

ギルド長も頷き返し、ここからが面白いんじゃ、と笑った。

「王国は新兵器を持っておるが、欠陥が大き過ぎて運用出来んと思うとる」

「欠陥ですか？」

腕を組み片眉を上げるサンタクロースに、ギルド長の説明は続く。

「力は強大じゃが、時に凶暴化し味方にも牙を剥く。前の騎士団長が血迷うて暴れたのを見て、そう思うたようじゃの」

ランドバーン会戦の事であろう。

あの時、白き獅子こと前騎士団長は、席を奪った今の騎士団長に襲い掛かったのである。

「意図した訳ではないが、白き獅子も最後にいい仕事をしたのう」

ギルド長は、うんうんと頷いている。

「利用されるので？」

当然じゃろう、とギルド長は膝を叩く。

「帝国は、幽霊騎士《ゴーストナイト》が怖くて動けん。王国は、態勢を整えるために時間を欲しておる」

満足げだ。

「幻影をいくら追いかけても、何も手に入るまい。時間だけが過ぎ、王国は力を取り戻す」

ニヤリと笑い、お茶請けのひよこの形をした饅頭をもてあそぶ。

「そうなれば、以前と同じじゃ。互いに手が出せず、実質的な平和が続くじゃろうの」

「しかし、恒久的なものではないでしょう？」

ギルド長は呆れた目で、サンタクロースを見返した。

「何を言っとる？　永遠の平和などある訳ないじゃろ。仮に一国で世界を制覇しても、今度は中から崩れていくわい」

サンタクロースのひよこを手に取り、交尾の形に置くと言葉を重ねる。

「目先の十数年、それでええ。後は、それを重ねて行くだけじゃ。仮に戦争のない長い期間が存在したとしても、それは振り返ってみてわかる事じゃしの」

ギルド長の視線は、サンタクロースの目から離れない。

「最初から長期の平和を狙うなぞ、人の身には無理じゃ」

「……確かにそうですな」

気圧されつつも言葉の意味を考え、得心するサンタクロース。

自分の浅慮、それを恥じた様子を見せた。

「もうしばし、皆で楽しく過ごせればええの」

その言葉に、深く頷くサンタクロース。

(孫の代まで気を揉んでも、どうしようもない)

孫の代の事は、孫達に任せるしかない。自分達に出来る事は、負の遺産を残さないようにするだけである。

「そうなるとよいですな。いや、そうなるよう、出来る範囲で頑張りましょうか」

ギルド長は、にこやかに頷くのだった。


オスト大陸西部の砂色の都市、帝都。

空は青く、雲はわずか。心地いい、やや強めの風が、街路の隅々まで吹き渡っていた。

街の中心に聳え立つ、無数の塔を束ねたような外観の宮殿。そこに程近い邸宅の書斎で、温厚そうな顔のおっさんが愕然としていた。

「全滅だと?」

何度も聞き返すが、報告をもたらした者の答えは変わらない。

一騎も戻らなかったため、状況を確認するのに今まで掛かったとの事だった。

「商人ギルドの騎士は現れず、王国騎士団を倒そうとしたところで、駆けつけたニセアカシア国の騎士に倒された？」

意味がわからない。

商人ギルド騎士が現れなかったのは仕方がない。目論見が外れる事もあるだろう。

だがなぜ、そこで王国騎士団を襲う必要がある？

挙句の果てに、ニセアカシア国だと？　あの零細国の騎士がどうした？

「どういう事なのだ。詳しく話せ！」

温厚そうな顔のおっさんは、決して温厚ではない。そう見えるだけである。

冷酷な一面を知る部下は怯えるが、それ以上の説明は出来ない。彼も知らないのだ。

痺れを切らした温厚そうな顔のおっさんは、ゴーレム馬車を駆って騎士団に駆けつける。

（まずい。まずいぞ）

馬車の席で、言葉を繰り返す。

このおっさんが失態を犯すのは、これで二度目。

一回目は、辺境伯のもとでの麻薬による弱体化工作。あの時は何とか周囲に責任を押し付け、逃げ切る事が出来た。

しかし今回、そうは行くまい。続けてであるため目立ち過ぎる。

遠征軍の撤退のように皇帝の理解を得られる理由がなければ、見放される可能性が高い。

（幽霊騎士《ゴーストナイト》の仕業であってくれ！）

騎士達を全滅させたのが幽霊騎士《ゴーストナイト》であるならば、きっと許される。

秘密に迫り過ぎ、反撃を受けた事にすればよいのだ。いや、実際そうであろう。

帝国騎士団本部に到着した温厚そうな顔のおっさんは、階段を駆け上がり、音高く騎士団長室の扉を開けた。

（……駄目か）

だがそこで目にしたのは、自分同様に暗い雰囲気に包まれた、騎士団長達の姿。

幽霊騎士《ゴーストナイト》発見の報があれば、暗い中にも沸き立つ様子があるはず。しかしそのようなものは、微塵も感じられなかったのだ。

「一体、何が起きたのです？」

それでも、すがる思いで説明を求める。

彼らの口から出たのは、ニセアカシア国を含む五騎に、返り討ちにあったという内容。

「なぜ、そのまま撤退しなかったのですか？　商人ギルド騎士が現れなかったのなら、次に賭ければよいでしょうに！」

温厚そうな顔のおっさんの、叫ぶような問い。それに対し、副団長が暗い顔で答えた。

「おそらくですが、空振りを嫌ったのでしょう。何でもいいから、功績になりそうなものを持って帰ろうとしたのでは」

（何と愚かな）

温厚そうな顔のおっさんは、椅子に座り込む。

これは操縦士達の失態。だが作戦の責任者は彼。騎士団へは助力を頼んだに過ぎない。一切の責任から逃れ切る。そのような事は無理であろう。

(男爵への降爵か、あるいは爵位剥奪)

いずれにせよ、再び浮上する事は出来まい。

黙り込む温厚そうな顔のおっさんから、騎士団長達は目をそらす。

そして、後日開かれた円卓会議の会場。そこに、温厚そうな顔のおっさんの姿はなかった。

同日、官報により、子爵家の一滅が発表されたのである。


王国は王都。その歓楽街の一等地に建つ、御三家の一つジェイアンヌ。

ロビーには毛足の長い値の張りそうな絨毯が敷き詰められ、艶やかな革張りのソファーがいくつも置かれている。

今、その中の一セットに、二人の男が向かい合って座っていた。

「タウロさん。この間はありがとうございました」

「いえいえ。結局、何もしてませんよ」

コーニールの言葉に、目の前で手を左右に揺らす俺。

女性の準備が整うのを、話をしながら待っているのである。

話題はやはり、先日の北の町での件だ。

「それは結果ですよ。ニセアカシアの騎士が助けてくれたのは、偶然です。あれがなければ、タウロさんに頼るしかありませんでした」

俺は頷かず、肩をすくめる。

「無理を言わないで下さい。相手はB級四騎ですよ？」

「……まあ、そうですね」

コーニールの微妙な返事。

その後俺達は、ニセアカシアの騎士についても意見を交わす。

A級騎士の操縦士である彼にとっても、ライトニングの戦果は尋常でないらしい。

「ところで、今日の相手は帝国工作員ですか」

コーニールが表情を変え、周囲に聞こえないようささやく。

俺も、表情を引き締め頷き返す。

教導軽巡先生へと続く道。その途中に聳える最大の難関。

今日ついに、その関門に挑むのだ。

教導軽巡先生に相手をしてもらうためには、この帝国工作員と思《おぼ》しき女性とプレイしなければならない。

『人狼《ワーウルフ》のお姉さん、爆発着底お姉様、それに工作員』

ジェイアンヌで俺とプレイしてもいいと言ってくれた、四人のうちの三人。

彼女達との戦いで、無理と無茶をしない事。それが確認されて初めて、教導軽巡先生の両脚が開くのである。

ちなみに勝敗は関係ない。すべてに敗れ、幸福感と共にベッドで大の字に寝そべってもかまわないのだ。

「ちょっと聞き込みをしてみたんですが、すでに二つ名で呼ばれています。この短期間でですから、腕利きと見て間違いありませんね」

声をひそめつつ、コーニールが説明する。

彼女でなければ駄目だ。そう宣言し、他の女性に目もくれなくなった客達がいるという。

(二つ名か)

その言葉の響きに心がうずく。促す俺へ、コーニールはその名を告げた。

「大物喰らい《ジャイアント・キリング》というそうです」

なびいた名士のほとんどが、花柳界では名の知られた人物だったらしい。

ごく短い時間で、彼らを虜にした彼女。驚きと畏怖をもって贈られたのが、その名だそうだ。

(響きからして、油断の出来ない相手)

挙げられた名士のいく人かは、俺も面識がある。

いずれも王都花柳界の上位ランカー。指名をお断りする女性がいるほどだ。

(彼らを夢中にさせるとは)

よほどの覚悟で挑まねば、食われてしまうだろう。

通常なら、気持ちよく食べられて大満足なのだが、工作員相手にそれは危険。何をされるかわからない。

(やはり、洗脳の可能性がある)

アウォークの高級娼館エルサイユ。俺はそこの、エルダーリッチことエルダに洗脳された経験があった。

自分では気がつかない。それが一番怖いところ。

その時洗脳が解けたのは、まったくの偶然。たまたま状態異常回復魔法を、自分に掛けたおかげである。

(そこで、頼もしき我が親友の出番だ)

工作員が行うかも知れない洗脳。それへの対抗策として、コーニールがここにいる。

彼は同じ部屋で、俺達の試合を観戦。

そしてプレイ終了時、前もって渡したDランクの状態異常回復薬。それを俺に、ぶっ掛けるのだ。

(一応、出来る準備はした)

見学者同伴については、相手も了解済み。

最初は渋ったのだが、認められないのならプレイしないと突っぱねると、ようやく折れた。

教導軽巡先生とは遊びたい。しかし、対策なしに工作員と二人きりになるのは危険過ぎる。

俺にとっても苦渋の決断だったが、受け入れてもらえてよかった。

(いや、それだけ自信があるという事でもあるぞ)

何せ相手は、大物喰らい《ジャイアント・キリング》だ。

慢心は禁物。緩みかけた気持ちを締め直す。

「タウロ様、大変お待たせ致しました」

そこへ、コンシェルジュから声が掛かる。工作員の準備が出来たらしい。

支払いをすべくカウンターに向かうと、ウエーブの掛かった金髪ロングのゴージャス美女が、眩しいほどの笑顔で出迎えてくれた。

（……セレブ美女）

それが俺の印象。

何というか、派手で金持ちっぽいのである。

エルフが耳の長い東欧美女だとすれば、こちらはビバリーヒルズでオープンカーを乗り回している
イメージ。

ロスアンジェルスなのだ。

（まさかな）

セレブ美女のまとう雰囲気が、俺の心に灰色の雲を湧き上がらせる。

俺には大きな弱点がある。しかしこの世界では、まだ誰にも言っていない。

（知られているはずはない。しかし、もしそうだとすればまずいぞ）

杞憂である事を心から祈りつつ、腕を絡ませ階段を上るのだった。

「私のダンス、見てくれる？」

部屋に入るとすぐ、セレブ美女はそう口にする。

断る理由はない。俺とコーニールは、ソファーに座ったまま頷く。

彼女は壁の魔法陣に触れ、音楽を流す。そして激しく踊り出した。

（これは）

俺の眉は寄り、眉間に皺を作る。

一方、隣のコーニールは大喜びだ。

「いいぞ姉ちゃん！　もっと脚開け、もっと！　うっひょう！」

目の前で舞い踊るセレブ美女。

低く腰を下ろし、大開脚で腰をぐいぐい前後へ動かしている。

踊りながら、今度は短めのナイトドレスを脱ぎ始めた。

（うっ！）

ドレスの下から現れたのは、帆立貝のようなブラに、ひも状のTバック。

下着姿になったセレブ美女は、攻撃的な表情でこちらを睨む。そして鼻の頭に皺を寄せ、歯を剥き出し唸った。

（何のアピールだよ、もう）

コーニールの方はお気に召したらしい。両指を自分の口に突っ込み、指笛を鋭く吹き鳴らしている。

その音が聞こえていないのか、セレブ美女の目は俺を捉えて離さない。

そして舌をベロリと出し、唇を大きく舐めまわした。

「ホウッ」

何やらインディアンのような声を上げると、ついにTバックを踊り脱ぐ。

ぶん投げられた下着は、コーニールの頭へ。声援へのお返しなのだろう。

（危険だ）

現実化した杞憂に、冷たい汗が額を流れ落ちる。

あまりに直截《ちょくせつ》なセックスアピール。それこそが俺の弱点なのだ。

（恥じらいが、まったくない）

申し訳ないが、俺は引いている。

同じ大開脚でも、顔を手で覆って恥ずかしそうに開くのが俺の好み。

カモンボーイ！　そう言わんばかりの態度は、逆に俺の気持ちを沈ませるのだ。

「？」

小首を傾げるセレブ美女。

反応が芳しくないのを、感じ取ったのだろう。よせばいいのに、アピールはますます大胆に、そして過激になっていく。

（うわっ）

かかと落としのように片脚を振り上げた彼女は、驚異のバランス感覚でその体勢を維持。

そのまま片腕で、天井を指す脚を抱きかかえると、股間を見せ付けて来た。

（いや、いいから。そういうサービス、いらないから）

俺の顔が苦悶に歪む。

（駄目だ。やっぱり合わない）

これ以上彼女のパフォーマンスを見ていたら、自分の中の炎が消えかねない。

危惧した俺はソファーを立ち、セレブ美女の胸へと両手を伸ばす。

アピールの効果あり、そう思ったのだろう。セレブ美女は嬉しげに最後の一枚、ホタテブラを脱ぎ放った。

（やられた！）

完璧なまでの不意打ちに、俺の心は、棍棒で殴られたような衝撃を受ける。

こぼれんばかりの大きな胸。その中央、帆立貝にかろうじて隠されていたもの。

それは何と、二つのＤＶＤだったのだ。

（何という大きさ）

あまりに巨大。まるで苺色の茶碗を、逆さにしたかのよう。

あえて苺と表現したのは、ボツボツとした模様まで似ていたからだ。

「何これ、すっげえ！」

コーニールは大喜び。はしゃいで床の上を転げまわっている。

これを好む人がいるのは知っている。しかし俺の心に、それを尊ぶ回路はない。

（南無三）

薄目で手をさらに伸ばし、魔眼による光の循環を頼りに胸をわしづかみにする。

次の瞬間、セレブ美女は大声を発した。

「オウ！」

ムフーッと息を吐きながら、またもや舌で唇回りをベロンベロン。

（何という強敵）

的確に、つぼをマイナス方向へ突いて来る。

俺の食欲は大幅に減退、今やすでに拒食症寸前だ。

ふと横を見やれば、伏せた苺茶碗に視線が釘付けのコーニール。あの男にとってセレブ美女は、充分に守備範囲内であるらしい。

（聖都の『罪の扉』さえくぐり抜けた俺が、こんなところで屈する訳には行かない）

全部手技で済ませた事は、この際脇に置いておく。

（ドクタースライムの名折れ）

強く目を閉じた俺。

教導軽巡先生の、清楚で透き通るような佇まい。さらに爆発着底お姉様の艶やかな容姿を思い浮かべ、心を奮い立たせる。

（負けるものか）

セレブ美女の光の流れに沿って、肋骨の下側を指でなぞった。

「ンーム、フゥッ！」

背中が痒くなるような、溜息。

それを耳にし、俺の膝が抜けそうになる。

（耐えろ！　俺は死ぬ死ぬ団の首領、ドクタースライムだぞ）

副首領のイモスケ、将軍であるダンゴロウ、それにクールさんの姿が心に浮かぶ。

トップとしての責任感だけが、俺を支えていた。

だがセレブ美女は、攻撃の手を緩めない。俺の耳元で、口を開けたまま食べ物を咀嚼しているかのような音が響く。

（やめろお）

耳を塞ぎたくなる汚い音色。

薄目で確認すれば、それは唇を突き出しての、大げさなキッスアピールだった。

そして獣のような眼光は、一瞬たりとも俺の目から離れない。正直言って息苦しい。

「ンッフッフー」

今度は何やら、凄い事しちゃうぞ、みたいな雰囲気を出すセレブ美女。

そのままベッドに腰掛けると、やや後ろに倒れこみながら、V字形に脚を開き始める。

(……きついっす)

関節の限界まで開ききった両脚。後ろまで丸見えだ。

唇を舐め回しながらの上目遣い。いまだしっかりと、俺の目を捉えている。

「ウーッ、ヤアッ」

セレブ美女は歯をむき出すと、両脚の付け根に両手を添える。そして大きく左右に押し開き、中身を剥き出しにした。

部屋の照明が、彼女の奥の奥まで入り込む。さっきの立ち技開脚より、遥かに深い。

うごめく深淵を目にし、ついに俺の心は折れ砕けてしまった。

(もう負けでいいや。ささっと済ませて、終わりにしよう)

考えてみれば、ここで俺が負けても、イモスケとダンゴロウは気にしない。

『げんきだして』

そう言いながら、俺の周りを這い回るだけだろう。

クールさんも似たようなもの。残念がるのは、ドクタースライムの色紙を飾っている娼館くらいだ。

(教導軽巡先生の目的は、俺が無茶をしないか確かめる事。ここで負けたからといって、相手をしてもらえなくなる訳ではない)

開き直った俺は、そう考える。

聖都のトーナメント戦とは違うのだ。勝たねば前に進めない訳ではない。

（洗脳さえ、されなければいいのだ）

ささっとお邪魔して、ぱっと帰る。そして後は、外で飯でも食おう。

俺は硬度六十パーセントの状態で、侵入を開始した。

（えっ？　何これ）

その時俺を襲った違和感。

それは何というか、外国製の服を通販で買ったら、大き過ぎて着られなかった感じ。

同じＳ・Ｍ・Ｌでも、基準が違うのだ。

そして唐突に思い至る。

（大物喰らい《ジャイアント・キリング》！　これの事か）

胸の大きい女性がいるように、男にも大きい者がいる。

思い返せば、彼女のファンという名士達。それはいずれも、大きさで名を知られている者達だ。

羨ましがられもするが、それは程度の問題。

過ぎれば相手がいなくなり、遊ぶ事自体が難しくなる。

（彼らにしてみれば、セレブ美女がジャスト・フィットなのだろう）

並の女性では、とても相手が務まらない巨大な剣。

その持ち主がやっと見つけた、ぴったりの鞘。

『彼女でなければ駄目だ』

そんな言葉も出てこよう。

畏敬を込めて、セレブ美女に奉られる二つ名。それが『大物喰らい《ジャイアント・キリング》』なのも当然だった。

（納得いった）
独り得心する俺。だが、考え込み動かない事に、不満を持ったのだろう。
「ハアッ！　ハアッ！」
そんな声を出しながら、セレブ美女の方から腰をグラインドさせて来た。
しかし口径の差があり過ぎ、まったく刺激になっていない。
（どうしたものか）
そこで俺は考える。
俺の紳士に星幽体をまとわせる、星幽刀《アストラルソード》。
これを用いれば、擬似的ながらセレブ美女と戦えるだろう。
（だが、駄目だな）
星幽刀《アストラルソード》は、俺の最高奥義。それを帝国工作員相手に、披露したくはない。
（じゃあ、どうする？）
答えは一つ。『罪の扉』の時と同じ。マッサージで達して貰おう。
いずれにせよ規格が違い過ぎて、このままではどちらもゴールにたどり着けない。
（よし、やるぞ）
気を取り直し、両手で脇腹をなでる俺。しかしそこで、自分の迂闊さを知る事になる。
すっかり忘れていたのだ。あの溜息と声音が、俺の苦手とするものだった事を。
（うわあ）
アーだのオーだの、うるさいうるさい。

俺の気持ちは限界を下回り、とうとう中で折れてしまった。

「どうもすみません」

体を離した俺は、ベッドの上に正座し土下座する。

この世界に来て、初めての途中退場。相手に対する申し訳なさと、自分の不甲斐なさへの怒りで、気持ちが波立つ。

俺に出来る事は、謝る事だけしかない。

(これは女性の尊厳にかかわる事。帝国の工作員がどうとかいうのは、また別の話だ)

俺はそう思う。

ちらりと上目遣いに様子を見れば、セレブ美女は困惑した様子。

「タウロさん、交替ってのはどうです?」

そんな俺達を見かねたのだろう。やりたい表情で、コーニールが助け船を出してくれた。

セレブ美女に目をやれば、仕方ないという表情で頷いている。

プライドや仕事、その辺りの関係で、彼女もここでやめる気になれなかったのだろう。

俺はコーニールにポーションをぶっ掛けてもらった後、ハイタッチしてチェンジ。

「うおおおお!」

スケベマッチョは、大喜びで苺茶碗にむしゃぶりついて行ったのだった。


二時間後。

俺たち二人は路上の屋台で、『大人のグルメ倶楽部、臨時反省会』を開いていた。

「えーっと、今日はあれでしたね」

「そうそう、あれでした」

俺の言葉に、コーニールは返事を返す。

だが、その後は二人共無言。

口を開き何かを言おうとするが、今度は二人同時。互いに遠慮し、また押し黙ってしまう。

このままでは、議事進行に支障あり。そう判断し、ぼそぼそと喋り始めるコーニール。

「見た目は、好みなんですけどねえ」

ハリウッド女優にも引けを取らない、そのルックス。好みもあるだろうが、なかなかのものである。

相槌を打つ俺を見て、筋肉質の青年は決定的な一言を口にした。

「緩いです」

双方共に言い出しかねていたのだが、思いは同じ。俺は、渋い顔をしつつ大きく頷く。

ベッドの上で土下座した俺と交替し、最後まで頑張ったコーニール。しかしプレイ後の表情に、喜びはなかったのだ。

『半ば義務と化した夫婦間のお務めを、何とか果たした夫』

見ただけでわかるずっしりとした疲労感は、たとえるならこれだろう。

「大剣を持つ者にとっては、得難い女性なのでしょうけどね」

正直な気持ちである。

己が大き過ぎて相手に困っていた人達からすれば、女神以外に見えなかったに違いない。

(サイズだけではない。顔にスタイル、仕草に声、好みは人様々だ)

食べ物と同じで、男女の好みも千差万別。至高に究極、普遍的な頂点などありはしないのだ。

顔を見合わせた俺達は、共に大きく溜息をつく。

そして反省会を切り上げ、これからの口直しについて検討を始めたのだった。


一方のセレブ美女。

控え室で、深い思いに沈んでいる。

(対象は中折れ、代わりの者は達したが、自分は一度もゴールしていない)

試合であるならば、不戦勝を含めたセレブ美女の連勝だ。しかし彼女に、勝利の実感はない。

(結果として私は、虜にする事が出来なかった)

当然ながら、騎士についての情報も手に入れていない。

肩を落とし、大きく息を吐く。

(あの様子じゃ、二度と私を指名しないわね)

信じがたい事だが、自分の魅力が通じていない。

任務に失敗した以上に、その事が辛かった。

「お手紙が届いてまーす」

そこに、ノックの音と共に見習いコンシェルジュの声が響く。

戸を開け手紙を受け取ると、差出人の名を見た。

(……マスター)

偽装されているが、それは情報機関のトップに立つ老人からの手紙。

ペーパーナイフで開封し、すぐに読む。

(帰れ、か)

どうやら雇い主に何かあったらしい。作戦は中止との事だった。

(ちょうどよかったわ)

自分はもはや、ここに居続けても役には立てない。

その事を自ら進言すれば『任務失敗』確定だが、帰還命令が出たなら違う。

数日後、一部諸兄に大変に惜しまれながら、大物喰らい《ジャイアント・キリング》は退職したのだった。


時はいくばくか、セレブ美女とタウロ達のプレイが行われた直後まで遡る。

やはり今日もクローゼットの中には、教導軽巡先生と、その友人にして野次馬なツインテールの姿があった。

「何か、いまいちパッとしなかったわね」

感度が上がり過ぎて、敏感系男子から大人気のツインテールは、肩をすくめ感想を口にする。

隣の教導軽巡先生は、言葉を探すように沈黙していた。

「別に、無理に褒めようとしなくていいんじゃない？」

再度口を開くツインテール。

放っておいたならこの尊敬出来る友人は、『さすがはタウロ様』みたいな結論をひねり出すだろう。

たとえそれが、無理矢理の苦しいものであったとしても。

「そうね。今日は、ミスマッチという事でしょうか」

そう言って、口をつぐむ教導軽巡先生。

タウロ達だけではなく、ここにも不完全燃焼の空気が満ちていたのだった。


夏が来た。

王都には強い日差しが降りそそぎ、建物や石畳を眩しく反射させている。

幸いこの地は風があり、湿度もあまり高くない。そのため日陰は結構快適だ。

そのため街路では、建物や街路樹の影を伝い歩く人々が多い。

「花ねえ」

ささやかながら、通行人に恩恵を与えている三階建ての建物。その屋上にある庭森を歩きつつ、俺は口にした。

「薬草樹の向こう側にあるのか」

頭の上に乗り、ガイドを務めるのがイモスケ。目の前で地面を這い進むのが、道案内のダンゴロウである。

イモスケはアゲハ蝶の五齢幼虫そっくりで、体長は二十センチメートルほど。

一方、ダンゴロウはダンゴムシそのもの。体長十五センチメートルである。

どちらも精霊獣で、俺の眷属。大切な家族だ。

花が咲いたから見て欲しい、と言う二匹に連れ出され、庭森の奥へと向かっている。

「ちょうど居間の反対側だな」

口にしつつ、ダンゴロウに続いて薬草樹を回り込んだ。

「えっ」

思わず声が出る。

薬草樹と、手すり壁の間。そこには文字どおり所狭しと、花々が咲き乱れていたからだ。

「……」

息を呑むような美しさとは、このような事を言うのだろう。

カーネーション、薔薇、ユリ、それにアジサイ、俺にわかるのはそれくらい。様々な花達が、赤、黄、白、青に視界を染め上げていた。

「凄いな。うん、とても綺麗だ。こんなに素敵な景色は、今までに見た事がないぞ」

俺の言葉を、期待して待っている眷族達。

正直な感想を述べると、膝をついて花に顔を近づける。

イモスケの加護のおかげで、周囲の草がグニャリと変形。おかげで、せっかくの花を傷める心配もない。

「いい香りだ」

濃厚な薔薇の香りが、鼻をくすぐる。

頭上でイモスケが額へと身を乗り出し、声を掛けて来た。

『げんきでた？』

『おなかすいた？』

続けて地面から、ダンゴロウの声も届く。

セレブ美女との一件以来、調子を落としていた俺。夏バテのように弱っている姿を見て、気になっていたらしい。

「心配掛けたな。おかげでこう、気力がみなぎって来たよ。ありがとう」

二匹から、喜んでいる波が伝わって来る。

見れば花々は、派手めのものが多い。元気づけようと、自分達なりに考えたのだろう。

座り込んだ俺は薬草樹に背を預け、膝にダンゴロウを乗せる。そのまましばらく、美しい風景を観賞した。

「せっかくだ。あれを持って来るか」

立ち上がった俺は、左手にダンゴロウを抱えたまま居間へ。

そこで、この間借りて来た大判の本を手に取る。それほど厚くはない。

表題は『植物図鑑』。文旦の正体がわかればと思ったのだ。

「まずは、花の名前を調べてみよう」

すぐにもとの場所へ戻り、眷属達と一緒に花と挿絵を見比べる。

「へえ、随分細々と、気取った名前がついているんだな」

俺にとってはユリにアジサイ。だが色や形ごとに、それぞれ呼び名が違う。

覚える事は出来ないが、勉強にはなった。

「薔薇は、とくに多い」

他に比べてページが厚い。それだけ、名を与えられた種類が多いという事だろう。

「おお？」

花畑の中で目に止まったのは、一輪の薔薇。色は限りなく黒に近いが、光の加減で縁が濃い紫色に見える。

肉厚の花びらは、迫力ある高級感を漂わせていた。

「黒薔薇っていうのかな」

早速似た絵を探す。

「破城槌《パイルバンカー》？」

すぐに見つかった、そっくりの挿絵。

下に添えられていたのは、随分と変わった名前である。

「薔薇好きで有名な帝国の貴族が、名をつけたんだそうだ。え？　どんな人かは知らないなあ」

植物が好き、という部分が琴線に触れたらしく、頭の上のイモスケが質問してきたのだ。

そこでこちらを向くダンゴロウ。

「花が好きな、やさしい人じゃないかって？」

俺はニヤリと笑い、見解を述べる。

「さあどうかな、何せ破城槌《パイルバンカー》だ。血を見るのが好きな、吸血鬼みたいな人かも知れないぞ」

歯を剥き出し、噛み付くしぐさをすると、ダンゴロウは丸まってしまった。

ちょっと脅かし過ぎたかも知れない。

「おっとそうだ。文旦も調べなくちゃな」

森の賢人たるイモスケをして、珍しい、と言わしめた木。

ダンゴロウが元に戻るのを待って、薬草樹を回り込む。

ほとりに生える棘の多い小木は、黄色い実をいくつかならせていた。

「……駄目だ、わからない」

柑橘類のページを開くが、白い花に黄色やオレンジ色の丸い実。

残念ながら、俺のレベルでは見分けがつかなかった。

「とりあえず、文旦のままでいいか」

そんな事を考えていると、足元で動きがある。

「何だ？」

見やればダンゴロウが、俺と森の奥へ交互に頭を向けている。何かのアピールのようだ。

「あれか？」

頭を向けた先にあるのは、一本の白いキノコ。

拳ほどの大きさで、すっと真っ直ぐに立っている。

「ん？　エルフが喜んで持って行くって？」

なので、俺も喜ぶと思ったらしい。

「うまいのかな」

知識に頼るべく、図鑑をめくる。

キノコの項を探すと、よく似た絵のものを発見。

「これかな、白い淑女《ホワイトレディ》」

染み一つない純白の立ち姿。開き過ぎていない慎ましやかな長めの傘。言われてみれば淑女の雰囲気である。

『魔力の濃い場所にまれに生え、目にする事はめったにない。魔法の素材として極めて貴重で、同じ高さに積んだ金貨より高価』

読み終えた俺の口から、思わず感嘆の声が漏れる。

「珍しいキノコだそうだ。凄く価値があるみたいだぞ」

俺の言葉に、二匹が反応。イモスケがダンゴロウに声を掛けた。

『めずらしい？』

『めずらしくないよね』

本の記述と、いささか違う感想。

俺は少し考え、思い当たる。眷属達は精霊の森出身である事に。

精霊の森では珍しくない、そういう意味なのだろう。

「そう言えば、あそこは魔力の濃い土地って話だったな」

前に読んだ本。その内容を思い出す。

精霊の森の管理をめぐって、人族とエルフの間でいさかいがあったはずだ。

共同管理を提案する人族と、それを拒否するエルフ達。最終的には戦争になったらしい。

「エルフが今でも支配しているって事は、人族は負けたんだろう」

結末は、もやもやっとしか書かれていなかった。

負けた人族側の記した本だからだろう。

「こういう貴重なものがいっぱい生えるから、揉めるんだろうな」

価値のない土地なら、さして欲しいとも思わないはず。

さすが精霊と名がつくだけの土地。魔法的な産物が豊かなようだ。

俺は納得し、白い淑女《ホワイトレディ》の続きを読む。

『極めて強力な毒がある。指で触れる程度なら問題ないが、採取は非常に危険。ベテラン冒険者でなければ難しい』

思わず眉根の寄った俺。

ダンゴロウは白い淑女《ホワイトレディ》の側まで進み、クリッとこちらを向き尋ねて来た。

『とる？』

収穫して部屋に持って行くか。そう聞いているのだろう。

「……いや、とりあえずいい。そのままにしておこう」

俺はベテラン冒険者ではない。

不安を感じて、眷属達に意見を求める。

「猛毒らしいぞ。庭森に生やしておいて大丈夫なのか？」

イモスケとダンゴロウは、上下で顔を見合わせた。

『たべる？』

『たべちゃだめ』

俺も、我が眷属との付き合いは長い。

言わんとする事も大体わかる。これは食べ物じゃない、だから食べなきゃ平気、そのあたりだろう。

「綺麗で、夜にはうっすらと光るから便利？」

天気の悪い夜には、役に立つらしい。

森の達人たる二匹が危険を感じていないのなら、これ以上口を出すつもりはなかった。

「よっし、戻るか」

頭にイモスケ、先導をダンゴロウの形で、今来た道を引き返す。

時折重騎馬《ヘヴィーランサー》も見掛けた。走り回りじゃれ合っているのは子供だろう。他の連中は、ひたすら食っているのが多い。

「午後はジェイアンヌに行って、爆発着底お姉様の予約状況を確認してくるか」

帝国工作員に敗れた後、とくに店から話はない。

教導軽巡先生への道は、閉ざされてはいないはず。

「キャンセルでも出て、早まっていないかな」

淡い希望を胸に、池の脇を居間へと歩くのだった。


それから数時間後。

中央広場に設置された、いくつものパラソル。

その一つの傘の下。俺は遅いランチを食べ終え、アイスコーヒーをすすっていた。

(爆発着底お姉様は、数ヶ月待ちかあ)

知らず背中が丸くなる。

ジェイアンヌで確認して来たのだが、結果は残念なものだった。

(金を払えば予約が早まるって事も、ないようだし)

それをやると、金貨の投げつけ合いが発生しかねないらしい。

ジェイアンヌのコンシェルジュは、『とんでもない事です』と厳しい表情で語っていた。

音を立てて氷の間のコーヒーを飲み干し、席を立つ。

(あそこに行ってみるか)

夏の昼間の、短い影。

そこを伝うように歓楽街の大通りを進む。

やがて着いたのは、白い大理石で組み上げられた大きな建物。王都御三家筆頭、キャサベルである。

扉を開けるボーイに片手で挨拶し、ロビーの奥へ。

雛壇の前にたたずみ、目で女性を追う。

(地味子ちゃんが女王でなければ、即指名なんだけど)

イモスケ達にはああ言ったが、セレブ美女の後遺症はまだ残っている。

あの恥じらいのない、直截過ぎるセックスアピール。それを受けたせいで、いまひとつ食欲が戻らないのだ。

(中和しなければ)

その点、かつての地味子ちゃんは真逆のタイプ。

はにかみ、恥じらい、目をそらす。そして小さな声で、指名してくれた事へのお礼を言うのだ。

今はキャサベル一の女王様であるが。

(人は、変わるものだなあ)

三日会わざれば、刮目《かつもく》して見よ。さすが一流娼館、従業員も鍛錬を欠かさない。

しかし今の俺は女王様を求めていないので、雛壇を泳ぐ目は別な人を探す。

雛壇と言えばワンピースが多い中、ここは白いブラウスに黒いスカート、それに靴下だ。学校の教室みたいな感じが強くする。

「いいねえ。服、変わったんだ」

尋ねると、爽やかな笑顔で答える若いコンシェルジュ。

「花柳界の動向には、細心の注意を払っておりますので」

はやりのものを、積極的に取り入れているそうだ。

(もしかして、俺の影響もあるのかな)

娼館のロビーで顔を合わせる名士達。

彼らに制服のよさを、繰り返し熱く語ったものだ。

「地味過ぎて、面白くないだろう。脱ぐのにも手間が掛かる」

そんな事をのたまう御仁には、俺が直々に『制服の専門店。どんな制服も揃っちゃう。さあ、あなたも今すぐ、制服、征服!』に連れて行って、布教を行っている。

(いい傾向だ)

世の中、どんどんよくなっている。これなら、教導軽巡先生のセーラー服姿も夢ではないだろう。

そこまで考えた時、雛壇の一人に目が止まる。

(あれにするか)

隅の方に座る、モブっぽい少女。

黒髪ロングのストレート。すっぴんと思われるその面差しを、一言で表現するなら孫顔だ。

年配者に人気が出そうである。

雛壇中央で盛り上がる活発なおしゃべり。それに交ざっていないのも好感が持てた。

「ご指名ありがとうございます。すぐに参りますので、少しだけお待ち下さい」

さきほどのコンシェルジュが、大きい声で歯切れよく返事。

最近フロアに出て来たのだろう、張り切っている姿が微笑ましい。

「……よろしくお願いします」

対して雛壇からカウンターへ出て来た少女は、消え入りそうな声だ。

強い個性は感じられないが、さすがは一流娼館。顔、スタイル、全体的にボリュームが不足しているものの、いずれも高い水準にある。

「こちらこそよろしく」

笑顔で答えると、手をつないで階段を上った。

部屋に入ると、いつもの飲み物注文、来るのを待つ、を行う。

そしていよいよ二人の時間。

(こういうタイプは、こっちが主導した方がいいか)

恥ずかしそうにうつむいたまま、動く様子のない少女。もしかしたら、それが売りなのかも知れないが。

「はい、立って立って。おじさんと楽しいゲームをしよう」

手を取ってソファーから連れ出すと、じゃんけんのルールを説明。

「勝った方は、負けた方の服を一枚脱がすんだ」

勿論、使い道は野球拳だ。

必死に覚え、頷く彼女。俺は早速開始の声を上げる。

「王都でえ、遊ぶならあ、こういうゲームにしやしゃんせ」

わからないであろう単語を適当に入れ替え、くねくねと踊る。

一生懸命真似しようとする少女の姿が、かわいらしい。

「よよいのよい！」

まずは一勝。

わずかに赤みの差す顔で、しまった、という表情の少女に告げる。

「右足出してえ」

軽く持ち上げられた足の前に片膝をつき、靴下を一つ引き脱がす。

立ち上がった俺は靴下を顔にあて、息を吸いながら次のラウンド開始を宣言。

「よよいのよい！」

また勝った。

実は彼女、チョキやパーの形のまま腕を振り下ろす。おかげで次が何か、丸わかりなのだ。

じゃんけんに慣れていないせいだろう。

「よよいのよい！」

「よよいのよい！」

勝ち続ける俺は、残りの靴下、ブラウスと脱がして行く。

少女の顔はすでに真っ赤で、顔を両手で押さえてパタパタと足踏みしている。

だが、嫌がっている風はない。楽しんでもらえているようだ。

「次はブラかな、スカートかなあ？」

俺の言葉に少女は腕で、胸とスカートの前を押さえる。姿勢は前屈み、恥ずかしげな上目使いでチラッと俺を見た。

(これよこれ)

セレブ美女の毒素が、俺の体から抜けて行くのがわかる。

あれはある意味、恐ろしい刺客だった。

(やはり、恥じらいというのは大切な文化)

大事にしなくては。その思いを新たにする。

「よよいのよい!」

スカート!

「よよいのよい!」

ブラ!

この後わざと負けて、俺を脱がさせる。

自分で脱ぐルールより、勝者が指定して脱がすルールの方が好きだ。

「よよいのよい!」

脱がせるものがなくなったら、奉仕を要求するか、中に入るだけ。

勝っても負けても、最終的にやる事は同じ。だが、やはり過程を楽しみたい。

「何を脱がせようかなあ」

と言いながら、しっかりと自分自身を抱きしめている少女の周り、それを回るのがいい。

顔だけでなく、体中が真っ赤であれば最高だ。

フレーバーなぞいらん、と言う人もいる。しかし俺は、これが好きなのだ。

「よっし、ネクタイ！」

赤いネクタイ以外全部脱がせたのでは、いささかマニアック過ぎる。一つ前にしておこう。

「はーい、じっとしててねえ」

俺はわきわきと両手を動かしながら、少女の胸元へと手を伸ばして行くのだった。


二時間後。

すべてをやり終えた俺は、広場のオープンカフェで夕焼けを眺めていた。

「えがった」

その言葉しか出て来ない。

お爺ちゃんにかわいがられそうな、孫顔の少女。彼女のおかげで、俺の心からセレブな毒は消え去っていた。

もはやＤＶＤもボツボツ模様の苺茶碗も、俺の心をざわめかせたりはしない。

「やっぱり女性の力は、凄いよなあ」

プラスにもなればマイナスにもなる。その影響力に、俺は改めて感心したのだった。

この時の俺には、野球拳がスライムゲームと名を変えはやり出す事など、知るよしもなかったのである。


王国との国境から、さらに東。

北からの川が、南の海へと流れ込む場所。そこに東の国の首都、司教座都市がある。

その中央広場のさらに中心にある大教会の一室で、大司教は報告書をめくっていた。

（二つの村が消滅。そして国境警備隊は、保有騎士と兵の多くを喪失）

沈痛な表情で、読み進む。

（急ぎ派遣された騎士団は、後方に控えていたC級をのぞき全滅した）

あまりの被害に、二重顎が震え声が漏れる。

「一体何者なのだ？　あれは」

独白のような問いに、周囲の司教達は答えられない。

この惨状をもたらしたのは、たった一人の魔術師。誰にも心当たりはなかったのだ。

事が起こったのは数週間前。

王国との国境にほど近い、西の外れにある村。そこへふらりと、その者は姿を現したらしい。

そしてあろう事か突然魔法を発動し、複数の村人を殺害したのだ。

（なぜ、そんな事を）

大司教は、眉間に皺を寄せる。

昼日中、村の中で堂々と雷の矢《サンダーアロー》を放ったという。

その理由は、今もって不明。

小さな村に、魔術師へ対抗出来る者などいない。村人は、すぐ近くにあった国境警備隊の詰め所へと走る。

（だがC級では、対抗出来なかった）

駆けつけた騎士と兵士達。その多くが、連続する落雷によって黒焦げになったのだ。

知らせを受けた大司教は、即座に騎士団の派遣を決定。副団長の騎乗するA級を頭に据えたのは、危機意識の表れであったろう。

(しかし、それさえも全滅)

近寄る前に、遠距離攻撃魔法に撃ち倒されたのである。

被害に耐えかね撤退を始めるも、魔術師の射程は予想より長く、背後から狙い打たれてしまう。

結局、戦場から離脱出来た騎士はいなかった。

(およそ人間の技ではない。その行いもだ)

顔を大きく歪める。

近寄る事さえ危険な存在。控えのC級騎士が逃げ戻った後は、恐ろしくて自国の兵を向かわせられなかった。

そこで冒険者に、調査を依頼したのである。

(すでに現地に、魔術師の姿はない、とある)

魔術師だけではない。村人も村も、何もない。

残されていたのは、焼け野原と騎士の残骸だけ。

顔を両手で押さえ、苦悩する大司教。司教達は、ただ見つめる事しか出来なかった。


舞台は遠く、ニセアカシア国へと移動する。

それは王国の北北西に位置する、小さな国。

同じような小国が乱立するこの地域において、ニセアカシア国は、近年急激に存在感を高めていた。

交易路の魔獣や盗賊を討伐し、交易の中継点としての地位を確立。

さらに帝国の侵攻に対する防衛戦では、主力として戦い抜き、これを撃退せしめている。

もはや、北部諸国の盟主と言ってよい立ち位置にあった。

そしてそれをなしえたのは、一人の英雄。

「キャー！　ライトニング様ーっ！」

耳をつんざくような黄色い悲鳴が上がる。

今やB級騎士の操縦士となったライトニングこそ、国を救った英雄。

露店の並ぶ市場に出れば、主婦達から今のような叫び声を浴びせられ続けていた。

（本当は、タウロ殿の功績なのだがな）

穏やかに笑顔を返しながらも、心の中で大きく溜息をつく。

国境沿いでストーンゴーレムを屠ったのも、北部諸国防衛戦でB級騎士をしとめたのも、自分ではない。

しかしなぜか、自分が倒した事になっている。

何度も否定し訂正するのだが、『ご謙遜を』と、さらに評価を高める結果になっていた。

（タウロ殿も、これを嫌って早々に引き揚げられたのか）

ライトニングは納得する。

ちなみにタウロからは、『タウロさん』でいいと言われていた。しかしどうにも馴染まず、『タウロ殿』に戻っている。

「お帰りなさい。今朝《けさ》も大人気ね」

市場から買って来た卵。それを受け取りつつ、妻がからかう。

ライトニングの幼馴染みにして、師匠である前道場主の孫娘だ。

この家には、師匠夫妻と自分達、それに幼い我が子がいる。

「大奥様の様子はどうだい」

その問いに、顔を曇らす妻。

「最近、よく眠れないみたい」

ライトニングは気づかわしげな表情で、自分の顔をひとなでした。

大奥様はここしばらく、調子を崩しているのである。

「もう、お若くはないからな」

時間の波は打ち寄せ続け、止まる事がない。

高齢になれば、小さなきっかけからガタガタと行く事もある。

常に心を配っておく事を、互いに目で確認した。

「すぐに朝食の準備が出来るから、食堂に行って待ってて」

頷くと、まずは寝室を覗く。

小さなベッドの上には、先に朝食を食べ終え、また寝てしまった幼児がいた。

小さく微笑み掛けると、食堂へと向かう。

「お早《はよ》うございます」

席にはすでに、師匠夫妻がついていた。

（ご気分、すぐれないようだな）

大奥様を見て、そう思う。

配慮を忘れないよう心に命じると、窓外に顔を向けた。

東向きの窓からは、爽やかな光が部屋の奥まで差し込んでいる。

（今日も、気持ちのいい日になりそうだ）

操縦士の仕事に、道場主としての務め。なかなかに忙しいが、この充実感が嫌いではなかった。


舞台は、ある者の心の中へと移動する。

そこでは、おぞましき欲望が、心臓のように脈動していた。

だが、解放されてはいない。理性という名の不可視の鎖が、何本も絡みつき封印を施していたのである。

（ぐっ）

だがその封印も、すでに限界が近い。

今も脈動に合わせ、不気味なきしり音を上げている。

何度目かの脈動後、破断する音と共に、鎖が一本切れ落ちた。

『ヤレ』

直後、ある者の心へ声が響く。

ある者は周囲を見回すが、目に入るのは幸せそうな朝食の風景のみ。そのような言葉を発した者などいない。

その声は、自分の内部から聞こえて来たもののようであった。

『やれ！』

次第に明瞭さを増し、大きくなる声。

耐え切れず、ある者は耳を塞ぎ、テーブルに突っ伏した。

周囲は驚きの声を上げ、心配げに声を掛ける。しかし内なる大声に邪魔をされ、ある者の耳には届かない。

『犯《や》れ！』

ついに理性の鎖がはじけ飛ぶ。

封印から解き放たれた欲望は、思い出を燃料に、急速に心を侵蝕していった。
（オマエ）
目の前にいる、短い口髭をたくわえた青年へと視線が向く。

ふとした拍子に憂いを帯びた表情を見せるのは、きっと戦争で多くの命を奪ったからだろう。

何も言わないが、心に影を落としているに違いない。

（オマエノセイダ）

駄目だ、駄目だ、そんな風に溜息をついては駄目だ。自分が抑えられなくなる。

何だ？

自分は大丈夫だ。体調も悪くない。

なぜ、心配そうにこちらを見つめる？

なぜ、私を気遣う？　自分の方が辛いだろうに。

やめてくれ、ワタシにヤサしくするな。ヤサしくされたらワタシは……

「……オオオオ」

自分の口から、人のものとは思えない音が漏れる。

見るだけで我慢していた。

想うだけで我慢していた。

隣の寝室に聞き耳を立てて、自分を慰める事で満足しようとしていた。

お前は私の孫の婿。

絶対に、自分と結ばれる事はない。

ああ駄目だ。もう自分を止められない。

私はお前の肉が欲しい、心が欲しい。いや、そのすべてが欲しい。

「ウモオオオオオオオオ！」

突如として大奥様は、全身の肉を震わせ魂の奥底から叫ぶ。

その咆哮は窓ガラスに亀裂を走らせ、食器棚から皿を落とし、テーブル上のマグカップを転倒させた。

そして衣服を破り捨てると、前転しながら想い人に襲い掛かる。

「大奥様！　何を」

ライトニングは、驚愕しつつ横へ飛ぶ。文字そのままの間一髪。

食堂の壁にめり込み停止した巨大な肉塊は、木の破片を振り払いつつ、起き上がろうとうごめいていた。

「どうしたの？　おばあちゃん！」

「やめるんじゃ！」

孫娘と、夫である前道場主が叫ぶ。

瓦礫の下から頭をこちらに向け、執拗にライトニングを目で追う大奥様。その目の色を見て、二人は悟った。

「欲に狂うたか」

険しい表情の前道場主。

これは試合でも、娼館のプレイでもない。戦場において認められる敗戦姦でも、当然なかった。

「やめんか！　犯罪じゃぞ」

しかし人の心を失った彼女に、もはやその声は意味を伴って届かない。

「ウモオッ！　ウモオッ！　ウムオオオオオ！」

丸々と太った巨躯に、大きな頭。それに異常に短い手足。

立ち上がった大奥様は、ヴィレンドルフのヴィーナスそのもの。

腕を交互に、大きく左右に振りながらライトニングに接近する。

目の前を横殴りに通過する、死の暴風。立ち上がれずにいるライトニングは、その剛腕を避けるため後ろへとずり下がった。

（うっ）

しかし、背中が壁に当たる。

さして広くないライトニング家の食堂。

すぐに逃げ場を失ってしまったのだ。

（犯られる）

捕まれば終わり。その外れようのない予感が、背を凍らせる。

風を切る音を発しながら真横から迫り来る右腕に、どうする事も出来ず両目を固く閉じた直後、重い衝撃音が、室内に響く。

「ぬうっ」

しわがれた声に目を開ければ、前にあるのは前道場主の背中。義理の祖父である彼が、攻撃を防いでくれたのだ。

腕を左側で十字に組み、大奥様の横薙ぎを受け止めている。

（さすがだ）

安堵と共に、前道場主の技に感嘆する。

あえて前に踏み出す事によって、大奥様の腕をより内側で受け止めたのだ。

遠心力で増幅される威力。こうしなければ、吹き飛ばされていただろう。

（理屈はわかる。だが恐怖を克服しなければ、出来るものではない）

そう思いつつ、何とか立ち上がった。

「孫の亭主を襲うとは、そこまで落ちたか」

一方、前道場主は、沈痛な表情で妻だったものに話し掛ける。

「いや、これはわしの責任じゃな。お前を満足させてやれなんだ」

だが、その言葉も大奥様には届いていない。

怒りのこもった声を張り上げると、前道場主めがけて突進を始めた。

「正気に戻れい！」

身を沈め、回転しながら蹴りを放つ前道場主と、短い足に直撃を喰らい、転倒する大奥様。

「わしが防ぐ、お前達は逃げろ！」

振り返りもせず、前道場主は命じる。

「師匠！」

「お爺ちゃん！　一緒に逃げよ？　お婆ちゃんもきっと元に」

「駄目じゃ！」

前道場主は、孫娘の発言を切って捨てる。

「幼子がいるのじゃぞ。誰かが時を稼がねば、逃げ切る事など出来はせぬ」

ライトニングには言葉がない。彼の戦闘経験が、事実だと告げていたからだ。

「時間が惜しい！　早く去《い》ね」

ライトニングは、涙をボロボロとこぼす妻の手を取り、廊下へと走り出る。

騒ぎに気づいて、寝室からは盛大な泣き声が上がっていた。

「……達者でな」

一瞬だけ背後を見やり、その目に孫夫婦の姿を焼き付ける。

そして、妻だったものを睨みつけた。それは今、怒りに震えつつ身を起こし始めている。

「さあ来い、化け物《マイハニー》。お前の相手は、このわしだ」

そして、一気に衣服を脱ぎ捨てる。

彼の下腹部は、すでに戦闘態勢が整っていた。

（こやつと戦えるのは、わしだけじゃ）

長年の夫婦としてのお務めが、欲を無視して立ち上がらせる事を可能にしていた。

その思いのとおり、大奥様と正面から戦えるのは、彼ぐらいだろう。

（さあ、一世一代の戦い。文字どおり最後じゃ）

彼にはわかっている。無理に立たせた代償が、自らの命である事を。

望まぬ行為というものは、確実に寿命を削るのだ。

しかし彼に、不満はない。

（子孫のために、この命を役立たせられる。何と幸せな事よ）

先手をとって、飛び込む前道場主。

飛ぶと見せ掛けて股下をくぐり、片脚を取って再度転倒させる。そして横方向から、一息ではめ込んだ。

リーチ不足気味の彼にとって、太りじし相手の定石である。

（お前ほどではないが、わしもやるぞ）

義理の孫の姿を思い浮かべつつ息を大きく吸い込み、そして叫ぶ。

「ライトニング・ソード！」

ライトニング家の食堂に、大奥様の喜びの声が大きく響き渡った。

（効いておる！）

腰応えに安堵しつつ、技を発動し続ける。

だが、このまま満足を与えられるかと思いきや、前道場主の体は突如ガクガクと震え出した。

（何という身体負荷。お前はこれを、あのように使えるのか）

予想を遥かに超えるライトニング・ソードの反動に、年老いた体は耐え切れない。

途中で止まり、大木のような太腿を抱えたまま膝をつく。

不発に終わったライトニング・ソードに、大奥様は不満げな鳴き声を上げた。

（もう立ち直りおったか）

込み上げる焦燥感。

ライトニング・ソードを続けられなくなった前道場主は、通常技に切り替える事を余儀なくされた。

出来る範囲で、最上の技を放つ。

「ここがお前の弱点じゃ！」

前道場主は叫び、太過ぎる片脚を持ち上げたまま、天井を強くこする。

それは長年の経験により判明している、数少ない弱みの一つ。

「ウモオオオ？」

だが大奥様は馬鹿にしたような笑みを浮かべ、鼻息荒く剛腕を振るう。

前道場主は扉にたたきつけられ、そのまま扉を打ち破り、廊下へ背中から倒れ込んだ。

口元を腕で拭うと、前腕が血に染まっている。

痛めたのが口内なのか内臓なのか、わからない。だが正直、どちらでもよかった。

（性欲が、性感を上回っているのか）

静かな心で、そう考える。

強過ぎる欲が、多少の刺激では満足出来ない状態にしてしまっているのだ。

(効果があるのは、あのライトニング・ソードもどきだけ)

先ほどは途中で途絶え、続ける事を諦めた技。理由は、自分の肉体が持たないから。

しかし、後の事を考えないでよいのなら、まだ放つ事は出来る。

(持てよ。わしの心臓)

負荷に耐えかねているのだろう。時に不規則になる荒い鼓動は、ミスファイアが起こっている事を示している。

苦しさに顔をしかめながらも痩せた老人は、強い光を目に宿らせた。

覚悟を決めた彼は、穏やかな声音で妻だったものに話し掛ける。

「こうなったのは、わしのせいでもある」

静かな口調。その声には、やさしさがあった。

「苦しかったろう、辛かったろう」

そう言いながらも、大奥様の挙動から目を離さない。

「お前が心の底から欲している時、わしはおびえ、夜のお務めを果たさんかった」

そこで後悔のこもった仕草で、頭を振る。

「あの時お前は、独りで戦っておったんじゃなあ」

息を一吐きして続けた。

「もし、わしが協力しておれば、お前もいくらかは我慢出来たはず。そうじゃろう?」

そしてひたりと見据える。

「わしらの時代は過ぎた。さあ、化け物《マイハニー》。共に逝《ゆ》こう」

涼やかな口調で、妻であったものにそう告げた。

そして大きく息を吸い込み、懐深くへ飛び込んで行く。

(止まるなよ！　わしの心臓。今少し動くのなら、後は破裂しても構わん)

そして最後の、ライトニング・ソードが炸裂した。


ニセアカシア国。

前道場主が己の命を燃料に、人生最後のライトニング・ソードを放ってから数時間後。

木造平屋の小さな家へ、接近する者達がいた。

それは完全武装の衛兵達。恐る恐る、ライトニング家へと足を踏み入れる。

『地元の英雄宅で、惨事発生』

その知らせを受け、駆けつけた太っちょ隊長と二名の部下。

彼らは緊張に身を強張らせつつ、廊下をじりじりと進む。

(ダンジョン深部。それ以上の重圧感だ)

前職は冒険者だった隊長。

魔窟探索の経験は、ないではない。しかしその彼をもってしても、噴き出す冷たい汗は止められなかった。

後ろに続く二人の部下も、振り返って見ればその顔は青い。

(自分がしっかりしなければ)

部下達が踏みとどまっていられるのは、隊長である自分への信頼。その事を知っているからこそ、勇気を奮い立たせる。

隊長は気づいていなかったが、自らを頼る部下の存在、それが彼の心をも支えていた。

おそらく彼独りであったなら、恐怖に侵蝕され逃げ出していただろう。

「そこを曲がれば目的地だ。油断するな」

自らにも言い聞かせつつ、慎重に奥をのぞく。部下達もそれに続いた。

(うっ)

食堂で目にしたのは、異形の造形物。

肥え過ぎた老女と、痩せ気味の老人。それらが全裸で絡み合っていたのだ。

老人は老女の片脚を肩に抱え上げ、老女は背を反らせている。そしてどちらも硬直し、身動き一つしていない。

まるで何かの儀式に用いられる、呪いの石像のようであった。

(相討ちだったのか)

不謹慎ながら、胸をなで下ろす。

あの英雄ライトニングでさえ、脱出を余儀なくされた件だ。自分達に危険を跳ね返す力量があるとは、とても思えなかったのである。

「息があります!」

「こちらもです!」

声を上げたのは、呪いの石像を調べていた部下達。

隊長は一瞬の逡巡の後、老女を縄で拘束するよう指示を出す。

そして絡み合う大奥様と前道場主を、戸板と荷車で運び出した。

「館にお連れするぞ」

行く先は、国王の住まう館。

国が小さいため、行政府と裁判所と牢獄、それに兵舎と迎賓館も兼ねている。

ようは、国の施設はここしかないのだ。

数時間後、館内の一室。そこには国王と大臣、それにライトニング夫妻の姿があった。

「とりあえず、一命は取りとめましたじゃ。意識は戻りませんがの」

ハの字形の眉をした、小柄で丸く腹の出た気弱そうな老人。彼は入室してすぐ、皆に告げる。

大臣である彼は、前道場主夫妻の治療に当たっていたのだ。

この惨事にあたり、国王はDランクポーションの使用を指示。

国家秘蔵の品まで用いてくれた事に、ライトニング夫妻は言葉もない。深く頭を下げるだけだった。

そんなライトニングに、国王は鷹揚に声を掛ける。

「ライトニングよ。一度国を離れてはどうだ？」

前道場主とも付き合いのある王。

彼はライトニングの話から、おおよその事情を察していた。

(国外での謹慎？)

突然の言葉に、顔から色の抜けるライトニング。王は打ち消すように左右へ手を振ると、言葉を補足する。

「責めているのではない。落ち着くまで、距離を取った方がいいという意味だ」

穏やかな表情で、言葉を継ぐ。

「王国が先の活躍を知り、派遣を希望して来たのだ。幸い樽人形《バレルドール》も動かせる。操縦士として見聞を広めるのも、そなたの成長の助けになろう」

その言葉に、ライトニングの心は動く。

昨今、操縦士としての知見不足を強く感じていたのだ。

「必要な時は、すぐに呼び戻す。だから国家騎士の操縦士として、腕を磨いて来い」

自らの望む事を、命令として下す。その温情に胸が熱くなる。

妻をかえりみれば、頷いていた。自分の判断に従ってくれるという事だろう。

「勅命、謹んでお受け致します」

こうしてライトニングは、近日中にB級騎士と共に王都へ赴く事になった。勿論、妻子も一緒である。

退室する夫妻を見やり、大臣が口を開く。

「予想外の出来事でしたが、よいきっかけになりましたな」

頷く国王。先日王国から届いた文には、北の町での感謝に加え、ライトニングの派遣を望む旨が記されていたのだ。

B級騎士の維持がいささか負担になっていたニセアカシア国としては、願ってもない申し出である。

「受け取る資金を元手に、殖産に努めねばなりませんな。B級騎士の一騎など、余裕で養えるように」

王国側が提示した額。そのあまりの破格さに、王と大臣は眼を疑った。

当然、即、派遣を内々に決定したのである。

後は、言い出すタイミングだけだったのだ。

「我らも頑張るからな、お前も学び知見を広めて来い」

王は、この場にいないライトニングへ向け、そう語る。

ちなみに王国が申し出た金額は、それほどおかしいものではない。名の知れたB級騎士の傭兵。それをやや上回る程度だ。

ライトニングの待遇。小国なりに心を配ってはいたものの、やはり水準より大分低かったのである。


数日の後、舞台は王都、商人ギルドのギルド長室に移る。

「ライトニングが来るようじゃの」

執務椅子に座る、小柄なゴブリンっぽい老人が言う。

ソファーに座るサンタクロースは頷くが、かたわらに立つ強面のおっさんは、微動だにしない。

「騎士団に雇われるようじゃ。家族連れで来るから、家の手配を頼む。そう騎士団長から話があったわい」

「何人くらいですか」

サンタクロースな副ギルド長の問いに、ギルド長は机の上の紙を見る。

「妻と子。子供はまだ小さいようじゃの」

物言いたげなサンタクロースに、ギルド長は頷く。

「わしも、あそこがええと思っとった」

そして強面のおっさんに、不動産の担当者を呼ぶよう命じる。

鋭く返事をし、部屋を出て階下へと走り出す。すぐに、分厚い本を抱えたおばちゃんを伴って来た。

「ただいま戻りました！」

緊張でガチガチの強面のおっさん。

現在、主任である彼は、出世の階段を身近に感じ始めている。そのため、気負い過ぎるほど力が入っていたのだ。

ギルド長達は、何とも言えない目で主任を見る。

分厚い本を抱えたおばちゃんは、階段を駆け上がらされたのだろう。気の毒に、肩で息をしていた。

「タウロ君の下の階。あそこには誰が入っていたかな？」

呼吸が落ち着くのを待って、副ギルド長が聞く。

すぐにおばちゃんは台帳をめくり、名を告げた。その一家は商人ギルドの職員で、今は倉庫で働いている。

「充分な手当をすれば、移ってもらえるだろうか」

「倉庫に近い場所に、広くて新しい物件があります。家賃据え置きなら、大丈夫と思いますが」

おばちゃんは、別なページをめくりつつ答える。

副ギルド長は頷き、強面のおっさんを見た。

「今の条件に、引っ越し費用と詫び金を出す形で、交渉してくれ」

「了解しました！」

少し考えた後、副ギルド長は言葉を加える。

「無理強いはするな。命令ではなく、商人ギルドからのお願いなのだから」

やる気溢れる強面のおっさんの様子が、頑張り過ぎる事を警戒させたのだ。

図星だったのだろう。強面のおっさんはやや顔を赤らめ、再度了解の返事をする。

強面のおっさんと分厚い本を抱えたおばちゃん。二人が部屋を去った後、ギルド長が口を開く。

「ライトニングは、タウロ君を尊敬しておるようだからの。警護の点でも、ちょうどええわい」

タウロが住んでいる建物は、商人ギルドの所有物。

二階と一階に入っているのは、タウロは知らないが商人ギルドの関係者だ。実質、社宅のようなものである。

「下の階ですからな。不審な人物が階段を通れば、すぐに気がつくでしょう」

副ギルド長も頷く。

顔見知り同士の近所の目。面倒な事もあるが、治安という意味では効果がある。

そこでノックの音がし、副ギルド長が入室を許可した。

入って来たのは、強面のおっさんである。

「倉庫の職員ですが、引っ越しに同意致しました」

顔を見合わせる、ギルド長と副ギルド長。さすがに返事が早過ぎるだろう。

「先ほども言ったが、強制はしていないのだろうな？」

嘘を許さない鋭い眼。サンタクロースっぽい外見には、似合わぬ目の光である。

「はっ。その点は細心の注意を払いました。問題ありません！」

背筋を伸ばし、返事をする強面のおっさん。

(これは他の者にも、聞いてみる必要があるな)

強面のおっさんは強面なだけに、意識せずとも威圧してしまう場合があるかも知れない。

優秀な部下を眺めやり嘆息する副ギルド長だが、すぐに疑いは晴れた。倉庫で働く職員一家が、引っ越しを快く承諾した事が判明したのである。

こうしてライトニング一家の入居が、正式決定したのだった。


昼前、商人ギルドにポーションを納めに行くべく外出の準備をしていると、イモスケから声が届く。

『おきゃくさん』

誰だろうと考えているうちにノックの音、のぞき窓から見ると、何とそこには見知った顔がある。

「ライトニングさん！　どうしたんですか」

まさか王都で会う事になるとは思っていなかったので、驚いた。

「実はこのたび、下の階にお邪魔する事になりまして」

笑顔で話すその内容に、再度びっくりする。

聞けば、王国騎士団へ派遣されたのだそうだ。それで家族を連れて、俺の下の階に移って来たらしい。

「どうぞこれを」

長方形の木箱を開けると、中には口の広いガラス瓶が三本。琥珀色の粘液が入っている。

「これは、蜂蜜ですか」

ラベルを読みつつ声に出す。

「我がニセアカシア国特産、と言うかこれしかないのですよ」

苦笑するライトニング。

「いえ、ニセアカシア国の蜂蜜は有名ですよ」

実際そのとおり。良質の蜂蜜として知られている。

街道の行き来が安全になったせいか、王都での食料品店でも見掛けるようになった。

それを聞いたライトニングは、嬉しそうに笑みをこぼす。

「後ほど妻と子を連れて、改めてご挨拶に参ります。これからよろしく」

「こちらこそ」

俺達は、握手を交わし合った。

その後すぐ、家を後にし商人ギルドへ向かう。

いつものようにポーションを納め、ギルド口座に入金してもらい、広場の屋台で昼食を取る。

(このまま娼館に行くのはやめて、一旦帰るか)

通常ならば、昼食後は娼館直行なのだが、今日はライトニングが来ている。

(もし、まだ引っ越しをしているのなら、手伝ってやらないとな)

そう考え、家路を急ぐ。しかし、いささか遅かったらしい。

「もう終わったのですか」

階段を上ったところでライトニング夫妻と会い、そう告げられたのだ。奥さんは胸に子供を抱えている。歩き出すかどうか、そのくらいの年頃だろう。

「荷物がそれほどありませんので」

ライトニングの言葉を耳に、入口から少しだけ中をのぞく。言葉どおり、物が極端に少ないようだった。

次に、奥さんへと挨拶する。

（うーん。普通だな）

いや、正直に言えば少し下か。

大変失礼ながら、ライトニングの奥さんを見て、そう思ってしまう。

よろしくない事だが、口にさえ出さなければいいだろう。心の中は自由なのだ。

（今日はどうしようか）

ライトニングの手伝いも必要ないようだし、改めて娼館に行くべきか。

部屋に戻り、そんな事を考えていると、階段を上る音がする。玄関からのぞけばライトニングだった。

引っ越し作業が完全に終わったとの事。

「妻に追い出されまして」

照れ笑いを浮かべ、そう口にする。後の整理は自分がやるから、どこかに行っていろと言われたらしい。

「じゃあ、お茶でもどうです」

俺は招き入れ、コーヒーを二つ準備。買い置きのプレーンクラッカーを皿に並べ、先ほど貰ったばかりの蜂蜜も出す。

「屋上が庭になっているのですね」

眩しそうな表情で、庭森を眺めるライトニング。

「その分、下の階より大分狭いですが、どうしても庭が欲しかったんですよ」

俺は、蜂蜜をベタ塗りしたクラッカーを口に運びつつ答える。

そこでライトニングは、感心したような表情を浮かべた。

「ほう、森の賢人ですか」

葉陰のイモスケを見つけたらしい。かなりの目のよさである。

「ご存じですか？」

頷くライトニング。

「我が国は精霊の森に近いですから。外縁部で、大分前に見た事があります」

確かに、ニセアカシア国から遠くない、険しい山地を越えて北西へ進めば、精霊の森だ。

「森の賢人がいるのは、豊かな森である証拠。そう聞いております」

そこでライトニングは、少し残念そうな表情をする。

「しかし、我が国のニセアカシアの森には、住んでいただけてないのですよ」

そこで、いろいろと話を聞く。

北部諸国では、森の賢人は豊かな森に住む、縁起のよい精霊獣とみなされているそうだ。

声音には、精霊獣への敬意がにじんでいる。

(ライトニングにならら、紹介してもいいかもな)

これからは、階の上下でお隣同士。

人柄も信頼出来る。それに俺も、自分の家族を自慢したい気持ちがあった。

「ちょっと待ってて下さいね」

俺は庭森に出て、イモスケに小声で話し掛ける。

「お前達の事、紹介してもいいかな」

返ってきたのは、いつものとおり。俺がいいならいい、という返事。

(なら、いいか)

一旦部屋に戻り、ライトニングを庭森に連れ出す。

そして枝上にいるイモスケを、手のひらで指し示した。

「俺の家族です。名前はイモスケ」

「ライトニングと申します。このたび下の階に引っ越して参りましたので、よろしくお願い致します」

微笑みつつも、言葉は真面目だ。

敬意を払われ嬉しいのだろう。イモスケからも、悪くない波が返って来る。

「あとですね、豊かな森に住むというのは、逆なのです。森の賢人が、森を豊かにしているんですよ」

俺の言葉に、ライトニングは驚く。

「実際、この庭の手入れをしているのはイモスケです」

予想外の話だったのだろう。

しばし言葉を失い、それから庭森を見回すと、感心しきりの様子を見せた。

その後、庭森を褒めちぎっている。

イモスケの方は、上体を持ち上げ得意そうだ。

俺は平たい石の下から這い出して来たダンゴロウを、両手で持ち上げ、ライトニングの前に向ける。

「あと、もう一匹」

「これも精霊獣で、ダンゴロウといいます」

目の前のダンゴロウを、まじまじと見つめるライトニング。

「寡聞にして存じませんが、これもまた見事な精霊獣ですな」

そして先ほどと同様、丁寧に挨拶を行った。

「まあ、基本地面の中や石の陰にいますからね。枝上にいる森の賢人ほど、目にする機会はないと思います」

「なるほど。森の賢人が森を豊かにするのなら、こちらは地を豊かにするのですな」

うんうんと頷くライトニング。

俺の手の中で、クリッとこちらを向くダンゴロウ。嬉しそうである。

(ダンゴロウは、エルフから迫害されていたらしいからな)

褒められた事など、なかったのだろう。

穏やかな笑顔で、精霊獣への敬意を欠かさないライトニング。イモスケ達は、すっかり気に入ったようだ。

早速俺へ、文旦おすそ分けの要望が来る。

「はいはい、わかったよ」

俺は文旦を数個もぎ、ライトニングを室内に連れて行く。そしてご馳走した。

「こんなに味のよい果実は、初めてです」

その言葉に、俺も庭の眷属達も笑顔である。

お土産に二個ほど渡し、眷属達と共に玄関で見送った。

ちなみに、重騎馬《ヘヴィーランサー》は小さい事もあって、重騎馬《ヘヴィーランサー》とは気づいていないようである。

目にした後の感想は、見た事のない生き物ですな、というもの。

「そうだダンゴロウ。下の階に、迷惑掛けたりしていないだろうな？」

以前、薬草樹の件で、『あなほった』とか『がんばった』とか言っていたような気がする。

壁や柱の中を掘り進み、建物倒壊の原因を作ったりするのは避けねばならない。

『だいじょうぶ』

即答である。俺は信用する事にした。

「せっかくだし、お前達も舐めてみるか？」

そこで話を変える俺。イモスケとダンゴロウの前に、ライトニングから貰った蜂蜜の瓶をかざす。

「そうか、いらないか」

反応は芳しくない。

やはり見た目どおり、こういうものは苦手のようである。

(そのうちライトニングと、一緒に娼館へ行ってみたいな)

頭と肩に眷属達を乗せ、庭森に足を踏み入れながら思う。

そして目の前で、生身のライトニング・ソードを見物するのだ。

人狼《ワーウルフ》のお姉さんとの肉弾戦など、結構面白いかも知れない。

「楽しくなりそうだ」

笑顔を作りつつイモスケとダンゴロウを、それぞれの場所に置くのであった。


西の稜線へ太陽が沈み、紅から濃い紺へ色を変えた空では、星々が少しずつ数を増やして行く。雲の少ない今夜は、いつも以上に多いだろう。

しかし王都の歓楽街にいる者達は、意識しなければ気づけない。多くの街灯が路を照らし、建ち並ぶ店々は光を溢れさせていたからである。

「暑い中、お務めお疲れさまでした！」

ニコニコで、結露ダラダラなジョッキを掲げる俺。

「夜はこれからです。今夜も張り切って行きましょう！」

笑顔で俺とジョッキを空中でぶつけ合わせる、少々不細工な筋肉青年もまた同様。

ジョッキを顔前へ引き寄せると顎を上げ、キンキンに冷えた液体を内臓へ流し込む。

（うまい）

強く目を閉じ歯を食いしばると、ジョッキの底を木製のテーブルへ叩きつける俺達。続いて腹の奥底から、大きな呻き声を漏らす。

「これでこそ夏の夜。生きていてよかったと、実感する瞬間ですねえ」

大げさな事を言うのは、今や王国騎士団でA級騎士を駆るまでに出世した親友、コーニールである。

場所は数軒の屋台の前に置かれた、数多いテーブルと椅子の一つ。空きはほとんどなく、多くの男女が屋台で注文した料理を前に、冷えたエールを楽しんでいた。

「まったくです」

同意を示した俺は、目の前の皿に並ぶ小さくて細い焼き魚、シシャモに似たものを指でつまみ、頭から口へ放り込む。

数度の咀嚼を繰り返した後、ジョッキに残ったエールで飲み込む。そしてコーニールへ、新たな隣人の事について聞いてみた。

「ライトニングさんが、王国騎士団に加わるそうですね」

鶏の唐揚げを噛み砕いていた親友は、喉仏を大きく動かしてから口を開く。

何でも北の町での活躍を聞き及んだ上層部が、一時的な応援として招いたのだそうだ。

重騎馬《ヘヴィーランサー》の群れの討伐失敗に、ランドバーン会戦での敗北と、騎士と操縦士を大きく減らしているからだろう。

「タウロさんから見て、どのくらいの腕ですか？」

「凄まじく強いですよ」

返された俺は、即答である。

コーニールは笑顔を見せるも、次に疑わしそうな声を出した。

「誰の事でも、強いって言いますからねえ。どうでしょう」

部下である貴族の子。俺の操縦士学校時代の同級生にして、定期実技試験の優勝者。あの美少年の事が念頭にあるのだろう。

俺は彼を『自分では、手も足も出ない』と評したが、コーニールは俺の方が上だと見ているのだ。

（遠距離戦だけに限定すれば、そのとおりだが）

学生時代は一勝も出来ていないので、とてもではないが頷けない。

「ですが、北の町での戦果は聞き及んでいます。期待はしていますよ」

言葉を継ぐ、筋肉質の少々不細工な青年操縦士。

所属が不明な四騎のブラウンの騎士を、ライトニングがほぼ一人で倒した事になっているはず。

しかしコーニールは、俺が隠れて同行したのを知っている。だから報告書を丸飲みにしないのだ。

「安心して下さい。絶対に期待以上ですから」

言葉を尽くして保証する俺と、具体例を示され感心した様子を示すコーニール。

だが今夜の本題はこれではない。最初の一杯が空になり二杯目が運ばれて来たところで、俺は厳かに告げた。

「ではこれから、『大人のグルメ倶楽部』を始めたいと思います」

実は今夜、唐突にコーニールからお誘いがあったのである。たまたま時間が空いたらしい。

（やれる時に開かないと、次はいつになるかわからないからな）

前回からさして日を置かずとも、関係ない。

王国騎士団で高い地位に就く親友は、多忙の身。多少続こうが、機を逃す訳には行かないのである。

（さてと）

宣言した後、ジョッキと皿を脇へ寄せ、空いた空間に数冊の雑誌を置く。

これは歓楽街の情報誌。行く店を選ぶための、重要な資料である。

（あっ）

そこで一冊、余計なものが交じっていたのに気づく。家から手当たり次第に持って来たため、紛れ込んでしまったのだろう。

鞄へ戻そうとするが、コーニールは見逃さなかった。

「何ですかそれ？　珍しい表紙ですね」

でかでかと描かれていたのは、甘い顔立ちの青年が、片方の長いまつ毛をばっさりと閉じている絵。

確かに違和感の塊だ。

実はこれ、歓楽街の女性向け情報誌なのである。

「ギルド長から渡されたんですよ。娼館の感想を投稿する気なら、その前にこれを読んでみろって」

めくってみせれば、見開きの大雛壇。

美青年に美少年、それにナイスなミドルとシルバーが所狭しと座る絵面は、前世の年末歌合戦さながらだ。

『娼館のレビューを書く』

それは大人のグルメ倶楽部の、設立当初からの目的の一つ。だがまだ果たされていない。

理由は簡単。影響力が大き過ぎるのだ。

『行ってはいけない』

などと断ずれば、ドクタースライムの名の重さは娼館を傾けさせるだろう。

「言われてみれば、そうですねえ。自分なら別でしょうけど」

レバーと野菜の串焼きを片手に、頷くマッチョ青年。彼も『串刺し旋風』として知られているが、二つ名持ちの一人に過ぎない。

『歓楽街の双璧』の一つである俺とは、注目度が違うのである。

「そこでこの雑誌です」

ゴブリンに似た小柄な老人の、お薦めのレビュー。その記事は確かに素晴らしかった。

並ぶ文言は、時に読んでいるこちらが心配になるほど鋭い。しかしそれでもなお、客はもとより娼館主からも支持されているという。

歓楽街そのものに、利益をもたらしているからなのだそうだ。

「無名店を掘り起こし光を当て、大店《おおだな》へは気の緩みがないよう忠告。そして明らかな不良店には、退場をうながす、ですか」

俺の説明に指を折って数え、香辛料臭い息を漏らすコーニール。

「正直、軽く考えていました」

続く言葉は、俺の気持ちとまったく同じ。

「しばらくは勉強する事になるでしょう。この雑誌のバックナンバーも、探してみようと思っています」

言い終えた後、取り戻そうと手を伸ばすも、熱心に読み込み始めたスケベマッチョは気がつかない。

何をそんなに、と覗き込んだところで、自分の眉が大きく歪むのがわかった。

「……少年の店とか、行きませんからね」

機先を制し、きつく言っておく。

忘れがちだが、この男は二刀《バイ》で王《キング》な一面を持つのだ。少年までなら、性的な区別をしないのである。

「二次会でも三次会でも、そっち系へは行きません。加えて言えば、今日は徹夜をしませんよ」

この体力お化けに付き合って、朝まで娼館を梯子した事がある。その日の昼間は完全にダウンで、数日に渡って調子が出なかった。

俺としては日付の変わる前後、多くの娼館が店じまいする時刻でお開きにしたい。

「……冷たいですねえ」

うらめしげに雑誌から顔を上げるコーニール。

「そういう問題ではありません」

譲れないところは、譲らない。その方が、お互い気楽に付き合えると思うのだ。

『こっちはいろいろ我慢して来たのに、そっちは何で断るんだ！』

不満を溜めて、ある時爆発。そんな終わり方はしたくないのである。

「では妥協しましょう。勝気でクールな男装麗人の店。この辺りでどうです？」

女性の載っている情報誌を手に取り眺めやった後、俺が読めるよう向きを変えて指し示すコーニール。

「ある程度ダメージを与えると、途端に甘くなる、ですか」

光景を思い浮かべながら、ジョッキを口元へ運ぶ。

わいのわいのと飲み食いしながら意見を戦わせ、店を選び始めた俺達だった。

同じ時刻の、歓楽街の別な場所。

商人ギルドのギルド長が読むように勧め、タウロとコーニールが揃って唸った、女性向け情報誌のレビュー。

その書き手は今、夫と共にとある女性向け娼館を訪れていた。

「男女ペア向けの、お値打ちメニューをお願いします」

カウンターで静かに告げる、小柄な中年女性。もしタウロが見れば、『不動産おばちゃん』と思っただろう。

『屋上に庭のある、一部三階建て建屋の最上階』

現在タウロが住んでいるところは、彼女が紹介したものだからだ。

トレードマークは、物件の書かれた分厚い大判の本。商人ギルドへ行けば、脇に抱えてフウフウ言いながら歩いている姿を見られるだろう。

それはプライベートの今も変わらない。ただし本は、仕事用とは別の物である。

「承知致しました。では、この三名の中からお選び下さい」

頭を下げた事で顎が埋まる、でっぷり太ったショートカットの女性コンシェルジュ。目の周りの化粧がやたら濃い。

手のひらを向けた先にいるのは、膝上丈のスカートをはき椅子に座る、華奢で年若い三人。この店に女性の花売りはいないので、女装した少年であろう。

「じゃあ、この子にしようかな」

不動産おばちゃんに促され、夫であるヒョロッとした中年男性が穏やかな口調で選ぶ。

『男女ペア向けの、お値打ちメニュー』

それは一人の少年が、女と男の二人の客を相手取るというもの。

通常このようなプレイを望めば、二人分以上の料金を提示されるだろう。負担が大きいため、嫌がる働き手が多いからだ。

しかしこのメニューは、一人分とさほど変わらない。

『女性だけではなく、男性にも来て欲しい』

そう望む店側が、男性分を無料体験扱いにしているからだ。

ちなみにこの期間限定メニューは、数量限定。目の前の三人が、こなせる分だけである。

(だが、人を選ぶ)

緊張と嬉しさの混ざった様子で、席を立ち礼を口にする指名された少年。その姿に鋭く目を細める、不動産おばちゃん。

自分の旦那は、守備範囲がそこそこ広いため付き合ってくれている。しかし好まぬ者は、いかに安くとも寄り付くまい。

少年に女装させているのも、少しでも苦手意識を減らそうという工夫だろう。『まずは味を見て下さい』という奴だ。

「ご案内致します。こちらへどうぞ」

フリフリのスカートをひるがえし、大きく開いた背中を見せる少年。その間を捉えておばちゃんは分厚い本へ感想をメモ。

そして夫に遅れる事数歩で、階段へ足を踏み出したのだった。

部屋へ到着後、すぐに始まる少年と夫婦のプレイ。

今、キングサイズのベッドの上には、

『ベッドのヘッドボードに全裸で正面からしがみつき、下唇を噛む不動産おばちゃん』

『おばちゃんへ後ろから侵入し、甘い悲鳴を上げる、膝上スカートの女装少年』

『少年のスカートをたくし上げ、尻へ突き刺し腰を振る、こちらも全裸の旦那さん』

という形で、一列に接続されている。

(なるほど。拙いなら拙いなりに、やりようはあるという事か)

声を噛み殺しながら、感心する不動産おばちゃん。

プレイ開始時に受けた、自分と旦那へのマッサージ。あまりにたどたどしく、客に出せるレベルではないと顔をしかめたものである。

評価を変えさせたのは、それをカバーする娼館主のアイディアだ。

(一つは紐)

スカートのため見えにくいが、少年の股間の根元は、きつく縛られている。

明らかに経験も技量も不足しているこの少年は、これがなければ客を置き去りに、独り達してしまうに違いない。

(もう一つは、私を知り尽くした旦那の存在だ)

されるがままに、溶けた声音を垂れ流すだけの少年。勿論この体たらくでは、おばちゃんへ大きなダメージは与えられない。

しかしその向こうにいる夫が、突き立てた棒で少年の動きを誘導していたのだ。

『どこを、どうされるのがいいか』

それを知るヒョロッとして心やさしき、しかし手練れである中年男性。

序盤で少年を溶け崩してしまったので、妻へ責任を感じてもいるのだろう。

それゆえ彼女は新鮮な少年の体を、熟練者である夫の技をもって味わえていた。

「くっ」

思わず声が漏れたのは、フィニッシュへ向けて夫の前後運動が激しくなったため。

妻まで届けと、角度をつけ狙った連続突きは、間に少年を挟んでいるため、正確さには欠けてしまう。

しかしその愛情は、しっかりと届いていた。

(なぜこんな見習いレベルをと思ったが、夫に妻を責めさせるには、逆に手ごたえのない方がいいのかも知れない)

その方が、気持ちが伝わって来る。

(少年に歯ごたえがあり過ぎれば、旦那は私を意識する余裕などなかったはずだからな)

若くて、技も経験も不足している。だがそこをうまく活用した、店側の巧みさ。

若干の飽きが来ている夫婦には、いい刺激になるに違いない。

(見事だ)

当たりと評して、いいであろう。

揺さぶられる動きに頷きを混ぜ、おばちゃんは思考を継ぐ。

(店を出た後、共通の話題で盛り上がれるのもいいな)

最近、夫婦間の話の種が尽き始めていたので、それもまたありがたい。

(来る!)

夫が妻を隅々まで知っているなら、その逆もまた真。

察した不動産おばちゃんは、背後の少年に許可を出す。

「ありがとうございます！」

救われたような表情を作った少年は、すぐさま己の股間へ手を伸ばし、棒の根元を縛る紐を引きほどいた。

直後盛大に、しかも連続でおばちゃんの中へぶちまける、スカートをはいた少年。紐で強制的に抑え込んでいたからだろう。

「ひああ熱い！」

続いて女の子のような悲鳴を上げて身を仰け反らしたのは、夫のものを腹中に浴びせられたからに違いない。

(……今週のお薦め店は、ここだな)

そして小柄な中年女性もまた、少々緩んだ体を震わせたのだった。


中天高く上がった太陽。

強い日差しを反射して、複数の尖塔が白く輝いている。

王国の中心都市王都は今、夏の季節を迎えていた。

「ニセアカシア国から参りました。未熟な点が多いと思いますが、よろしくお願い致します」

壇上で挨拶するのは、もう少しでおっさんになりそうな青年。よく整えられた短い口髭をたくわえている。

ここは王城の北側にある騎士団本部、その大広間。整列する騎士団員の間から、ひそひそと私語が漏れていた。

(あれがねえ)

(B級四騎を倒したって、本当かしら)

(うちにある、例のB級と同じでは?)

(何だ。じゃあC級じゃねえか)

(C級四騎なら、不可能ではないと思うがね)

北の町で、所属不明の騎士を倒した話。そのセンセーショナルな内容もあって、騎士団員達は皆耳に入れている。

しかし、額面どおり受け取っている者は少ない。

理由は二つ。

一つは、報告をもたらしたのが、新人の偽B級乗りである事。

もう一つは、各人が自分の力量に照らし合わせた結果、こう考えたからである。

『B級一騎でB級を四騎? 無理だろう』

操縦士の席に座る事が出来るのは、天賦の才に恵まれ、かつ努力した者に限られる。

当然、自分に自信がありプライドも高かった。

(信じてねえな)

周囲の雰囲気に、四十絡みのおっさんは口を斜めにする。

元冒険者ギルド騎士の操縦士。北の町でライトニングに助けられた一人だ。

（くそっ）

おっさんの心にあるのは、周囲への不満よりも自分の不甲斐なさの方が大きい。

自分の言葉ではまだ、周囲の騎士団員達を信じさせる事が出来なかったからだ。

そして彼ら以外にもう一人、わずかな苛立ちを胸に列を眺める人物がいる。

（なぜ、わからない？）

騎士団長の近くで、列を眺めるコーニール。

（相手の強さを、見極められないのか？）

ライトニングを目にした時、コーニールは直感的にその強さを理解した。

一応、タウロから強いと聞いていたが、認識が甘かったと言わざるを得ない。下手をすれば、自分をも上回るだろう。

（この凄み、このオーラ。騎士団長は感心していたが）

騎士団員で、気がついている者は少ない。

周囲の鈍さに、首を傾げるばかりのコーニール。しかしこれは、いささか厳しい評価であろう。

『大人のグルメ倶楽部』での修練は、彼の魔力操作の力を大幅に高めていた。魔眼習得の数歩手前まで来ているからこそ、感じ取れたのである。

紹介が終わり散会した後の、騎士団本部内のカフェ。

「ライトニングさんと一緒に仕事が出来るなんて、夢のようです！」

そこでは巨大な砲弾形のオッパイが、上下に弾んでいた。

編み込みおかっぱ超巨乳ちゃんが、笑顔でピョンピョン跳ねていたからである。

周囲にいるおっさん二人とポニーテールは、困り顔だ。

「ほら、お前仕事があるんだろ？　案内は俺達がやるんだから早く行けよ」

冒険者ギルド出身のおっさんが、追い払うように手を振る。

「代わって下さい」

「お前の騎士の調整、俺が行ってどうすんだよ」

うんざり顔のおっさん。

何とかしろよ、と目で後ろのポニーテールに訴える。

溜息を一つついて、ポニーテールは親友の肩に手を置いた。

「そろそろ時間、行くわよ」

「えーっ、でもお」

動こうとしない編み込みおかっぱ超巨乳ちゃんを、最終的に引き摺って行く。

それでも彼女は、こちらに向けて手を振り続けていた。

「迷惑掛けたな」

テーブルの上には三つのコーヒー。それを囲む二人のおっさんと、一人の準おっさん。

「いえ、歓迎していただいているのですから、嬉しいですよ」

おっさん一歩手前のライトニングは、苦笑しつつおっさんへ返す。

「でもよ、あれ本気だぜ？」

どうする気だ？　と興味を込めた視線が二つ、ライトニングに突き刺さる。

「私は、妻一筋ですから」

照れながら答えた言葉に、おっさんの片方が大きく頷いた。

「だよな。やっぱり妻が一番だ」

愛妻家らしい二人は、もう一人のおっさんを放置してしばし盛り上がる。

最終的にこのおっさんは、両側から『早く結婚しろ』と責め立てられ話は終わった。

「じゃ、案内するぜ」

それなりに打ち解けた三人。

空のカップをテーブルに残し、施設各所を巡るため席を立ったのである。


一方、騎士の調整をすべく格納庫に向かう少女二人。

ややきつめの顔立ちの、ポニーテールの少女。彼女に手を引かれ、もう一人がふわふわと歩む。

「あのさ」

ポニーテールは、言いにくそうな表情で親友に告げる。

「ライトニングさん、結婚しているみたいよ」

編み込みおかっぱ超巨乳ちゃんの恋心を知っていたため、事前に上司に尋ねていたのだ。

親友の両目が大きく開き、表情が固まる。

「お子さんもいるみたい」

目をそらし、決定的な一言を放つ。

親友がうつむくのを、気配で感じ取った。

「だからさ……えっ？」

慰めようと視線を戻した先にあったのは、闘志を燃え上がらせる編み込みおかっぱ超巨乳ちゃん。

不敵で暗い笑みが、口元に浮かんでいる。

「大丈夫。私の方が魅力的って、わからせてあげるから」

「いやちょっと、やめなさいよ」

ぐるん、と音が聞こえそうな勢いで、見開いた目の瞳がポニーテールへと動く。

「何？　私の方が劣っているって言うの？」

その異様な迫力に、ポニーテールは声を出せなかった。

「私には武器があるもの」

ブルンブルンと、胸の砲弾を上下左右に震わせる。

自分との差を思い、ポニーテールはいく分悲しくなった。

（これは、何ともならないわ）

知らなかった親友の暗黒面に遭遇し、肺の底から息を吐く。

「待っていて下さいね、ライトニングさん！」

編み込みおかっぱ超巨乳ちゃんは、先ほどのまでの夢見る少女の表情から、戦士の顔に変わっている。

ポニーテールはそんな彼女の手を引き、自分達の騎士へと向かう。

目の前を横切る二人の少女の姿を、特徴的なフォルムの黄金騎士《ゴールデンナイト》だけが静かに見守っていた。

ライトニングが王国騎士団へ来てから、数週間。

すでに、その実力を疑う者はいない。

魔獣退治に、取り潰された貴族の残党狩り。出撃したすべての戦闘で、圧倒的力量を披露したからである。

「実力は予想していた。しかし、周囲に与える影響がこれほどとは。まったくもって、嬉しい誤算だ」

満足げにカイゼル髭をしごく、壮年の大男。

騎士団長室で執務椅子に座り、目の前のコーニールへ感想を述べる。

「本人は学びに来たと言っていますが、逆に教えられる事ばかりです」

直立したまま答えるコーニール。

ライトニングが与えた影響とは、意識改革。

新騎士団長の方針で、騎士団も魔獣退治を行うようにはなった。

しかしどうしても、『魔獣退治なぞ、冒険者ギルドや商人ギルドの仕事だろう』という以前の感覚が、抜け切らずに残っていたのである。

「彼は仕事を選ばず、中型魔獣であろうと積極的に出撃してくれる」

騎士団長が口にする。

それまで魔獣退治任務には、嫌な仕事を互いに押し付け合う雰囲気があった。

『移動して戦い、そして戻って来るなど時間の無駄。練兵場で模擬戦闘をしていた方が、ためになる』

彼らは、そう考えていたのである。

「率先して出るのが、自分より遥かに強い操縦士。そのため、彼の行動に引っ張られる者も多いのでしょう」

同意するコーニール。

全員とはいかないが、ライトニングに帯同し、戦い方を学ぼうとする者も増えつつある。

新人四人などは、初めからそうだ。

「私が見るに、少しずつですが腕を上げているようです」

すれ違う時の雰囲気から、感じる事がある。

もう少しすれば、先輩を追い抜きB級騎士の席を奪えるだろう。

「いい傾向だ」

互いに競い合い、腕を磨く。それを怠った者は、席を失う。

いくら自分が騎士団長の立場で指示をしても、すべてがそのとおりに動く訳ではない。

ライトニングのように、その身をもって示してくれる存在は、非常にありがたかった。


王城の北に存する騎士団本部。

時刻は早朝。夏の日差しが東から真横に差し込む。

「セイッセイヤアー！」

「せいっせいやあー！」

「セイッセイヤアー！」

「せいっせいやあー！」

いつかどこかで見たような光景。それが、騎士団の練兵場でも行われていた。

そこにいるのはライトニングと、冒険者ギルド出身のおっさん操縦士二人。

全員が下半身裸で、己が剣をそそり立たせている。

「痛《い》ってえー！」

おっさんの片方が叫ぶ。

股間にぶら下げ、打ち鳴らしていたアメリカンクラッカー。その軌道が乱れ、二個のボールに挟まれたのだ。

これはライトニングの流派の修練法。腰の動きでアメリカンクラッカーをコントロールし、連続してぶつけ合わせるというものである。

『強くなりたい』

そう願った彼らはライトニングに教えを請い、こうして毎朝、稽古をつけてもらうようになったのだ。

「下手糞ねえ」

遠巻きに見学する者から、野次が飛ぶ。

ポニーテールと、編み込みおかっぱ超巨乳ちゃんだ。

興味深く見つめるポニーテールと違い、編み込みおかっぱ超巨乳ちゃんの視線は熱い。すでに内股をこすり合わせている。

（そういやあいつ、ライトニング・ソードとか叫んでいたっけ）

もぞもぞと左右に振られる、親友の尻。それを目にし、娼館でタウロにされた行為を思い出す。

ライトニング・ソードは雑誌で読んだが、実際に見るのは今回が初。あいつがどんな技を試みたのか、ようやく全容が見えて来た。

（冗談じゃないわ。あんなの喰らったら、おかしくなるわよ）

目の前の修練の風景と、娼館でのあの男が重なり、自分がライトニング・ソードを受け入れるシーンを想像する。

（くっ、朝、済ませて来たのに）

毎朝のお勤め。それを行ってから出勤したはずなのだが、若さはそれだけでは許してくれないらしい。

（昼休みまで持つかな）

駄目な時は、どこかで処理しよう。そう考えるポニーテールだった。


王都中央広場の南東、言い換えれば商店街の南。

そこにあるミドルタウンの一軒家に、元冒険者ギルドの操縦士が入って行く。

時刻は夕方。騎士団での仕事が終わったのだ。

「お帰りなさい、あなた」

最愛の妻がやさしく迎えてくれる。

「今日は仕事なかったのか」

「午後早い時間に、一件だけよ」

はにかみながら、そう答える。

口説き落として結婚して以来、専業主婦を続けていた妻。だが最近、娘の紹介で仕事を始めていた。

娘は帰って来たのかと尋ねれば、あと一時間ぐらい後だと言う。

同じ職場に勤めるようになって、妻も娘のシフトに詳しくなっている。

「じゃあ夕食はそれまで待つとして、その前に一勝負するか」

真っ赤になるグラマラスな妻をお姫様抱っこし、寝室へと軽々と運ぶ。

ベッドの上で妻の体を弾ませると、覆いかぶさった。

「あのライトニングから教えを受けているからな。覚悟しろよ」

涙目で、嬉しそうに頷く妻。

(働きに出るようになって、綺麗になったたな)

元々美人であったが、さらに磨きが掛かった。

やはり人目に全身をさらすというのは、美しさを保つ要因の一つなのだと改めて思う。

(それに夜の方も、うまくなった)

技量は上がり、男の心と体の機微にも詳しくなった。加えて言うなら、感度も上昇している。

先ほどの妻の目を潤ませた表情を思い出し、心に頷く元冒険者ギルド操縦士のおっさん。

(より大きな喜び。それを感じ取れるようになったか)

いい事なのは間違いない。それはきっと、人生の彩りを豊かにするだろうから。

「どうだ？　アッパータウンに引っ越さないか」

アメリカンクラッカーをイメージしつつ動きながら、耳元でささやく。

一瞬の間を置き、信じられない、という表情をする妻。次に、嬉しい、と言ってしがみついて来た。

「うっ」

夫婦の絆部分が締め上げられ、声を漏らす。

(俺は騎士団勤め、娘は超一流娼館のサイドライン。そして妻は銅バッジだ)

これだけのステータスがあれば、アッパータウンでも胸を張って生活出来る。

今までも、金銭的には可能だった。しかし民間ギルドの操縦士という、職業的な部分が問題だったのである。

(娘からの、うけもいい)

王国騎士団の団員になってから、娘は父親の職業を自慢するようになった。

当然、自宅での扱いは、何段階も上がっている。

(いい事ばかりだ)

おっさんは妻の新技を堪能しながら、幸せを噛み締めるのであった。

第三章　賢者

王都の東方。東の国との境付近。

夏の暑さは太陽と共に姿を消し、涼やかな夜風が虫の音を運ぶ。

ここに所領を持つ王国貴族は今、追い詰められていた。

(内偵が進んでおる)

居城の一室。

椅子に座る、手足は細いが腹ばかり出た老人。その額には汗が浮かぶ。

机の上に広げられたのは、国王名での召喚状。

呼び出しの期日以外、何も書かれていない。しかし、この地を治める老伯爵には、心当たりがあった。

(出向けば、帰って来られまい)

彼は、いわゆる守旧派。第二王子や、前騎士団長の有力な支持者である。

守旧という言葉は、決して害悪の代名詞ではない。しかし彼らの場合、どうであろうか。

(まさか、陛下の玉体にまで手を伸ばすとは)

机に肘をついたまま、顔を両手で押さえる老伯爵。

脳裏に浮かぶのは、王都で処刑、あるいは取り潰された知人達の姿。

既得権益と自らの価値観を守るため、国王を軟禁してまで我を通そうとしたのだ。

（間違いなく、同類と見られているはず）

それが失敗した今、座に連ねさせられるのは避けられない。たとえ老伯爵に、そこまでする気がなかったとしてもである。

（とりあえず、病と称して引き延ばすしかあるまい。いざとなれば、最後の手だ）

暑さによるものではない汗。それをハンカチに吸わせていると、開け放たれた窓から鋭い悲鳴が飛び込んで来た。

（む？）

重い腹に苦労しつつ立ち上がり、窓から頭を出す。

眼下にあるのは、四方を建物に囲まれた中庭。声は庭に面した廊下に立つ、一人のメイドから発せられていた。

（賢者殿か）

老伯爵の目が捉えたのは、メイドの真後ろにいる青年。

年の頃は二十ほどであろうか。彼はメイドのスカートをたくし上げ、腰を密着させている。

おそらく背後から忍び寄り、不意打ちで刺し貫いたのであろう。悲鳴が上がったのは、そのためと思われた。

（ふむ）

幸い声は、甘さの混じった嬌声へと変化しつつある。青年の方も、力任せではなかったのだろう。

老伯爵は胸をなで下ろした。

（あの方がここにおられるのも、何かの縁かも知れぬな）

この青年こそ、さきほど脳裏に浮かべた最後の手段、賢者である。

彼が伯爵領に姿を現したのは、ごく最近。その強大極まりない魔術の力を見込まれ、城で食客となっていた。

(呼び出しに応じねば、宰相めは騎士団を差し向けて来よう)

合体したまま、歩く事を強要する賢者。その様を眺めながら、老伯爵は思考を再開する。

伯爵の所有する騎士は、C級が二騎。とてもではないが、騎士団の相手は務まらない。

(だが賢者殿なら、対抗出来るのでは)

伯爵領に現れる前、賢者は東の国にいた。

そこで東の国の騎士達と一戦し、撃退せしめている。

(にわかには信じられぬが、事実)

少しばかり国境東へ、足を延ばした伯爵の兵。彼らの報告も同じ。

青年自身は、『一騎も逃さなかった』と得意げに主張していたが、さすがにそこまでは頷けない。

しかしそのような素振りを見せれば、青年は著しく機嫌を悪くする。

老伯爵は感心したように大きく頷き、褒め称えておいたのだった。

(賢者殿のお力を借り、騎士団を撃退する)

ごくりと唾を飲み込み、再度汗をハンカチで拭う。

呼び出しに応じれば、処刑だけは避けられる。しかし、取り潰しはまぬがれないだろう。

どちらにしても伯爵家は消滅するのだ。

(孫のためにも、それだけは出来ぬ)

天使のように愛らしい、双子の孫達。

男の子と女の子、年はもうすぐ十歳になる。老伯爵の宝物だ。

二人は魔法の才が高く、このまま育てば優れた魔術師になると思われている。

(王立魔法学院の教授も、夢ではない)

老伯爵個人は、そう確信していた。

(久々に伯爵家に現れた、魔法の才)

一人は伯爵家の当主。もう一人は王都で、魔法学院の教授を務める。

二人が力を合わせれば、伯爵家の影響力は大きなものとなるだろう。

学院の卒業生。彼らを領内に住まわせてもらえるなら、この地は飛躍的に発展する。

『魔術の都』

その言葉の響きを思い、老伯爵はうっとりとした。

多くの魔術師が工房を開き、工芸品やポーションを作る。

怪我や病気の治療を求め、近隣の有力者達も訪れるだろう。もしかしたら、王都からすら来るかも知れない。

それはまさに、老伯爵の夢であった。

(そのためには今ここで、踏ん張らなければならん)

騎士団を撃退し続ければ、いつかはあの宰相も折れる。

うまくすれば、責任を問われ辞任に追い込まれるかも知れない。

そうなれば交渉も可能だ。有利な条件で、伯爵家を存続させられるに違いない。

（何としても、賢者殿をこの地につなぎ止めなくては）

そして、青年と出会った時の事を思い出す。

東の国との国境近くにある砦。そこに彼はふらりと現れた。

砦と言っても木造平屋建ての建物に、周囲を木の柵で囲んだだけの簡素なもの。詰めている兵も、わずかに五人。

「腹が減っているんだけど、何か食べさせてもらえないかな」

木の柵の入口で、青年は兵にそう話し掛けたのだ。

前日、東の方角から響いて来た轟音と、連続した地面の揺れ。そして時を同じくして現れた、緊張感に欠ける一人の青年。

（何かある）

胸騒ぎを感じた隊長は屋内に招き入れ、食事を振る舞いつつ質問を行う。

そこで得られたのが、東の国の騎士団の話。

「全部倒したから。本当だって」

うまそうにベーコンを挟んだパンを頬張り、青年は言う。

即座に東へ兵を送った隊長は、さして間を置かず、事実であった事を知る。物見の兵は遠目ながらも、複数の騎士の残骸を確認したのだ。

（これは、大変な事が起きている）

ただちに伯爵の下へ使いを送り、青年には風呂と寝床を勧める。

「いやあ、あんた。いい人達だねえ」

破顔した青年は、何一つ遠慮する事なく、その申し出を受け入れた。

(よくやった)

老伯爵は、心の中で隊長を褒める。

もし最初の対応を誤れば、彼らも青年の雷を受けていたかも知れない。

その後この城へ迎え入れ、直接に話を聞いているが、内容は恐るべきものだった。

「誰だお前はって言うからさ、賢者だって答えたんだよ」

不快そうに片眉をかしげ、青年は言う。

東の国の村を訪れた際の事だ。

「そしたら、信じねえの」

村人は肩をすくめ、頭を左右に振るだけだったらしい。

「まあそれもしょうがない。そう思い直して、今度は人助けをしたんだけどさ」

そこでさらに顔をしかめる。

「そしたらなぜか、逆恨みしやがって」

まったく、訳がわからない連中だったよ。

そう言って青年は、呆れたように息を吐いた。

(何とまあ)

続きを耳にし、老伯爵は心の中で眉をひそめる。

どうやって賢者である事を証明しようか。青年がそう考えていると、村の広場で悲鳴が上がったらしい。

見れば男が、若い女性の手首をつかんでいたそうだ。

(悪くないじゃん)

それなりの美人。これを助けて力を証明すると同時に、美人のハートも手に入れる。

自分の思いつきに満足した青年は、男を挑発。

「何だあ？　てめえ」

思惑どおり女性の手を離し、顔を歪めてこちらに近づく男。

青年は、ただちに魔法を発動した。

「雷の矢《サンダーアロー》！」

一瞬で炭化し、全身から炎を噴き出す男を確認。その後は胸を張って、女性や村人達からの感謝の言葉を待つ。

「人殺し！」

「やべえぞ！　逃げろ！」

だが投げつけられたのは、そんな心ない言葉。

すぐに広場からは、人影が消え失せた。

「何それ。おかしくない？」

理解出来ない行動に、顔をしかめる青年。

そしてとりあえず、屋台のものを飲み食いしていたそうである。

「その後はさ、兵隊とか巨人、ああ騎士だっけ？　それが次々に来たよ」

失敗したかなあ、と軽い感じでケタケタと笑う。

「ま、全部倒したけどね」

その後は、騎士が来たのと逆方向に歩いて来たのだそうだ。

「怖くはないけど、面倒事は嫌いだから」

得意げに鼻をひくつかせる青年。

その姿を目にし、伯爵は寒気の混じった驚きを覚える。

(これは)

言動からわかるのは、気分一つで魔法を行使する、危険極まりない人物という事。

賢者を名乗ってはいるが、あまりにも考えが足りない。しかし、魔術の腕だけは恐るべきもの。

(奇貨おくべし。もてなして味方にすべきだ)

笑顔を絶やさぬように気を配りつつ、そう考える。

現在伯爵家の立ち位置は、取り潰しの瀬戸際。

(ご先祖様が遣わした、危難に立ち向かう救いの手やも知れん)

追い詰められていた老伯爵には、そうも思えたのである。

その後は出来うる限りの歓待をもって、賢者を名乗る青年を迎え入れた。

(しかし、お気に召していただけてよかった)

伯爵領の中心とはいうものの、娼館の一つもない田舎町。賢者を名乗るほどの人物を、満足させられるようなものはない。

そう覚悟していたのだが、思いのほか気に入ってもらえている。

(その若さでは、欲を持て余そう)

そう考え、屋敷のメイドを自由にしてよいと伝えたところ、飛び上がらんばかりに喜んでくれたのだ。

(このような小さな城。自分で言うのも何だが、数も質もたかが知れている)

それでもあの様子。

「信じられない！　そこまでしてもらえるなんて」

賢者は老伯爵の両手を取り、上気した顔で何度も腕を上下させたものである。

老伯爵の頭に浮かぶのは、王都の歓楽街。

天から舞い降りたような美女や美少女が、所狭しと雛壇に座っている。しかもタイプは様々で、飽きるという事がない。

そして手を取り合って個室に向かえば、そこで受けられるのは心のこもった濃厚サービス。

とてもではないが、田舎の素人メイドなどとは比較にならなかった。

(あれほどの魔術の腕があるならば、王都や帝都、あるいは東の国の司教座都市に行った事があるだろうに)

そういった意味では、謎の多い人物である。

田舎のさして褒めるところのない酒や料理にも、舌鼓を打ってもらえていた。

「凄《すげ》え凄え！　品数が多い！」

大はしゃぎで、掻き込んで行く。

フォークとスプーンを使ってはいる。しかし皿に顔を近づけ食べる姿は、まるで犬。

(これまで、どのようなものを口にして来られたのか)

マナーに目をつぶりつつ、伯爵は訝しげな表情。

料理人の腕が悪いとは思わないが、都市とはさすがに比べようがない。食材とメニューの幅が違う。

(もしかして、どこかの山奥にこもられていたのやも)

小さく頷く。

素性はどうあれ、稀代の魔術師である事は間違いない。

それから賢者は、朝から晩までメイドを犯し、うまそうに食事をし、気が向くと魔法をもって貢献した。

魔獣を退治したり、求めに応じて灌漑のための水路を掘ったりなどである。

ごく最近は孫二人を弟子にし、魔術を教え始めてもいた。

(ありがたい事よ)

老伯爵は、孫の事を考え目尻を下げる。

自分の血筋に、久しぶりに現れた魔法適性の高い双子。まだ十にならないが、賢者の教えもあってメキメキ腕を上げている。

(孫のためにも、伯爵家を守らなくては)

老伯爵は、その思いを新たにするのであった。


王都の中央やや北側に聳える、多くの尖塔を備えた城。

夏の強い日差しは壁を白く輝かせ、地面に濃い影を作り上げている。

宰相の執務室では、二人の男が応接セットに座り、話をしていた。

「やはり、呼び出しには応じませんでしたか」

カイゼル髭を指で整えつつ述べる、騎士団長。その表情は平静なまま。

「ああ、今頃は、戦いの準備に大わらわだろうよ」

対面の宰相の顔にも、普段と変わるところはない。

老伯爵の行動が、予想の範囲内だったからである。

「最初は、病気を理由に出頭を先延ばししようとしていたがな」

一旦、コーヒーで口を湿らす。

「ならば代わりに、代理を寄こせと指名したところ、それ以降返事はない」

「どなたを指名されたので？」

「二人の孫だ」

その答えに、騎士団長は肩をすくめる。

老伯爵が、幼い双子を溺愛しているのは有名だった。

血族の誰を切り捨てようと、孫だけは無理。それを知った上での、宰相の提案である。

「お人が悪いですな」

カイゼル髭の壮年男性の言葉に、宰相は鼻を鳴らし言い返す。

「後ろ暗い事がないのなら堂々と、自慢の孫に王都見物でもさせてやればよいのだ。出来ない方に問題がある」

そして皮肉げに、口の片端を曲げる。

老伯爵の双子の孫は十に満たぬ年ながら、魔法の使い手として知られていた。

自分の血筋に現れた、天才とも言える魔術師。かわいくて仕方がないのだろう。

以前は王都によく同伴し、会う者会う者に自慢しまくっていたものだ。

「では、戦いですな」

騎士団長の言葉に、頷く宰相。

「伯爵の戦力はC級二騎。だが背後に、賢者と自称する魔術師がいる。気をつけてくれ。伯爵の強気も、おそらくそれに起因する」

今度は騎士団長が頷く。

自ら賢者と名乗る、謎の男。

東の国で揉め事を起こし、今は伯爵に囲われている。

その魔術の力は凄まじいらしく、東の国は報復を恐れてか、いっさいかかわりを持とうとして来ない。

「最近動きがないとは言え、帝国に隙は見せられません」

大きな戦力を、東に振り分ける訳にはいかない。

癖なのだろうか、カイゼル髭を指でなでる。

「ひと当てし、賢者とやらの力量を探ってみましょう」

「任せる」

騎士団長は席を立ち、騎士団本部へと向かう。

すでにこうなることを予期し、準備は整っていた。

執務室へ入ると同時に、二刀の王《バイキング》の操縦士、コーニールを呼び出す。

「打ち合わせていたとおりだ。頼むぞ」

「了解しました」

数日後、老伯爵の爵位剥奪を宣言。

同時に、討伐軍が起こされる事も、合わせて布告されたのである。


王都から延びる街道を、東へ向かって進む、数騎の騎士の姿があった。

街道の石畳を傷めぬよう、控えめな歩行を続けている。

その数七騎。

部隊を率いるコーニールのA級騎士、二刀の王《バイキング》。それに貴族の子とライトニングの、B級が二騎。

最後がポニーテール、編み込みおかっぱ超巨乳ちゃん、元冒険者ギルドのおっさん二人のC級四騎である。

『過剰戦力じゃねえのか』

元冒険者ギルドのおっさんが、外部音声で隣のおっさんに言う。

『だよな。相手の伯爵は、C級二騎って話だぜ』

そこへポニーテールが割り込んだ。

『ちゃんと話聞いてた？　凄腕の魔術師がいるらしいじゃない』

操縦席でおっさんは、馬鹿にしたように鼻を鳴らす。

『騎士に乗ってねえんだろう？　いくら腕がよかろうと、生身じゃ騎士と戦えねえよ』

そう言われ、ポニーテールは口をつぐむ。確かにそのとおり、そう思ったからだ。

『でも、魔法の威力自体は、騎士も魔術師も変わりませんよ？』

指摘するのは、編み込みおかっぱ超巨乳ちゃん。

『術式と注ぎ込む魔力の量が同じなら、威力も同じです』

操縦席を覆うミスリル銀の殻により、騎士は効率よく魔力を運用出来る。

その率、じつに八十パーセント。

操縦士が発した魔力、その二割しか周囲に漏れない。生身の魔術師の三倍近い効率だ。

だが逆に言えば、魔術師が三人揃えば同じ魔力を確保出来るという事でもある。

何十人分にも匹敵する、傑出した魔術師。そのような存在が現れれば、効率の差さえ引っ繰り返すだろう。

『でもよう、こっちはA級いんだぜ？』

そう言って騎士の顔を、先頭を行くブルーメタリックな背中へと向ける。

『まあ、そうよねえ』

ポニーテールや、編み込みおかっぱ超巨乳ちゃんも頷く。

それだけA級騎士というのもは、格の違う存在だったのだ。

一方コーニールは、二刀の王《バイキング》をニセアカシアのB級騎士に横付けし、並んで進んでいる。

『今回の目的は、賢者の力量を量る事だ。ただし大した事がなければ、そのまま攻め落とす』

威力偵察のようなもの。

ライトニングは、耳慣れぬ言葉に聞き返す。

『賢者とは何者なのですか？　高位の魔法を操るとの話でしたが』

『詳しくはわからん。わかっているのは東の国で騒ぎを起こし、いくつも村を破壊した事ぐらいだ。気に入らないとの理由でな』

その内容に、ライトニングは眉をひそめる。

『そのような蛮行を行う者を、なぜ賢者などと呼ぶのでしょうか』

『本人が自称している。そう呼ばないと、機嫌を悪くするらしい』

操縦席で、ライトニングは怒りにも似た表情を作った。

『賢者とはその行いを見た者達が、敬意を込めて呼ぶものです』

そして続ける。

『それを自称するなど、自ら愚か者である事を、喧伝しているようなものではありませんか』

答えるコーニールの口調は苦い。

そのとおりだ、と言った後、言葉を重ねる。

『しかし考えてみてくれ。その馬鹿は、愚者を賢者と呼ばせるだけの力を持っている。そういう事でもあるんだ』

ライトニングは納得し、大きく頷いた。

(タウロ殿のように、力と人柄を併せ持つ方もいれば、力に驕り、愚かな行為に走る者もいる)

尊敬する人物の姿を、頭に浮かべる。

(その賢者と称する愚か者。倒さねばならんな)

決意し、闘志を滾《たぎ》らせるのであった。

街道を東に進む、七騎の騎士。

それを迂回し先に進む、商人ギルド騎士の姿があった。

(先回りして、特等席で待機しよう)

操縦席で俺は思う。

東の伯爵、その居城の西の山中。あの辺りなら、コーニール達の戦いがよく見えるはずだ。

(何度か魔獣退治で赴いたからな)

王国全土を走り回った土地勘が、役に立つ。

なぜ俺がここにいて、東へと向かっているのか。

それは今朝、王都を進発する騎士達を見たところから始まる。

市場にいた俺は、ある野菜を探していた。イモスケとダンゴロウに、お盆の風習の話をしてやろうと考えたのだ。

茄子とキュウリの精霊馬《しょうりょううま》。

(言葉の雰囲気が、精霊獣に似ている)

ただそれだけの思いつきである。

(ないなあ)

広場東の市場をうろつくも、まだ時季ではないのか、見つける事が出来なかった。

諦めて家への帰り道、大広場をしずしずと南下する騎士の列を見たのである。

(おいおい、オールスターじゃないか)

騎士の姿形でわかるだけでも、コーニール、ライトニング、それにポニーテールと仲間達だ。

（これを見逃す手はないぞ）

すぐに俺は、商人ギルド三階へと駆け上がる。

ギルド長室に飛び込むと、執務席に埋まるゴブリン爺ちゃんに出撃を熱望した。

「……確かに、タウロ君の友人ばかりじゃの」

話を聞いたギルド長は、しばしの沈黙。

「しょうがないの。気にするなと言う方が、無理というもんじゃ」

快く、とまではいかないが、了承してくれた。

「基本、表に出ません。見ているだけです」

ギルド長の心配を軽くすべく、そう口にする。

宿場町で帝国の遠征軍を狙撃し、撤退させた後、ギルド長から礼を言われた。

同時に、目立ち過ぎに気をつけるよう促されてもいる。

「娼館と同じじゃ。やり過ぎはいかんぞ」

非常に説得力のあるセリフ、耳が痛い。

それでも許可してくれたのは、先にも言ったように、面子《メンツ》が知人ばかりだからだろう。

俺はその後すぐ、老嬢《オールドレディ》に飛び乗り王都を出る。

そして今、主要街道を外れた人気のない道を、ホバー移動で駆け抜けているのだ。

（コーニールは、ライトニングの強さが気になるんだろう）

北の町でのB級四騎撃破。

そのスコアは、A級騎士乗りの心をも揺り動かしたらしい。

傭兵であるライトニングが参加しているのは、コーニールが選んだと見て間違いなかった。

（楽しみだなあ）

個人的な見解を、倫理的な問題を投げ捨てて言おう。

自分に影響のない戦いは、娯楽である。

スポーツ競技を楽しいと思う感性。それを掘り下げて行けば、競い合いから戦いへとたどり着く。

（少なくとも、俺はそう思う）

それを老嬢《オールドレディ》の操縦席という安全な場所から、光学補正魔法陣を用いて遠望出来るのだ。

さらに出場者は、俺の知り合いばかり。いわば応援するチームの試合である。

（しかも、いざとなったら干渉可能）

これが醍醐味。

スポーツでは許されないが、戦いなら問題ない。

贔屓《ひいき》のチームが劣勢になったら、場外から狙撃出来るのだ。実に卑怯極まりない。

（始まるのは、おそらく明朝だな）

湖の水面さえホバー移動可能な老嬢《オールドレディ》は、脚が速い。

瞬間的な速度はライトニングに譲るが、長距離では断然俺だ。

計算によれば、彼らが伯爵領に着くのは今日の夕方。一旦野営し、明日の日の出と共に戦いを始めるだろう。

（途中、どこで昼飯を食おうかな）

時間に余裕があれば、まだ行った事のない有名店に足を延ばすのもいい。確か、沢蟹料理のうまい店があったはず。

俺は意気揚々と、老嬢《オールドレディ》を進ませるのだった。


東の伯爵の居城。

二階のバルコニーで、老伯爵は手紙を前に顔を歪めている。

(このような悪辣な手を)

国王からの呼び出し。それに対して、体調不良を理由に遅参を伝えていたのだが、認められなかったのだ。

代理も不可。ただ例外として、孫達が出頭するのならよい、そのような返事である。

(出来る訳がなかろう)

自分より大切な双子の孫。その賢くもかわいらしい姿を思い浮かべ、歯ぎしりする。

(王城などという伏魔殿に、自分なしで向かわせられるはずがない)

疑う事を知らぬ純粋さは、悪魔共の格好の餌食。

祖父である自分について、ある事ない事吹き込むだろう。そして思考を誘導するのだ。

(向こう側に立ち、自分を糾弾するようになるやも知れぬ)

悪鬼のような表情で、自分を声高に非難する二人の孫。澄んだ瞳は濁らされ、背後には歪んだ笑顔の宰相が立つ。

その光景を想像し、絶望が心に広がった。

「どうかしたのか?」

後ろから聞こえる男の声。

振り向かなくても、その主はわかっている。

この城で、領主である自分に敬語を使わぬ人物など、一人しかいない。

「賢者殿」

居住まいを正して後方に向き直る。

左手で壁に寄りかかる、二十前後の男。いささかラフな、見ようによってはだらしない服を着ていた。

右手に若いメイドを抱きかかえ、ゆっくりと胸を揉み続けている。

雰囲気は緩いが、メイドに手入れさせているのであろう。髪は形よく整えられ、髭は綺麗に剃り上げられていた。

「お聞きいただけますか」

老伯爵は、すがるような目で言葉を紡ぎ出す。

国王に侍る奸臣の横暴。幼き孫を人質に差し出せという、非人道的な要求。

そして、従わねば武力に訴えるという恫喝。

聞き終えた賢者は、不快そうに口を斜めにした。

「ひでえ話だ」

賢者にとってここは、衣食住女《いしょくじゅうじょ》を保障してくれる場所。それに伯爵の孫達は、自分の弟子でもある。

無意識に力のこもった右手に、メイドが甘さの混じった悲鳴を上げた。

「ご助力願えますか」

老伯爵の言葉に、軽く頷く。

「任せとけよ。来たら、適当に潰しておくさ」

「ですが、相手は王国騎士団ですぞ」

その言葉に、みるみる賢者の表情が険しくなる。

「あ？　誰にものを言ってんだ、お前」

口から出たのは、低い声。

右手は先端を強くつまみ、メイドの悲鳴から甘さが抜けた。

機嫌を損ねさせた事を悟り、老伯爵はあわてて弁明する。

「いえ、その、自分は小心者でして。ついそのような事を口にしてしまいました」

お許し下さい、と頭を下げる姿に、賢者の機嫌は持ち直す。

「騎士なんてな、俺の魔法の敵じゃねえよ」

東の国の事を思い出し、ニヤニヤと笑う。

最初に現れたポンコツは、針を刺した水風船のようにはじけた。

その後現れた、もうちょっとましな見た目の奴。何体かは魔法を放って来たが、その威力は低く、マジックシールドで充分に対処出来た。

(それに、射程も短かったな)

距離を取った後は、一方的な自分の蹂躙攻撃。

東の国の騎士達は、近寄りも逃げも出来ない距離から、死ぬまで魔法攻撃を受け続けたのである。

（弱い奴しかいねえ）

だがそれは好都合。

（俺はつええ）

圧倒的な力を持つ自分は、皆から敬われる。

（せっかくだ。ちょっとばかし世直しをしてやるか）

悪人共が来るという。全員殺せば、少しは世も綺麗になるだろう。

気が向けば、悪人の黒幕を倒しに出向いてもいい。

そう考えながら賢者は、右手で胸を揉み続けるのだった。

夏の早朝。

日の出と共に、鳥達がさえずり始める。

小高い丘の上、城壁に囲まれた老伯爵の居城。

その影が落ちる西の森に、鳥達に負けぬほど気の早い一団がいた。

『行くぞ』

コーニールの声と共に、A級騎士二刀の王《バイキング》が立ち上がる。

その後ろに二騎のB級、ライトニングと貴族の子。少し遅れて、ポニーテール達のC級四騎が続く。

七騎の騎士達は一列になり、城へと向かって早足で進み始めた。

今さら降伏勧告などしない。

攻撃を仕掛け、自称賢者の力を確認。可能ならば、そのまま城を落とす。

『コーニール殿。あれを』
後方からのライトニングの声に、城へ向けていた目の倍率を上げる。
塔付近の空中に、魔法陣が出現していた。
『攻撃魔法？　この距離でか』
次第に、大きさと輝度を増す魔法陣。
コーニールの声に、困惑が混じる。
（こちらの射程に入るまで、まだ倍以上ある）
騎士の武器を用いての、遠距離攻撃魔法。
同等の魔法を行使するのなら、相手も当然射程外だ。
それがわからぬ自称賢者とは、とても思えない。ならば意味するものは一つ。
（届くのか、この距離から）
そうであるのなら、自称賢者の実力は予想を遥かに超える。
ゆっくりと回転する魔法陣は、大きさと輝きを増して行く。
コーニールは進むか戻るか、決断を迫られた。
（最大戦速に切り替えても、術者へ届く前に攻撃を受ける）
あまりにも離れ過ぎている。
そして見掛けどおりの威力があるのなら、A級騎士とてただではすむまい。
（だが退くにして、今が最大射程でなかった場合、どうなる？）
引きつけて撃つのは、射撃の基本。可能性は充分にある。

そうであれば、逃げ戻る背を狙われるだろう。ならばいっそ、受けるのを覚悟で進んだ方がいい。

早足で、いまだ前進を続ける騎士達。

判断に迷い、コーニールは奥歯をきしませた。


老伯爵の城。

その中央、最も高い塔の見張り台に立つ賢者。

非常に不機嫌そうである。

「何時だと思ってんだ？　お前ら」

寝癖頭に、朝の髭。おおきくはだけた胸元には、いくつものキスによる内出血の跡。

彼は寝る時、常に二人以上のメイドを侍らせる。

そして毎夜、深夜まで頑張るため、起床は常に遅い。実際今朝は、先ほど眠り始めたばかりだったのだ。

「ぶっ殺してやる」

ボリボリと頭をかきながら、吐き捨てるように呟く。

そして両手を大きく宙に広げ、詠唱を開始した。

『二十七の万を超え、五千を過ぎし三姉妹よ。仲良き汝らを遮る壁を、今、我が取り払う――』

意識せずとも、自然と紡ぎ出る文言。

賢者はこちらへと向かう騎士達を見下ろしながら、いやらしい笑みを浮かべる。

（一番後ろの奴を、最初に焼くか。後の奴らの顔が楽しみだぜ）

すでに充分な射程内。

最後尾の騎士が倒されれば、残った者達は気づくだろう。自分達があぎとのただ中に、すでに足を踏み入れているという事を。

進む事も戻る事も出来ない。それを悟った者達の絶望を思い、賢者の機嫌はおおいに持ち直した。

『――紅玉の姉は、真珠の次女に手を伸ばせ。真珠の次女は黒曜の三女を――』

詠唱を続けているため、笑い声は出せない。

(最初に一発、でっかいのぶち込んでやるからな。覚悟しとけよ)

しかしその声の旋律は、楽しげな笑いによく似ていた。


城へ向かって、東進する七騎の騎士。

その後方、西の山中。生い茂った草葉の合間から、片膝をついたベージュ色の騎士が垣間見える。

(あの距離から、魔法攻撃かあ)

狭い操縦席の中に立ち込める、香ばしいコーヒーの匂い。

俺は白いカップを片手に、顔をしかめた。

(やばいんじゃないか?)

操縦席のシートで一晩を過ごし、いつもより早い時間に起き出した俺。

目やにのついた目をこすりつつ、モーニング・コーヒーを飲んでいたのだが、一気に眠気が飛んでしまった。

(あの魔法陣のサイズと光り方、たぶんコーニール達に届くな)

相手側には俺のように、遠距離攻撃魔法を得意とする騎士がいるようだ。

Ａ級やＢ級はともかく、Ｃ級はまずいだろう。

初撃で隊列の後方を狙われれば、おそらくポニーテール達の命はない。

（うーんむ）

ギルド長に注意を受けていた事もあり、観戦だけのつもりだったのだが、どうもそうはいかないらしい。

まだ熱くて、飲み干せないカップの中身。それを外に捨て、片膝立ちのまま杖《ライフル》を構える。

そして光学補正魔法陣を強化し、照準器《アイアンサイト》の中央に魔法陣を捉えた。

（しかし妙だ）

そこで気づく。

魔法陣の展開が、異様に遅いのである。

（あれ、まだ途中だぞ）

空中に描き出された魔法陣。

ゆっくり回転しながら、少しずつ模様が加えられて行く。

未完成の魔法陣が、徐々に完成へと近づく姿。そんなものは見た事がない。

（もしかして、騎士じゃないのか）

騎士の持つ武器には、すでに魔法陣が描き込まれている。

そのため発動させたい時は、武器に魔力を流し込むだけ。詠唱はいらない。

すぐに完成形の魔法陣が展開し、起動するのだ。

掛かる。


(だとすれば、生身の魔術師)

老嬢《オールドレディ》が持つ杖《ライフル》のように、重くてでかくて高価な道具。それが不要な代わりに、発動に手間ひまが掛かる。

詠唱を続ける事によって、魔法陣が形をなして行く。そしてミスなく完成して初めて、魔法が発動されるのだ。

(だが、発動が遅いだけだ。威力が劣る訳ではない)

操縦士学校での座学を思い出す。

たとえ生身であろうとも、魔術師の魔法は騎士を傷つけうる。注意しろとの事だった。

(……おいおい、まだ大きくなるのかよ)

サイズと輝きを増し続ける魔法陣。その様子を目にし、思わず呻く。Dランクの光の矢《マジックミサイル》に匹敵するものへと、育ちつつあったのだ。

(俺が運用可能な、最上位)

俺が宿場町に叩き込み、A級騎士に穴を開けたのと同じ。これ以上魔力を込めると、老嬢《オールドレディ》がもたないレベル。

(ミスリルの殻がない開放状態、武器のサポートもなし。それでも発動出来るのか)

魔術師が消費しつつある魔力量は、単純計算でDランク魔法三発分。

Dランクが使えれば、高位の魔術師と呼ばれるこの世界。

今まで耳にした事のないレベルに、思わず唾で喉が鳴る。

(そんなもの、ますます撃たせる訳にはいかないいな)

方針を決定し、杖《ライフル》にEランク魔法を流し込む。

(嫌がらせで行く)

ギルド長から、やり過ぎ注意と言われているのだ。ここはサポートに徹しよう。

(よっと)

魔力を流し込むと、瞬時に魔法陣が起動。周囲に展開する。

若干の時間を置いて、発動準備が整った。

(ていっ)

射程重視で城の塔めがけて、遠距離攻撃魔法を放つ。

杖《ライフル》の先端から飛び立った光の矢《マジックミサイル》は、塔の上部を崩す。展開していた魔法陣は掻き消えた。

(キャンセル成功)

生身の魔術師の弱点。

途中で攻撃を受け詠唱が中断すると、今のように振り出しに戻るのだ。

(一緒では困る)

高価な材料をふんだんに用い、技術を込めて作り上げられた武器。しかも騎士でなければ、運ぶ事も構える事も出来ない。

これで生身の魔術師と大差なければ、甲斐がないというものだ。

(まあ、俺の魔法はまた別だけど)

ちなみに俺の持つ回復系は、詠唱がいらない。発動を願うだけでいい。

あれは石像から貸与された根源魔法《アカシック・マジック》なので、文字どおり別格なのだろう。

（……やっぱり生きているよな）
大型の魔法陣が消えた直後、小さな光の殻が視界に入った。
おそらくマジック・シールドだろう。
あれほどの魔法を使う人物。キャンセル目的の捨てパンチ一発で、死ぬはずがない。
案の定、今度は城壁の上で、新たな魔法陣が展開し始めた。
（ほらよっ）
俺はある程度大きくなるのを待ち、再度光の矢《マジックミサイル》で狙撃。
またもやキャンセルを強要する。
（発動なんて、させないね）
そう考え、撃ち続けるのだった。

雲高い青空を、断続的に駆け抜ける白い光の筋。
前進しつつもそれを見上げる、王国の騎士達。
『コーニール殿』
その言葉に促され、二刀の王《バイキング》は頷く。
遥か後方から飛来する光の矢《マジックミサイル》が、敵の魔法発動を許さない。
（まったくこんなの、常識外れもいいところですよ）
心当たりなど、一人しかいない。
コーニールは心の中で、親友相手に頭を下げた。

『最大戦速！　突っ走れ』

二刀の王《バイキング》の叫びに、騎士達が応える。

それぞれの出し得る限界速度で、城へ向け走り始めた。

(苦しいでしょうが、もう少しだけ足止めしていて下さい)

騎士に機関銃のような足音を発させながら、コーニールは詫びる。

これだけの距離、あれだけの威力。それを連続して撃ち続けているのだ。

操縦士に掛かる負担は、凄まじいものだろう。精神が大きく削られているに違いない。下手をすれば寿命もだ。

(タウロさん)

老嬢《オールドレディ》の操縦席に座る、親友の姿。それが明確な映像を伴って、心に映し出される。

顔色は白を通り越し、すでに蒼《あお》となっているだろう。

食いしばった口の端からは血が滴り、胸まで汚しているかも知れない。

だがそれでも、あの男は支援射撃をやめようとしないのだ。

(くそっ)

まるで釘を打たれたかのように、胸が痛む。

(すぐにこの剣で、城壁ごと吹き飛ばしますから)

激しく振動する操縦席の中で、コーニールはまたもや発生した魔法陣を睨みつける。

その鋭い眼光は、気の弱い者ならトラウマになりかねない。それほど強烈なものだった。

光の矢《マジックミサイル》の白い光が宙を駆け、騎士が大地を疾走するこの地から西。

王都の一角、屋上に庭のある建物の一室。

テーブルの上には、体長十五センチメートルはあろうかという大きなダンゴムシがいた。

ダンゴムシは今、正面にいる緑の四つ足と睨み合っている。

『……』

ダンゴムシの半分ほどの長さの胴を持つ、腰高い緑の四つ足。

窓から斜めに差し込む朝の光が、二体の影をテーブル上に長く伸ばす。

『？』

背後から迫る気配に気づき、ダンゴムシはチラリと後方へ頭を向ける。だが、意識を緑の四つ足から反らしはしない。

現れたのは、体長二十センチメートルほどのイモムシ。たった今、テーブルをよじ登り終えたところらしい。

こちらは緑の四つ足を見ても、とくに警戒した様子を見せなかった。

『なにこれ』

ダンゴムシが問う。

精霊獣であるダンゴロウは、主に留守を任されパトロールをしていたのだ。

『うま』

もう一体の精霊獣、到着したばかりのイモスケが答える。

『うま？』

頷くイモスケ。

緑の四つ足の周囲を、じりじりと移動するダンゴロウ。再度、少し振り返る。

『うまじゃないよね？』

『けど、そういってた』

答えるイモスケ。

実はこの緑の四つ足、タウロがこしらえた『精霊馬』である。

キュウリも茄子も見つけられなかったため、胴にはピーマン、頭にはシシトウが用いられていた。

『ふーん』

納得していない様子で、精霊馬に近寄るダンゴロウ。そのまま体を押し当て、ぐいっと押してみる。

軽い上に、腰高でバランスのよくなかったシシトウピーマン。ダンゴロウの予想を裏切り、簡単に倒れてしまった。

横倒しにテーブルに激突する、シシトウピーマン。

シシトウは衝撃に耐え切れず外れ、回転しながらテーブルの端へと滑って行く。

『！』

驚き慌てる精霊獣達。その様子はまるで、何やら踊っているかのよう。

最終的に頷き合った二匹は力を合わせ、もとに戻し始めたのだった。


ちなみに後日譚。

帰宅した主の様子を、じっと見つめる精霊獣達。

主はチラリと、再び立ち上がったシシトウピーマンへ視線を落とす。

「……」

『……』

真横を向いたシシトウピーマンの頭に、違和感を感じたのだろうか。少しだけ首を傾げる。

しかし、その事について言及はしなかった。

飲み物を手に、彼らの前へ腰を下ろす主。

「留守中、何か変わった事はなかったか？」

口から出たのは、いつもの問い掛け。そしていつもと変わらぬ、やさしい笑みである。

二匹は、『なかった』と元気よく返事をしたのだった。


老伯爵の居城の城壁。

その上で賢者を自称する男は、怒りに顔を歪めていた。

「何だよこれ」

遥か彼方から飛来した光の矢《マジックミサイル》によって、いく度となく詠唱を中断させられている。

「くそっ、近づいて来やがった」

今まで感じた事のない焦りが、心を焼く。

東の国では、騎士相手だろうと苦労をしなかった。逃げも近寄りも出来ない位置にとどめ、雨霰と魔法攻撃を続けたのである。

それが今回は、通じない。

「速《はえ》えんだよ」

飛来する、白い光の矢を見て唾を吐く。

射程が劣るとは思わない。

しかし相手の攻撃周期は、自分より短い。狙おうにも途中で邪魔されてしまうのだ。このように。

「マジックシールド！」

攻撃魔法の詠唱を中断し、別の魔法を発動させる。

「弱《よえ》えくせに、くそうぜえ！」

威力は低い。最下級の防御魔法一発で充分だ。

しかしその弱い光の矢《マジックミサイル》は、周囲の石積み壁を吹き飛ばす。

飛び交う石の塊、魔法なしでは命にかかわる怪我を負うだろう。それが自称賢者の手を、一つ減らしていた。

「雷の矢《サンダーアロー》！」

高速で接近を続ける先頭の騎士へ、無詠唱で魔法を放つ。

これならキャンセルされる事はない。

（効かねえ）

だがその分、威力は低い。

青い騎士の胸甲に当たったはずの雷の矢《サンダーアロー》は、何の痕跡も残さず掻き消える。

そして騎士の速度は、まったく緩まなかった。

（んじゃ、数だ）

自称賢者は風雨のように、無詠唱の雷の矢《サンダーアロー》を叩きつける。
だが騎士は、避ける素振りすら見せず突き進む。
(やべえ)
とうとう青い騎士は、城壁へと到達。
自称賢者へ向けて、両手の双剣が振り下ろされた。
(当たるかよ)
物理障壁を殻状に展開、跳躍の魔法を併用して回避。
振り返り、先ほどまで自分のいた場所へ目をやった自称賢者。その背に戦慄が走る。
(城が、砕けた?)
両手に包丁を持った料理人。それが城壁相手に、みじん切りを行っているのだ。
包丁は止まらない。城壁を刻み破壊し続けながら、賢者の後を追いすがる。
(あんなの、相手にしてられるか)
面白くないが、逃げる事を選ぶ。
(一撃持てば、充分だ)
マジックシールドには自信がある。
青い騎士の剣撃は凄まじいが、一度で破られる事はないだろう。
そうなれば、山に逃げ込む事が出来る。
(じゃあな。てめえらの事、ぜってー忘れねえから)
復讐を心に誓い、大ジャンプを繰り返して森を目指す。

淡く光る透明な殻もあいまって、まるでスーパーボールが跳ねているように見えた。

剣で捉えきれず、コーニールは歯ぎしりする。

(ちょこまかと)

強力な防御魔法と、跳躍魔法。それらを併せ持つ魔術師。

非常にやっかいな存在である。このまま森に入られれば、見失うのは間違いなかった。

(何っ?)

その時、傍らを駆け抜ける騎士の影。

その風圧に煽られ、己の騎士が一瞬ぐらつく。見ればニセアカシアの騎士である。

A級騎士である二刀の王《バイキング》でも、その速度は出せない。至近距離で発揮される、ライトニングの飛び込みであった。

「ああ?」

『逃がしはしない』

外部音声が、冷たいほどの声を運ぶ。

先ほどの青い騎士より、明らかに格の落ちる外観。

とても自分の守りを破れるとは思えず、自称賢者は鼻で笑った。

『ライトニング・ソード!』

瞬間、刺突剣が陽光を反射し、剣の軌道を稲妻のようにきらめかせる。

タウロが称した、尋常でない攻撃精度。それが、賢者のマジックシールドに対して発動される。

一点に集中して三連続で放たれた突きは、初撃で殻を大きく揺さぶり、二撃目で亀裂を入れ、三撃目で中身ごと破壊した。

(何だ今の?)

初めて見るライトニング・ソードに、コーニールは言葉を失う。

(まったくこう、タウロさんの知り合いは、化け物ばかりだぜ)

一瞬だけ、脳裏にクールさんの姿が浮かんだ。

『隊長!』

ようやっと追いついて来た、貴族の子のB級騎士。さらにその後方には、まだ到達出来ないC級騎士達が小さく見える。

それに気づいたコーニールは、指示を出す。

『落とせ』

『はっ!』

城壁を乗り越え、突入する貴族の子。

抵抗を試みる、二騎のC級騎士。それらを追い詰め、手足を切り飛ばして行く。

まったく危なげのない戦いぶりだった。

『……じゃあ俺らは、残党狩りでもするか』

さらに遅れて到着した、C級騎士。

貴族の子の剣捌きを目にしつつ、おっさんが呟く。

もう一人のおっさんの騎士は、素直に頷いた。

そして、ポニーテールと編み込みおかっぱ超巨乳ちゃんを加えた四騎で、周囲の索敵を行って行く。

大体片がついたあたりで、おっさんは城内に踏み込んだ。
『ほっほう。地下の隠し部屋かな』
地上部を破壊された城。
その基礎部に、怪しげな石の蓋を見つけたのだ。
『元冒険者の目を、誤魔化せると思うなよ』
騎士を用いての遺跡の調査。その経験も少なからずある。
こういうのは得意なのだ。
両膝をつき、騎士をかがませる。
そして剣先を石蓋の隙間に突っ込み、蓋周囲の床板ごと引き上げた。
『ビンゴお』
蓋の下は、小さな空間。
天井を失った部屋の中には小さな人影が二つ、身を寄せ合っているのが見えた。
『噂の双子か？』
伯爵自慢の、双子の孫。
十歳前後という話から、間違いないと思われた。
（生きて捕らえろとは言われてないが、悪くない獲物だ）
にやりと操縦席で笑うおっさん。
だがすぐに、その笑顔は消え失せる。
（あっ？）

人影の周囲に、魔法陣が展開し始めたのだ。

おっさんは失念していた。その双子は、幼いながらも魔術師である事を。

二人は力を合わせ、攻撃魔法を発動しようとしていたのである。

(やべえ)

あわてて後ずさろうとするが、魔法陣の輝きが強くなる。間に合うとは思えなかった。

おっさんはC級騎士の魔法防御力に、幻想を抱いてはいない。

脳裏に妻と娘の姿が、お揃いの黄色いビキニで浮かび上がる。

次の瞬間、視界がまばゆい光に覆い尽くされた。

「やったあ!」

手を取り合って喜ぶ、魔術師風の衣装を身につけた、よく似た顔立ちの少年と少女。

賢者の弟子である彼らは師匠直伝の雷の矢《サンダーアロー》を、至近距離で命中させたのである。

二人分の魔力を乗せたその矢は、C級騎士を破壊するに充分な威力を持っていた。

「あっちにもいる!」

妹の声に振り向けば、崩れた城壁の向こう。今倒したのと同じような騎士。

雷の矢《サンダーアロー》で気がついたのだろう。こちらに顔を向けていた。

「やるよ!」

「うん!」

頷き合い、呪文の詠唱を始める。

(師匠が敵をやっつけるまで、頑張らなきゃ)

二人は心に強く思う。

賢者の魔法の凄さを知っている彼らは、師匠がすでにこの世にいないなど、想像すらしていなかった。

「せーのっ！」

息を合わせて魔法を発動しようとしたその時、周囲が暗くなったのに気づく。

見上げれば、狙っていた騎士が大きくジャンプをし、自分達に足の裏を見せていた。

「えっ？」

視界一杯に広がって行く足の裏。

ほんの一瞬だけ、二人は全身に耐え難い圧力を感じたのだった。

『何やってんだよ。油断し過ぎだぞ』

魔法陣を踏み潰したC級騎士から響く、野太い声。

頭部を失い、座り込んだ騎士。その胸甲が開き、中からおっさんが這い出し頭を掻く。

『判断も甘い。逃げずに前へ出ろよ。気が緩んでんじゃねえのか？』

返す言葉が見つからない。

不意の遭遇では、判断ミスが命取りになるのである。

子供という要件が、攻撃を迷わせたのだろう。

（狙われたのが、頭で助かった）

妻帯者のおっさんは、体の奥底から息を吐き出しつつ思う。

おそらく双子は、騎士の構造について詳しくなかったのだろう。頭を潰せば終わりだと、勘違いしていたに違いない。

相方の言葉を耳に入れながらも、我が子の姿が思い浮かんだ。

『私も将来、パパみたいな操縦士になる』

双子より少し年上の、自分の娘。

最近、娼館勤めのかたわら勉強を始めている。

(俺が言うのも何だが、命のやり取りはして欲しくねえな)

近いうちに、操縦士学校の入学試験を受けるだろう。

自分のようになりたい。そう言ってくれるのは嬉しい。だが、操縦士になれば戦場に出る。

じわじわと僚騎の足下からにじみ広がる、赤い池。

その光景が、おっさんを複雑な心境にさせたのだった。


そして舞台は大きく西へ。

王都、アウォークを通り過ぎ、ランドバーンへと移る。

小さな歓楽街。その中ほどにある娼館の一室で、今一人の男が鞭打たれていた。

じきに終わり、男は服をまとい隣室へ移動する。

「いかがでございましたでしょうか」

待っていた中年の男が、真剣な表情で問う。

彼はこの娼館、『シュリンプフィールド』のコンシェルジュ。目の前に立つ新オーナーに抜擢され、店の切り回しを任されていた。

「……悪くはない。いいだろう、営業開始を許す」

長身で猫背の、痩せた男。

服の乱れを直しつつ、抑揚のない声でそう告げる。

聞く者を不安にさせるような不気味な声音だが、中年コンシェルジュは目を輝かせた。

「ありがとうございます！」

ランドバーンにある娼館は三軒。

それぞれ上級、中級、下級に分けられ、シュリンプフィールドは中級店に当たる。

だが近年、安心高品質の上級店と、格安サービスの下級店に客を奪われ、経営難に陥っていた。

そこに現れた白馬の騎士こそ、この陰鬱な雰囲気の男である。

『夜逃げして、行方の知れないオーナー』

『責任者を出せと、群れとなって押し寄せる債権者達』

雇われだが、残った者達の中で最高位の中年コンシェルジュ。

「王都で始まった『罪と罰』。それを看板にするのなら、金を出してやろう」

ロビーで頭を抱えていた彼が、差し出された手に飛びついたのも当然であろう。

（しかし『罪と罰』か）

旅行者や商人から聞いた事はある。だが、詳細はわからない。

悩む中年コンシェルジュの前に、新オーナーは暗い声を響かせる。

「費用は見てやる。王都へ赴き、その目と体で確かめて来るがいい」

冷たい瞳の奥に揺らめく、情熱の炎。その存在に気づき、中年コンシェルジュは息を呑んだ。

(本気で『罪と罰』を、ランドバーンで始めようとしている)

覚悟を決めた中年コンシェルジュは、急ぎ王都へ向かう。

預かった金で怪我治療ポーションを購うと、歓楽街をくまなく回り、開店から閉店まで鞭と罵声を受け続けたのだった。

(その努力が、今実った)

学んだ技を店に持ち帰り、女性達に伝えた彼。

だが斬新過ぎる悦びは、彼女達になかなか伝わらない。嫌になってやめて行った女性も多く、陣容は随分と小さくなってしまった。

だがそれらを乗り越え、とうとうここにランドバーン初、いやオスト大陸初の『罪と罰専門店』が誕生したのである。

(オーナーのチェックが、一番厳しかったな)

今もオーナー自ら、その身をもって確認していたのだ。

そして得られた合格点。己が身に自信が湧いて来る。

だが、オーナーの言葉は冷静だった。

「これが始まりだ。最初、客はあまり来ないだろう」

だが焦る事はない。オーナーは、そう言葉を続ける。

「この店の役割は啓蒙《けいもう》だ」

「啓蒙、ですか」

聞きなれぬ言葉に、中年コンシェルジュは復唱。

「この店は、闇夜に浮かぶ一個の灯《ともしび》。無知と蒙昧《もうまい》で先の見えぬ人々の、足元を照らす明かりとなる」

理解したとはとても言えぬ表情で、とりあえず頷く中年コンシェルジュ。

その様子をオーナーは凶相の中、穏やかな目で見つめている。

「これは、風変わりな一時の流行では終わらぬ。十年先、百年先へ向かって流れる、大きな文化の大河となるだろう。今は、その源流の時期だ」

中年コンシェルジュは、内心かなり驚いている。

こんなにオーナーが、饒舌になった事はない。表情には出ていないが、かなり嬉しく、そして高揚しているのだろう。

「金の心配はするな。風評も気にするな。自信を持って、やるべき事をやり続けろ」

その言葉に、深く頭を下げる中年コンシェルジュ。

店を出たオーナー。帝国の高名な操縦士でもある死神は、上機嫌で街路を歩く。

「ククッ」

時折漏れる笑い声に、通りかかる者達は懸命に目をそらす。

死神がランドバーンにいる理由は、帝国を幽霊騎士《ゴーストナイト》から守るため。

彼と彼の操るA級騎士は、帝国有数の戦闘力を誇る。

皇帝の不安と辺境伯の心配、それに死神の希望が重なって、駐留する事になったのだ。

(しかし、身分が高いというのも不自由なものだな)

来た直後を思い返す。

近くまでは来たものの、王国へ足を踏み入れる事は難しかったのだ。王都となれば、なおさらであろう。

旅人や商人とは、立場が違うのだ。

(行けぬなら、自分で始めるしかない)

幸い、学ぶ先は近くにある。

ただ死神は、商売のノウハウなど持ち合わせていない。どうしたものかと悩んでいた。

(巡り合わせというのは、あるものだ)

たまたまシュリンプフィールドの話が耳に入り、潰れる寸前だった娼館を購入。

そして気の利いた者に『罪と罰』を学ばせ、今に至る。

(金というものは、存外役に立つ)

帝国屈指の操縦士にして、ベッドの上でも世界ランカー。

国からの高額な給与、戦功を上げるたびに振り込まれる報奨金。さらには大会で得られた賞金など、死神の収入は莫大である。

しかし支出の方は、兵舎で独り暮らしの上に趣味らしい趣味もない。

無頓着な本人だが、その一方で死神の口座は、大商人でも目を回す額になっていたのである。

(客が来ぬとも、しばらくは大丈夫だろう)

簡単に考えているが、実際のところ今のシュリンプフィールドなら、数十年無収入でも大丈夫なほどだった。

兵舎に戻った死神は、夏の日差しでかいた汗を流すべく、大浴場へと向かう。

訓練を終えたばかりの、辺境騎士団の操縦士達。彼らでにぎわう脱衣所へ姿を現した死神は、気にする風もなく服を脱いで行く。

体中に刻まれた真新しい鞭の跡が、周囲の注目を一気に集めた。

（おい、何だよあの傷）

（実戦？　修練？　それとも新技の開発かぁ？）

ささやき合う彼ら。

その推測は外れていない。確かに実戦、確かに修練。そしてランドバーンの歓楽街に新風を吹き込む、その準備を行っていたのだ。

（あそこまで、自分を苛め抜くのか）

努力の証を目にし、死神が超一流操縦士でありつづける理由の一端、それを知った気がした、辺境騎士団の操縦士達。

死神は、視線を気にせず浴場内へ移動。そのまま勢いよくシャワーを浴びる。

傷に染みぬはずがない。その痛みを想像し、操縦士達は浴槽の中で、身を縮こまらせたのだった。

（フフ、ハハハ）

湯気に隠され、鏡に映る死神の表情は誰にも見えない。

もし見えれば、辺境騎士団員達は怯えただろう。死神の顔は悦びに歪んでいたのだから。

生傷が与える痛みは、『罪と罰』の原体験。爆発着底お姉様とのプレイを、思い出させていたのである。

やはり彼は上級者。並の者には、その心を窺い知る事など出来なかった。

（おい、いたぞ）

(情報どおりだぜ)

そこへ、別の集団が入って来る。

彼らは何食わぬ顔を装うが、その目は露骨に死神の股間へと向けられていた。

死神の体に走る傷痕に、辺境騎士団員同様驚きながらも、その眼は釘付けにされ動かない。

なぜなら大鎌《デスサイズ》が、シャワーの痛みに少しばかり反応していたからである。

「お先、失礼しまーす」

辺境騎士団員達は死神に挨拶しつつ、慌てて脱衣所へと向かう。

今浴場へと姿を見せた集団は、薔薇騎士団《ローズナイツ》の操縦士達。

死神が浴場へ向かうのを目撃し、連絡を取り合い押し寄せたのである。

(おい、何だよ。あの長さと反りは)

(あいかわらず凄《すげ》えな)

小さく口笛を吹く彼ら。

(おいお前、告っちゃえよ。勇気出してよ)

(やめろよお)

小声で話す彼らの声は、シャワーの音に消されて死神の耳には届かない。

だが聞こえたとしても気にしなかったであろう。襲ってくれば、帝都で二人組を相手にしたように、蹴り飛ばすだけである。

数日後。

『罪と罰』の専門店、シュリンプフィールドが装いも新たに開店した。

とくに宣伝もしなかったため、客の入りは少ない。

それでも訪れるのは、耳ざとい新し物好き。彼らは『罪と罰』が、王都で話題を呼んでいる事を聞き及んでいたからだ。

「何だこれは？　ふざけるなよ！」

だが彼らは『罪と罰』がどんなものであるのかを知った上で、店を訪れたのではない。

想像だにしていなかった仕打ちを受け、怒り狂って店を出る。

そして不平と不満を周囲にぶちまけ、シュリンプフィールドの客足をさらに落とさせた。

(これでよい)

体を縮こまらせて客数を報告に来た中年コンシェルジュへ、穏やかに頷く死神。

(客が店を裁定するように、店も客をふるいに掛ける)

残る者だけが残ればよい。そう考えていたのである。

収支を無視出来る趣味の店。彼がオーナーだからこそ、可能な経営方針であろう。

そしていく日かの時が過ぎ、彼の思いは徐々に報われ始めた。

ふるいに残ったわずかな原石。彼らがシュリンプフィールドに通い出し、自らを磨き始めたのである。

(いずれこの店から、偉大な宝石が生まれるやも知れんな)

未来を想像し、死神はくつくつと笑うのであった。

帝国領ランドバーンから東へ国境を越え進むと、アウォークの次に王都がある。

広い敷地に建つ、連続したアーチで作られた横長の大きな石造建築物と、いくつかの大講堂。

ここは王都で一番の呼び声高い、名門女子高である。

授業料の額で言うのなら、まったくの事実。生徒は名家か富裕層の子女ばかりで、例外は授業料を免除された特待生のみなのだ。

「本日の授業は、ここまでとします」

午後のお茶が、そろそろ欲しくなる頃合い。ひときわ高い塔に設置された鐘が大きく揺れ、重々しい音が構内に響く。

いかにも厳しそうな初老の女性教師が、黒板に向けていた指し棒を下ろし生徒達へ告げた。

「復習を忘れないように」

言い終えるとクルリと向きを変え、背筋を伸ばしたまま教室の外へ。その間まったく頭を上下させなかったのは、さすがであろう。

一気に弛緩した空気の中、私語を交わしながら教科書を鞄へ詰める少女達。その後は、思い思いの場所へと散って行く。

アーチを組み合わせて作られた高い天井の下、廊下を肩を並べて歩く二人の女子生徒も、その中の一組だった。

「どんなものに興味がおありですの？」

問うたのは、長い髪を後ろでまとめた品のよい少女である。身につけている物から見て、家は間違いなく金持ちであろう。

「家でも勉強ばっかりだから、体を動かすのがいいかなあ」

髪を肩で切り揃えた少女が、口に指をあて天井を見やりつつ答える。雰囲気から察するに、こちらは庶民出の特待生。

共に新入生で、入学してすぐに仲良くなった彼女達は、同じ部活動に入ろうと考えていたのである。

「花道《かどう》とか、やってみたいかも」

廊下にある掲示板の前で足を止めた庶民派は、『部員募集』の張り紙の中の一枚に目を留め言葉を継ぐ。

一年生が学校に慣れて来たこの時期は、勧誘の季節。しかしお嬢様学校のせいか強引なものはなく、見学をうながす程度である。

「花道ですか。この学校の練習は、厳しいと聞きますわよ」

同じく掲示板を見上げ、頬に手を当て小首を傾げる品のよい少女。

「私は、お菓子作りなどどうかと思いますの」

手のひらで指し示された張り紙を見て特待生は、『料理部かあ』と眉根に皺を作る。

『花道』

それは聖都の神前試合で行われる男女の肉弾戦を、同性の間で行うもの。

ただし痛みや傷を与える行為はご法度で、技は『なでる、揉む、舐める』の三つのみ。相手を気持ちよくし、先に満足させれば勝ちとなる。

呼び名の由来は、『薔薇』や『百合』などの花にまつわる隠喩からであろう。

「花道って、将来の役に立つんでしょ？」

興味が離れないらしく、粘る庶民派。

長い髪を後ろでひとまとめにした少女は、その質問に頷いた。

『娼館は、紳士淑女の社交場』

この言葉が示すとおり、性なる行為は『生き物にとって最上の、娯楽にしてスポーツ』と認識され、人と人との交流の道具になっている。

支えたのはやはり、魔法による恩恵であろう。『望まぬ妊娠』はあり得ず、『蔓延する病』もないのだから。

「花道を嗜めば、男女の営みの腕も磨かれるそうですわよ」

ちなみにこの説明は、商人ギルドで副ギルド長を務める、尊敬する祖父からの受け売りである。

「ならさ、見に行くだけでもどう？」

説明を聞いてさらに押す庶民派少女と、穏やかな苦笑と共に押し切られる、サンタクロースの孫娘。

二人は花道部が活動中の大講堂へ、向きを変え歩き始めたのだった。

「うわあ、広い。それに格好いい」

到着した庶民派少女が丸く口を開けたのは、体育館に匹敵する大講堂が専用の花道場だったからである。

『格好いい』は、敷き詰められたマットの上で練習試合を行っている、部員達を見たからだろう。ローライズの黒ビキニは、精悍にして大人の色気があったのだ。

「花道に、力を入れていますから」

王都一のお嬢様学校を自負しているからだと、補足する品のよい少女。知っていたからこそ『この学校の練習は厳しい』と、先ほど口にしたのである。

「凄い、凄い」

興奮した様子で庶民派が眺めるのは、トロフィーが林立したショーケース。

王都花道大会女子の部において、連続で優勝を果たしているのである。重視した甲斐があったというものだろう。

(これは、間違いなく入部しますわね)

見学者に気がつき、近づいて来た先輩部員。その説明を聞きながら庶民派少女は目を輝かせ、何度も強く頷いている。

(私も、覚悟を決めましょうか)

避けていたのは、『運動が苦手』という理由からだ。しかしせっかく出来た友達と、その程度で別々になるのはもったいない。

頭の中で天秤に掛けてみるも、答えはすぐに出た。

そして数日後二人は、揃って花道部に入部。揃いの黒ビキニを身にまとい、練習へ加わったのである。

「柔軟体操始め!」

引き締まった体を黒いビキニで包んだ副部長が、仁王立ちで鋭く指示。

十人を超える新入部員は、即座にマットの上に片肘をつき横になる。そして片脚を大きく開き、爪先を天井へ向けては閉じるを繰り返し始めた。

「スタイルをよくしないと、人前に出るのは恥ずかしいよね」

はにかんだ表情で、隣からささやく肩で髪を切り揃えた少女。長い髪を後ろでひとまとめにした少女も、軽く頬を染め頷く。

十代半ばの少女達が高々と行う、脚の上げ下ろし。しかも付け根を隠すのは、小さい黒の布でしかない。

そんな彼女らが、慣れぬ格好に羞恥を浮かべつつ頑張っているのだ。もし共学であれば、男子生徒は危険を冒しても覗きに来ただろう。

「次！」

即座に隣同士で組になり、向かい合うビキニ姿の少女達。そして互いの両脚を、股間が接するほど深く挟み合わせた。

たとえるなら、クワガタ同士の戦い。あるいは松の葉を利用した、引っ張り遊びのような体勢である。

(んう)

品のよい少女が喉奥でうめきを噛み殺したのは、股間をすりつけ合っているから。

柔軟体操と共に心のウォームアップを兼ねているので、行為自体は間違っていない。

(ですけど、これはちょっと)

やり過ぎだろうと目を向けるも、親友は顔を伏せたまま。肩口で切り揃えた髪を左右へ揺らしながら、強く押し付けた腰をねちっこく動かしていた。

(……硬くなって来ましてよ)

黒いビキニの布の向こう。存在を主張し始めた豆が、さらに困惑を深め行く。

(んんっ)

後ろでひとまとめにした長い髪を振り、わずかだが顎を上げる副ギルド長の孫娘。

こするのが柔布から、豆を包んだ柔布になったのだ。受けるダメージが著しく増大したのも、無理はない。

（……気づかれてしまいました）

品のよい少女の豆もまた、呼応するかのように硬度を増す。

『自分の責めが効いている』という確信に、心拍数と血圧を上げる庶民派少女。それは彼女の目を吊り上がらせ、腰の前後運動を速めさせてしまう。

（くっ、くっ）

プリュプリュとこすれ合う、二つの豆。

二人の息が荒く、体も目に見えて紅潮している。しかしウォーミングアップの目的に合致しているので、副部長も止めはしない。

ついに庶民派は友人の片脚を肩へ抱え上げ、さらに深く、そして激しく刺激を送り始めた。

（何ですの？　妙に執拗というか、熱が入っているというか。目に妙な光がありますわよ）

一方的に責め立てられ、腰が溶けつつある品のよい少女。

次の瞬間、分厚い本を持つ小柄な中年女性の姿が脳裏に浮かび、口を開いた。

『ご注意下さい。ご友人には、女性を愛する素質があります。本人は気づいていないようですが、何かのきっかけで花開くかも知れません』

それは祖父の部下である女性向け娼館のスペシャリストが、以前自分へ向けて発した警告である。

『どのような娼館が合うか』

それを調べるために多種多様な質問を受けた後、こっそりと告げられたのだ。

その時はまさかと思っていたが、今の状況では否定し得ない。

(私達、素敵なお友達同士ですわよね？)

その思いを最後に声を漏らし、マットに指を立て身を反らす品のよい少女。

友人に抱え上げられた片脚は爪先まで伸び、今にも攣《つ》らんばかりである。

「いいでしょう。準備の出来た者から、模擬戦を始めなさい」

手を軽く叩き、口にする副部長。

友人は鼻息荒く自分の腕を取り引きずるが、半眼でなすがままにされるしかない、長い髪を後ろでひとまとめにした少女だった。

第四章　爆発着底お姉様

強い日差しが降り注ぎ、木々からはセミの鳴き声が降り注ぐ。

ここは王都、王立魔法学院。

王城の東側という中心地にあるにもかかわらず、敷地の中は緑に溢れている。

その中に建つ、きつい屋根勾配の白亜の建物。その一室で、一人の美女が調べ物をしていた。

（間違いないわ）

コポコポ音を立てる、ガラスの管を複雑に絡み合わせた実験器具。

その前で、分厚い本を開いている。

年の頃は二十前後。抜群のスタイルに大人びた雰囲気。

ジェイアンヌのトップにして王立魔法学院に在籍する才女、爆発着底お姉様である。

（そのものではないかも知れないけど、亜種、あるいは係累《けいるい》につながる種の可能性がある）

静かに本を閉じ、溜息をつく。

事の発端は、彼女の同僚が手にしていた不思議な果実。

ごちそうになった後、気がついたのだが、色、形、香り、いずれも文献に述べられていたものに近い。

その果実の名は『アムブロシア』。すでに絶滅し、伝承に残るだけの存在だ。

（持ち込んだのは、おそらくあの男）

彼女の同僚に会うべく、控え室を訪れている。

同僚は果実の出所を頑として話さないが、十中八九間違いない。

(アムブロシアを持っていても、おかしくない気がするのよね)

いろいろな点で、常識破りの人物である。

あの日以来、爆発着底お姉様はアムブロシアについて調べ続けた。

魔法学院、図書館、あらゆる書籍を探し尽くし、記述同士を照らし合わせている。

そして得たのが、先ほどの答え。

(これ以上の進展は無理ね。やっぱり、手に入れるしかない)

唾を飲み込む、爆発着底お姉様。

持ち主があの男、ドクタースライムであるならば、方法は一つしかない。

目を閉じゆっくりと深呼吸。そして現実を正面から見据えた。

(私が勝ったら譲ってもらう、っていうのはどう?)

勝負を受けるのなら、予約順を一番前に持って来る。そう条件を出せば、飛びついて来るに違いない。

予約が当面取れなくて、非常に残念がっている。そうコンシェルジュから聞いていたのだ。

(だけど勝てるの? 私)

それが一番の問題。

敗れた時の事を想像し、全身を走り抜ける甘い震え。

両腕で自分の体を抱き締め、しばしの間それに耐えた。

（勝つのよ！　それしかないわ）

頭を振って頬を軽く叩き、気合いを入れなおす。

それだけ爆発着底お姉様の、アムブロシアに掛ける思いは真摯なものだった。

（すぐに、あの男の情報を集めなくちゃ。それにコンシェルジュへ話も）

実験を切り上げるべく、作業を始める。

午前中は卒業論文のため、王立魔法学院で実験。そして午後はジェイアンヌ。

爆発着底お姉様は最近、そのような生活を送っていたのだ。


夏の日差しが、庭森へと降り注ぐ。

時刻は、夕方になる少し前。俺は薬草樹の幹を背に、頭にイモスケを乗せて座っていた。

「お前達にも見せたかったなあ。やっぱりA級は凄かったぞ」

数日前に観戦して来た、東の伯爵領での戦い。その様子を語って聞かせる。

「剣の一振りで、城壁が爆発したかのように飛び散ったんだ」

イモスケがイボ足で頭をちょこっと叩き、相槌を打つ。その感触が心地いい。

「足も速いし、防御力も高い。多少の魔法攻撃なんて、避《よ》けようともしなかったぞ」

ちなみに話し相手はイモスケのみ。ダンゴロウは土の手入れをしてから来るそうで、少し遅れるとの事。

「えっ？　串刺し旋風は、グルングルンだったかって？」

コーニールの事はよく話題に出すので、覚えていたようだ。

「そりゃあもう、敵騎士を突き刺してグルングルンだ」

俺は片手を伸ばし、皿回しのように手首を回転させる。実際は騎士と戦っていないが、多少の脚色は許されるだろう。

「でな、串刺し旋風のA級をもってしても、捕らえ切れなかった敵の親玉。それをライトニングが倒したんだ。しかも一撃で」

ライトニングの活躍を聞き、イモスケも大喜び。頭をポコポコと叩いてくる。

少し詳しい説明をすると、満足したらしい。別な人物について尋ねられた。

「ポニーテール？　えーっとそうだな、頑張ってたぞ」

さすがは眷族筆頭。俺が話した登場人物が、ちゃんと頭に入っている。

こういう適度な質問が入ると、話していて気持ちがいい。なかなかの会話スキルと言えよう。

ポニーテールや編み込みおかっぱ超巨乳ちゃんについては、これ以上話せる内容はない。突っ込まれても困るので、俺は話を変える。

「出先で俺に買って来て欲しい物とか、あるか？」

実は、気になる事があったのだ。

東の伯爵領から戻り、家に着いた直後。眷属達から視線を強く感じたのである。

(泊まりで出掛けた場合とか、お土産を買って行った方がいいのかな)

買うにやぶさかではないのだが、正直何を喜ぶのかわからない。それで質問したのだ。

「……そんなに悩まなくていいぞ。思いついた時でいいからな」

どうやら、土産を期待していたのではなかったらしい。

俺は軽く頭を揺すり、頭上のイモスケにそう伝える。そして話題を、ある意味本題へと変えた。

「ところで相談があるんだが、ちょっといいか」

問い掛けに反応したイモスケが、額の方に少し這い寄る。

「実はな、少し文旦を分けてあげたい相手がいるんだ」

先ほど中級娼館で、ママさんと遊んだ時の事。店の人から、ジェイアンヌのコンシェルジュが呼んでいると教えられたのだ。

早速その足で、顔を出した俺。

「実はご相談がございまして」

これは背筋のスッと伸びた、いかにも一流という雰囲気のコンシェルジュの言葉。

彼が言うには、爆発着底お姉様が、文旦を譲って欲しいと切望しているらしい。

俺がクールさんに、おすそ分けした文旦。それを味見して、大層気に入ったようである。

「返事は、少し待っていただけませんか」

個人的には構わないのだが、物は庭森の産品。やはり眷属達に意見を求めたい。

俺は一旦保留し、家へと戻ったのである。

「えっ？　早い方がいいって」

何でも季節が終わるので、もうすぐなくなるらしい。

「そっか」

好きな果物の季節が終わる。

名残惜しいが、それも風情。きっとイモスケとダンゴロウは、新たな実りを庭森にもたらしてくれるだろう。

「あげるのは、構わないんだな？」

イモスケの中で、その事は問題にすらなっていないようだ。思い返せばクールさんへ渡したのも、眷属達からの提案である。

（ライトニングの時もそうだったな）

レアではないコモン種の精霊獣。そんなイモスケとダンゴロウに、敬意を欠かさないライトニング。二匹は大変気分がよくなり、文旦をプレゼントしろと大合唱したものだ。

俺が渡したい相手なら問題ない。多分、そんなところなのだろう。

「しかし、爆発着底お姉様もまじめだよなあ」

無償であげてもよかったのだが、勝ったら頂戴、と向こうから言い出して来たのである。

しかも勝負を受けてくれるのなら、予約順を優遇すると言う。

「まあ俺にとっては、願ったりかなったりだけど」

予約はしたものの、数ヶ月待ちの状態。溜息しか出ない状態だったのだ。

「でな、勝負は非番の日にやるんだってさ」

長々と連なる順番待ちの列。それに俺を割り込ませるのではなく、自分の休日に行う。

『私の都合だもの。待ってくれている人達に、迷惑は掛けられないわ』

爆発着底お姉様は、コンシェルジュにそのように答えたそうな。

「らしいって言えば、彼女らしい」

わがままボディの艶やかな美女なのだが、律儀なところが見え隠れするのだ。

「おっ？」

ふと見ると、ダンゴロウがこちらに向かって進んでいる。

短く丸っこい体。懸命に歩むも、大して速度は出ていない。

その様子は、俺の心を和ませるのだった。

それから数日。

待ちに待った日がやって来た。

爆発着底お姉様とのプレイ。

(感慨無量)

鞄の中の紙袋には、黄色い果実が四つ。今シーズン最後の文旦である。ちょっと重い。

爆発着底お姉様がロビーに姿を見せないのは、予約客への配慮らしい。

コンシェルジュに案内され、三階のスイートルームへ。

「こちらへどうぞ」

(おお)

部屋の中央に立つのは、夢にまで見た爆発着底お姉様。

おへソ丸出しのセパレート。その姿はモーターショーのコンパニオンか、車雑誌のグラビアかというものだ。

腰骨の両側に、両手を当てての立ち姿。スリットの入った短めのスカートが、俺の目を釘付けにする。

（やれる）

今日こそ彼女とやれるのだ。

爆発着底お姉様の目線を追うと、その先は俺の持つ鞄。賞品である文旦を持って来たか、気にしているのだろう。

「はいこれ」

鞄に手を突っ込み、中の紙袋から一個を手に取る。そしてテーブルの中央に、転がらないように置いた。

爆発着底お姉様は、文旦を食い入るように見つめている。

（かなり気に入ったようだな）

たぶん彼女は、柑橘系女子。

甘さの強いベタベタした果物が多い中、突如現れたほろ苦くもさわやかな文旦。それが心を捉えたのだろう。

（やはり間違いないわ。博物誌の挿絵どおりよ）

満足げに頷いているおっさんを前に、爆発着底お姉様は確信していた。

わずかに祖先の名残をとどめた亜種や雑種。それでも構わないと思っていたが、見た目はアムブロシアそのもの。

期待は、いやがうえにも高まっていく。

（勝つのよ。勝って、絶対手に入れる）

そのために準備はした。

期間は短かったが情報を集め、作戦を練り上げている。

(行くわよ私)

一呼吸し、力を抜く。そして余裕たっぷりの、大人の女性の笑みを浮かべる。これが彼女の作戦。

そして恐るべきドクタースライムへと踏み出し、声を掛けた。

「久しぶりね。お姉さんと会いたかった？」

妖艶な微笑と共に言われ、俺は唾を飲み込みつつ頷く。

何というお姉様オーラ。破壊力は満点だ。

「素直ねえ、ご褒美上げちゃおうかしら」

彼女の指先は、俺の顎から喉、胸を通ってヘソのちょっと下へ。

それだけで背筋が粟立ち、元気になってしまう。

「あらあら」

困った子ねえ。そんな表情で俺を背後のベッドに押し倒す。

そして俺のシャツのボタンを外し、胸元をはだけさせた。部屋に入ったばかりで、まだ脱いでいなかったのである。

爆発着底お姉様が、俺の胸板に舌を這わす。

(ちょっ、ちょっと待って)

焦る俺。

朝、シャワーを浴びたものの、今は昼。そして季節は夏である。

ここまで歩いてくるうちに、それなりに汗をかいてしまった。

娼館プレイはシャワーから。そう思っていたのに、いきなりの舐めプレイ。狼狽するのも当然であろう。

「そんな事、気にしないの」

見透かしたような言葉と共に、濃厚なディープキス。爆発着底お姉様の香りに包まれ、頭がくらくらして来た。

(出だしは順調)

爆発着底お姉様は、タウロの呆けた顔を見ながら独り言ちる。

シャワーを省略したのは、コスチュームを着たままでいるため。情報によれば、出入り禁止になっていた間、制服の店に足繁く出入りしていたという。

(シャワーじゃ、すぐ脱がなきゃいけないものね)

相手が着衣を好むなら、そこを突く。

少しでも段を積み重ね、相手のゴールまでの高低差を削らなくてはならない。

(それに、布地が一枚あるだけでも安心出来るわ)

ドクタースライムの両手《しょくしゅ》の前に素肌をさらす。それは非常に心細い事である。

たとえ露出が多くとも、服を着ているだけで心が落ち着いた。

「いいから、お姉さんにまかせなさい」

伸ばして来る触手を振り払い、ディープキスで黙らせる。

弱点なのか、なかなかに効果があるようだった。

「ほーら、めっ！　おいたはしないの」

それでもスライムの触手は、なで回そうと迫って来る。

彼女は叱りながら、タウロの胸やわき腹を軽くつねり、最後に顎を指でつついた。

(これも効果あり)

『罪と罰』はこの男の発案。であるならば、いじめられたい、叱られたいという気持ちは、少なからずあるはず。

その読みは外れていないようだった。

(本格的な『罪と罰』は、私には無理。それに、発案者に効くとも思えない)

対死神メニューをなぞっても、新鮮味がなく効果は薄いだろう。そう考え爆発着底お姉様は、自分なりにアレンジしたのだ。

それが作戦、徹底したお姉様プレイ。非常にソフトでやさしげな『罪と罰』である。

「おとなしくするって約束出来るなら、ここにキスしてあげてもいいわよ。……え？　約束する？　はい、じゃあご褒美」

(うおおおお)

腹の下にある爆発着底お姉様の顔を見て、俺は大興奮であった。

(王立魔法学院の才女が、今俺の武器に)

知的な瞳に端整な顔立ち。

彼女の学歴が歪んだ俺の感性を反応させ、感度を大きく底上げしていた。

(しかもいまだ、コスチュームのまま)

実はすぐに脱いでシャワーを浴びてしまう事に、いささか不満を感じていたのである。

今回のプレイは、俺の心を鷲づかみするのに充分であった。

俺は欲しくてたまらなくなり、何度も懇願する。

「しょうがないわねえ」

爆発着底お姉様は困ったような表情で、それでもクスクス笑いながら、俺の上へとまたがった。

下着をずらし、そのままゆっくり腰を沈めて行く。目は細まりつつも、俺の心を見透かすかのように片時も離れない。

(こっ、これは。やはり違う)

ポニーテールの得意とする、ライディングスタイル。

しかし、さすが超一流娼館のナンバーワン。

相手の事を思いやった、繊細で丁寧な動き。それはポニーテールの熱い壺より、遥かに多くのダメージをもたらしていた。

「どう。気持ちいい?」

「はっ、はひ」

シオーネの親子、キャサベルの地味子女王、それにジェイアンヌの人狼《ワーウルフ》のお姉さん。

いずれも高い水準にあったが、爆発着底お姉様はさらにその上を行く。

このままでは俺の敗北は、間違いなかった。

(負けてもいい)

最近俺の中で、勝利へのこだわりは弱まりつつある。

『罪と罰』に秘められた、偉大な先人達のメッセージに気がついたのが原因だ。

(勝つ事だけがすべてではない。打ちのめされた敗北の中にも、悦びはある)

全面的に正しいとは思わないが、頷ける部分は多い。

たとえば今目の前にいる、最高級お姉様。彼女に負けたとしたら、それは何だか、とっても気持ちがいい事のように思えるのだ。

(主導権は、完全に手に入れたわ)

下の男の思いをよそに、爆発着底お姉様は勝利に向けて真剣に戦っていた。

(このまま行けば、勝てる)

だが不安もある。

彼女も自覚している、自分の弱点。

感度がある領域以上に入ると、ダメージを分散させる防御壁に隙が生まれるのだ。

それほど大きい訳でもなく、いつまでも開きっ放しではない。しかし、そこに打ち込まれた場合のダメージは致命的。

これまでも何度か、それで絶叫大昇天を迎えてしまっている。

(早めに決着をつけなきゃ)

今のところ、それへの対策は見つかっていない。

不意の敗北を喫しないよう祈りながら、爆発着底お姉様は腰の動きを速めて行くのだった。

ちなみに奥のウォークイン・クローゼット。

今回もその場所には、教導軽巡先生とツインテールが潜む。

「いよいよこれからね」

扉の隙間から、戦場を覗き見る二人。

ツインテールの言葉に、教導軽巡先生は無言で同意を示すのだった。


王都御三家の一つ、ジェイアンヌ。

昼下がりの夏の日差しを受け、石造りの外壁は触れれば熱いほど。

しかし屋内は、魔法的な冷房が行き渡り、涼しい風が流れている。

しかし多くの個室では、それを上回る熱量を男女が発生させ、体に汗をかかせていた。

三階にあるスイートルームも、それは同様である。

(爆発着底お姉様が、ゾーンに入った)

ベッドに仰向けに横たわる俺。

またがり、激しくも丁寧に腰を揺り動かす彼女を見上げながら、そう考える。

爆発着底お姉様の強みは、ダメージ分散の能力。

言い換えれば弱点を消す能力で、『ここを責めると、すぐに突き抜けちゃうんだよなあ』などという部分が存在しない。

(しかしそれは、感度が一定以下の場合)

ある程度上り詰めてくると、強固な防壁のところどころに、隙が現れるようになる。

その状態が、ゾーン。

俺が魔眼と名付けた、相手の感度がわかる眼力。あまたの女性との修練の末に、手に入れたもの。

それには隙間から漏れる、白い輝きが映っている。奥にあるのは、爆発着底お姉様の自爆ボタンだ。

押せば即、大爆発。悦楽の海への大破着底は避けられない。

（うりゃっ、おりゃっ）

俺は懸命に腰を動かし、白い輝きを狙い撃とうとしている。

勝利にこだわらない、確かにそう思った。しかし、目の前に美女の自爆ボタンが現れれば、押したくなるのは男として当然であろう。

（上に乗られ、主導権を握られている。爆発着底お姉様の内部を、思ったとおりに突くのは難しい）

隙が目の前に現れるのを、ひたすら待ち続ける策に方針転換した。

（インベーダーゲームのようだ）

爆発着底お姉様は、上から押し寄せるインベーダーの群れ。対する俺は、地上で仰向けになり、上へ向けて撃ちまくる移動砲台である。

（限られた時間の中で。インベーダーをすべて撃ち落とさなければ、摺り潰されてしまう）

左右に体を揺すりながら、降下を続けるインベーダー。最後には地上へ到達する。

ボスはいない。一体でも残ればアウトだ。まさにダメージ平均化の能力を持つ、爆発着底お姉様と言えよう。

（すべてを倒しきるのは難しい。だからこそＵＦＯ）

ゲームと違うのはこれ。

ＵＦＯは得点源ではなく、上空を移動する自爆ボタンなのだ。これを落とせば、爆発着底お姉様も堕ちる。

（何とか隙間から、ＵＦＯに当てたい）

時折現れ、分厚いインベーダーの壁の上を横切って行く。

最初から主導権を取られどおしの俺に、インベーダーすべてを打ち落とす時間的余裕は残されていない。

（やべえ、スピードが上がって来た）

腹の上で体を揺すり続ける、インベーダーなお姉様。テンポが速まっている。

焦る心を落ち着かせ、慎重に狙いを定め続けた。

そして壁の隙間から狙い撃つ事数十回、ついにＵＦＯを俺の突きが捉える。

（堕ちた！）

確信した俺は、次に来るはずのだいしゅきホールドに備え、身構えた。

見上げれば腹上の爆発着底お姉様は、その白い顎を仰け反らせている。

（やられたわ！）

爆発着底お姉様は、心に叫ぶ。

恐れていた事が、現実となったのだ。今の一撃は、確実に自分の芯へ命中している。

急激に湧き上がる絶頂感に、心の中に絶望が満ちて行く。

（！）

だがその時、テーブルの上にある黄色く丸い果実が、視界に飛び込んで来た。

（駄目よ！　負けちゃ駄目）

何としても欲しい。

凄まじい精神力で、爆発にも等しい絶頂衝動を押さえ込む。その力は、クールさんの初物に対するブーストに近いものがあった。

（いける）

まだ大丈夫。私はまだ戦える。

爆発着底お姉様は呼吸を整え、甘い律動を再開する。

俺はその様子を、驚愕の思いで見つめていた。

（耐えた）

自爆ボタンを押されても、爆発しない。今までになかった事象である。

だが爆発着底お姉様に、余裕など薄絹一枚も感じられない。全身全霊でこらえている。

（もう一度）

俺に残された時間はわずか。

当てるしかない。当てられなければ、俺は昇天大満足だ。まあ、それでも構わないのだが。

しかし、相手は真剣。こちらもしっかりとお相手せねば、失礼に当たる。

全神経を集中しての、狙撃を再開した。

（これは！）

再開してすぐの事。信じられないほど滑らかに、壁の間をすり抜けて行く俺の突き。

それはまるで、旅順艦隊旗艦ツェサレーヴィチへ向かう砲弾のよう。

（奇跡だ）

低い確率の事象が、連続して起きた。そうとしか言い表せない。

何かに導かれるように、突きはＵＦＯを直撃。バラバラに砕け散らせる。

（何い！）

再びの、そして心からの驚き。

信じがたい事に、爆発着底お姉様は二度目のＵＦＯ破壊を受けても、爆発せずに踏み止まったのである。

見上げれば、そこにあるのは鬼の顔。

歯を食いしばり顔を歪め、爆発する圧力に対抗している。

その姿は俺に、決壊寸前のダムを想像させた。各所に亀裂が入り、水が噴き出し始めている。

（素晴らしい）

敗北を悟った俺は、透明な気持ちで称賛を贈る。

その直後、インベーダーは地上に到達。横薙ぎに俺の地上砲台を破壊した。

「うひいいいい！」

今度は逆に、こちらが大爆発。

俺からの熱々の贈り物を、奥深くで受け取った爆発着底お姉様。そのままぐらりと前へ倒れ、俺の体に覆いかぶさる。

「……私の勝ちね？」

耳元でささやかれる、弱々しい声。それに俺は、しっかりと答える。

「参りました」

爆発着底お姉様は微笑むと、俺をぎゅうっと抱きしめた。

それは優雅な曲線美を誇るアーチダムが、崩れ落ちた合図。堤体は爆発したように吹き飛び、背面から膨大な水が奔流となって俺を押し流す。

（耳が、耳が溶ける）

身を震わせながら、声にならない細い叫びを耳元で上げ始める爆発着底お姉様。

声音のあまりの甘さに、そう錯覚してしまうほどだ。

（爆発を、先送りしていたのか）

精神力で耐えていたのだろう。

自分自身の肉体の反応。それをもねじ伏せるとは、おそるべき心の強さ。

（まずい）

大人なお姉様ではない、少女のようなかわいらしい声。

それにやむ事なく続く、痙攣と震えの混じった振動。俺は中に入ったまま、再び元気になってしまった。

圧力を感じたのだろう、爆発着底お姉様の声へさらに砂糖が掛けられる。

（止められません。ごめんなさい）

相手は空へ昇っている真っ最中。

そこで動き出すのは、苦しいはず。下手をすれば再度出入り禁止だ。

だが、とてもじゃないが我慢出来ない。俺には、爆発着底お姉様のような精神的強さはないのだ。

（すみません、すみません）

謝りながら、腰を動かす。

爆発着底お姉様の声にならない細い叫びは、動かれる事によって絶叫に変わる。

だいしゅきホールドの圧力も、さらにアップ。

(やべっ、また来る)

だいしゅきホールドによって、振り幅は著しく制限されている。

ただ彼女内部の無意識のうごめきは、短時間で俺をゴールへと運んで行く。

(……気持ちええ)

やはり爆発着底お姉様は素晴らしい。俺はその思いを胸に、意識を手放したのだった。

どのくらい呆然としていただろうか。声を掛けられたのを感じ、意識がゆっくりと浮上する。

「じゃあ、頂いて行くわね」

気がつくと、扉の近くに爆発着底お姉様の姿が見えた。雛壇メンバーが着るような、薄いドレスをまとっている。

その右手にあるのは一個の文旦。左手のトートバックには、先ほどまでのコスチュームが見える。

いろいろ汚れてしまったので、着替えたのだろう。

妙に前屈みなのは、プレイの余韻が残っているからに違いない。

「ああ勿論。だけど――」

あと三つあるから持って行けば、と言おうとしたのだが、その前に爆発着底お姉様は扉から出て行ってしまった。

まるで、俺が心変わりするのを恐れたかのようである。

(まあいいか)

頭をかきながら、独り呟く。

あの様子なら、やり過ぎだとは言われないだろう。

(それにしても、気持ちよかったなあ)

何かこう、雑念がすべて吹き払われ、静かな心を手に入れた気がする。

今の俺は自称ではない。誰もが認める賢者様のはずだ。

(よし、すべての課題はクリアした。これで教導軽巡先生と会える)

人狼《ワーウルフ》のお姉さん、苺茶碗のセレブ美女、それに爆発着底お姉様。一勝二敗であるが、戦績は関係ない。俺が更生したかどうかが問題なのだ。

この分なら、きっと教導軽巡先生に会えるはず。

(楽しみだなあ、もの凄く)

想像するだけで顔がニヤつき、賢者の心が失われそうになる。

さすがは教導軽巡先生の存在感と言えよう。

(よっし、帰るか)

半脱ぎだった服を脱ぎ、軽くシャワーを浴びて、汗他を洗い流す。

そして、多少の汚れが残る服を身につけた。

(すぐに帰って着替えよう)

こういう時、夏という季節はありがたい。

俺は鼻歌を歌いながら、部屋を後にしたのである。

(雨だ)

階段を下り、コンシェルジュに挨拶をした後、建物の外へ。

歓楽街の大通りは、やや強い雨に打たれていた。夕立と言えなくもないが、空は完全に夜の色。

（いったい、どのくらい意識を失っていたのだ？）

試合を始めたのは昼過ぎのはず。時計を確認してはいないが、少なくとも半日は経っているに違いない。

確か前回もそう。爆発着底お姉様と本気で戦うと、このような結果になるのだろう。

納得しつつロビーに取って返すと、見習いコンシェルジュを手招き。ゴーレム馬車を呼んでくれるようお願いする。

（傘代わりにタクシーちょい乗りとは、俺もリッチになったもんだぜ）

家は歓楽街の南のはずれ。どうせ着替えるつもりなら、走って帰れない事もない。前世の俺なら、躊躇う事なくそうしていただろう。

しかし今は違う。この世界に来てから、すっかりハイソサエティでセレブなのだ。

レストランのメニューを見て顔をしかめ、一番安いのを頼むような事はもはやない。

「タウロ様、馬車が参りました」

さほど待つ事なく、見習いコンシェルジュから声が掛かる。

礼を言ってロビーを出、ゴーレム馬車に乗り込む。そして家へと向かったのだった。


タウロが部屋を出てより少し後。

クローゼットの扉がゆっくりと開かれ、やはり今日も二人の女性が姿を見せた。

「あれ、やり過ぎじゃない？　大丈夫？」

ツインテールの女性が、隣の清楚な女性に声を掛けるが返事がない。

訝しく思いそちらを向くと、不機嫌そうな様子。頬もいくぶん、膨らんでいる。

穏やかな笑みを絶やさない彼女にしては、珍しい表情だ。

「やっぱりアウトって事ね」

両側に垂らした髪を揺らし、ツインテールは頷く。

ドクタースライムには気の毒だが、彼のチャレンジはここまでのようだ。

「私の方が、してあげます」

唐突に発せられた言葉に、再度ツインテールは横を向く。

教導軽巡先生の声には、強い決意が込められていたからだ。

「私の方が、気持ちよくして差しあげます」

どうやら爆発着底お姉様に、対抗意識を燃え上がらせたようである。

念のため、ツインテールは確認した。

「やり過ぎの件とかは、いいのね？」

「問題ありません」

その姿に肩をすくめつつ、ツインテールは思う。

(日取りが決まったら、一番いい場所から観戦しなくちゃ)

公開プレイでなかった時は、今日のようにクローゼットでもいい。

コンシェルジュが難色を示すかも知れないが、緊急時の救出のためと言えば、頷かざるを得ないはず。

彼もドクタースライムの恐ろしさと危険性は、充分に知っている。

それぞれの思いを乗せながら、時間はゆっくりと流れて行くのだった。


ジェイアンヌから帰った俺は、居間で眷属達と時を過ごしている。

雨の勢いが強くなって来たので、再度の外出を諦めたのだ。

「四つ持って行ったんだけど、一個でよかったみたいなんだ」

持ち帰った三個の文旦を、床に並べる。

「今シーズン最後だろ？　数日置きに食べて行こうかな」

文旦に近寄り、遊び始める眷属達。

イモスケは押してみるが、すぐに諦める。

ダンゴロウは少し傾かせたが、そこまで。反動で戻って来た文旦に慌て、その場から逃げ出した。

「お前達には、重過ぎたか」

ぐらんぐらん揺れる文旦を、手で押さえる。

文旦つながりで聞きたい事があったので、二匹に問う。

「ところで夏の庭森には、何が実るんだ？」

二匹は一斉に、掃き出し窓の方へ。

ガラスに顔を押し付け、強い雨に打たれる庭森を見ている。

「もうなっているのか」

どうもそうらしい。

イモスケ達は俺に見せたいようだが、雨の中無理をする必要はない。

「じゃあ。明日の朝、雨がやんだら教えてもらおうかな」

そう言って窓際から二匹を持ち上げ、一匹ずつブラッシングして行くのだった。


翌朝、雨が上がった庭森。葉上の滴が陽光を反射し、森全体を輝かせている。

だがその風景を愛でる余裕は、俺達にはなかった。

「……また来たのか」

庭の中央にある池。

その中の薬草樹の木陰になる部分に、亀がいたのである。

俺達が庭に出て来たのに、気づいたのだろう。

首を伸ばしこちらを見ると、波を左右に広げつつゆっくりと向かって来たのだった。


時は雨上がりの庭森から、約一日遡る。

オスト大陸北部、精霊の森。

世界樹を中心とした、広大な森林地帯である。

森の北部に広がる湖では今、巨大な亀が不満を募らせていた。

(ワズラワシイ)

精霊の湖の守護者。そうみなされる強力な精霊獣、ザラタンである。

甲羅の長さは二百メートルにもおよび、島にしか見えない。

苛立ちの原因は、森に住む人型の生物。大挙して押し寄せ、背中に居座っているのだ。

（何トイウシツコサ）

体を揺すったり、水面下へ潜ってみたりしたのだが、ほとんど効果がない。

何度かそれを繰り返すと、今度は巨人の人形を持ち込んで来た。

体高十七メートルにもなる、作り物の巨人。ザラタンにしてみても、その大きさは神経に障る。

（ドウシテモ、ツイテ来ル気ダナ）

何百年ぶりに食した、芳醇な香りの黄色い果実。

あの果実を持ち帰って以降、この状態である。

森に住む人型の狙いは、間違いなくあの果実。

再度取りに行くのを、待ち構えているのだろう。種を蒔く農夫の後を追い掛ける、カラスのようなものだ。

（モハヤ、コレマデ）

森に住む人型の執念を感じ取り、ザラタンは振り払うのを断念する。

だが、あの果実を諦める気はない。相手が強引な手段を用いるのならば、こちらはそれを上回る強攻策に出るだけだ。

（海へ向カオウ）

ついに心を決めたザラタン。

巨大な魔法陣が水中に出現し、光を発しながら回り出す。巨大な精霊獣はその中に、身を沈み込ませて行く。

周囲から殺到する水が渦を巻き、島の表面を乱暴に洗い始めた。

「始まったか」

湖の南岸にある取水塔。

兵から報告を受けた隊長は、見張り台へと駆けつける。

沈む島を食い入るように見つめ、祈るように言葉を漏らす。

「頼むぞ」

アムブロシアと呼ばれる伝説の果実。ザラタンはそれを、いずこからか持ち帰った。

極めて強い関心を示したハイエルフ達。彼らは即座に取水塔の兵を増員し、厳しく命じたのである。

『次に転移する事があるならば、必ず同行し場所を確認せよ』

命じられるまでもなく、隊長もそれを強く願っている。

この世からすでに姿を消したと思われていた、アムブロシアの果実。

様々な効能を持つ、貴重な魔法素材である。とくに有名なのは、エリクサーの原料である事だろう。

(我らが手に入れねばならない。何としても)

そのような貴重な物、扱えるのはエルフ族のみ。

価値を正しく理解出来るのも、活用する知識と技術があるのも我々だけだ。

(人族より早く見つけ、移植しなくては)

根の周囲ごと掘り出して、精霊の森に移す。隊長はそうすべきと考えている。

(ここなら我々エルフが、獣や魔獣それに人族から守ってやれるからな)

精霊の森を切り開き、アムブロシアの果樹園を造るのだ。

森の管理にもかかわっている隊長は、具体的な管理手段へと思考を伸ばす。

（周囲に、強力な攻性結界を張り巡らそう）

電撃で焼いてもいいし、風の刃で切り刻んでもいい。

何せ守る対象はアムブロシア。これでも足りないくらいだ。

（葉を食む害虫や、考えなく踏み荒らす害獣共。一匹足りとも、中に踏み入らせる訳にはいかん）

安全を確保した後は栽培。エルフの知識と技術をもってすれば、アムブロシアとて不可能ではないはず。

（そうなればエリクサーの量産も、夢ではない）

隊長の胸が、将来の夢で大きく膨らむ。

怪我治療、病気治療、状態異常回復のすべてで高ランクの効能を持つ、トリプルBポーション。

ついにエルフ族は史上初めて、病や怪我から解き放たれた存在へと昇華するのだ。

（最高位種族にふさわしい）

深く、そして強く頷く。

そのような思いを胸に、島の消えた泡立つ水面を見つめ続ける隊長であった。


周囲に島影一つ見えぬ、大海原の中央。

その海面に、突如として小島が出現した。ザラタンである。

（潜ルゾ）

島は大きく傾き、後ろ脚が水上に現れる。

そして急速に沈み始めた。

潜水を始めた鯨のような状態で、速度を増しながら深度を増して行く。

島の表面では水属性魔法の使い手達が、離れまいとしがみついていた。

「この程度」

エルフの一人が口にする。

彼らは、以前この島にいた若者達とは違い、選抜された兵士達だ。

ザラタンが大きく動く事など、想定の内である。

(今ノ内ニ離レタ方ガ、ヨイノダガナ)

一方のザラタンは、森に住む人型の生き物に一瞬だけ同情すると、そのまま潜水を続けて行った。

それからしばし後。

「くそっ、まずい」

兵の一人が呻く。

水深はすでに三百メートルを超え、周囲は完全な闇へと変化。

日の光もここまでは届かない。光源は、彼らエルフの作り出す光球だけである。

「想定外だ」

彼らが考えていたザラタンの移動先は、別な地にあるであろう湖。

そのため水深は百メートル前後、深くても二百メートルとみていたのだ。

「海、しかも深海に潜るだと？」

これ以上は、脱落者が出始めるはず。

しかし脱落の原因となったのは、術者の限界という内部要因ではなかった。それより先に、外部要因が現れたのである。

それは大海蛇《シーサーペント》と呼ばれる巨大な水生魔獣。水深五百メートルの場所に、彼らの群生地があったのだ。

獰猛さで知られる大海蛇《シーサーペント》。

全長百メートル近い体をくねらせ、感情のない大きな目でザラタンを見つめている。

「コノ場ヲ通ルノモ、久シ振リダ」

ザラタンは、警戒した様子を見せない。

丸々とした全長二百メートルの亀の前には、細長い百メートルの大海蛇《シーサーペント》など、相手にもならないのだ。

大海蛇《シーサーペント》も、それがわかっている。なので狙いは、亀に取り付く森に住む人型へと向かう。

「ひいっ」

兵士の口から、悲鳴が漏れる。

闇の中から突如現れた、大海蛇《シーサーペント》の巨大な目。

その直径は、人の身長より遥かに大きい。距離が近い事もあいまって、視界を覆いつくさんばかりである。

真っ暗な海の中、光球の明かりを反射し、不気味に光る巨大な円盤。それがもたらす生理的恐怖は、鍛えたはずの心すら上回ったのだ。

「あああああ！」

次に上がったのは絶叫。

亀に群がりつつき始める、無数の大海蛇《シーサーペント》。ザラタンの体表から、何かを毟《むし》り取っている。

その様はまるで、餌を投げ込まれた池の鯉のようであった。

留まるのを断念し、離脱を図る者達。しかし広大な海中に、遮蔽物など存在しない。

体表に巣くう餌が、漂う餌に変わるだけだった。

「寄るなっ！　寄るなあっ！」

攻撃魔法を発動させる者もいるが、場所は海中。水属性の大魔獣に、極めて有利な地である。

効果など、ほとんど上がらなかった。

それは亀にしがみつく、数体のC級騎士も同じ。我が身を守る事に精一杯で、同胞まで手が回らない。

（カナリ減ッタナ）

深度七百メートルを過ぎると、大海蛇《シーサーペント》は上へと離れて行った。

完全な暗闇と、低い水温。死の世界と思われる空間を、ザラタンはひたすら降下し続ける。

千メートル、二千メートル。

森に住む人型の作った光の球は、すでに消えて久しい。

ごくまれに小さな生き物の発する光が、下から上へと通過する。それ以外は何の変化もなかった。

何かがひしゃげる音が、数度響いただけである。

そして数時間後。とうとう海底に到達した。

（スベテ、追イ払ッタ）

零度をわずかに上回る水温。深度は実に一万メートル。

自分の体に取り付いていた、森に住む人型の生物。その気配はすでにない。

巨人の人形はまだくっついているが、潰れ小さくなっていた。

(ココマデハ、ツイテ来ラレマイ)

タウロのいた世界において、月より遠いと言わしめた領域。

高位の魔術師が何年にもわたって準備を重ね、それでもたどり着けるかどうか。そのような場所である。

ザラタンはそれでも念を入れ、半日ほどこの場に留まる事にした。

(ソウダ、土産)

すっかり失念していたが、何か手土産を持って行きたい。

(何ガヨイカ)

イモムシとダンゴムシ。二体の精霊獣の姿を思い浮かべ、考えを巡らす。

しかし喜ばれそうなものを、自分は持っていないようだった。

ならば、と考える。精霊獣達の主、あの人型の生き物ならばどうだろうか。
(フム)
かつて自分の背に乗せ、館を作る事を許可した相手。それも人型の生物だ。

それが残していった物。どこかに保管していたはずである。

(アレニショウ)

その者がこの世を去ってから、それなりの年月が経つ。自分が誰かにくれてやっても、問題はあるまい。

ザラタンは小さな魔法陣を展開し、転移魔法で空間をつなぐ。

世界のあちこちに設けた物置。そのどれかに、放り込んでいた記憶がある。

（結構、破ラレテイルモノダナ）

久々に確認すると、いくつかは侵入者によって中身を奪われていた。

だが幸い、目的の物を見つけ出す。氷の海に沈んだ船、その一室に置いておいたのだが、誰も来なかったようである。

（ドレガヨイダロウ）

頭に浮かぶ映像は、机の上に並べられた十数冊の本。

ザラタンはそのうちの一冊。見事な黒革で装丁されたものを選ぶ。

（大切ニシテイタヨウダッタ。価値ガアルニ違イナイ）

水中で大きく頷いたため、水流が海底の堆積物を巻き上げる。

目を閉じたザラタンは果実の味を思い出しながら、半日の時を過ごしたのだった。


時と舞台は、雨上がりの庭森へと戻る。

朝日を反射し、白く輝く池の水面。

そこに、静かに泳ぎ来る亀の姿があった。数は一匹。パッと見、甲羅長二十センチメートルくらいである。

「この前の亀だな」

庭森に出た俺は、眷属達を体に乗せて池へ向かう。

昨夜の雨がまだ草葉に残り、サンダル履きの足を濡らした。

「ん？　悔しいのか？」

イモスケとダンゴロウから届く、またやられた、気づかなかった、という波。

前回の件を反省し、守りの態勢を整え直したのだが、やすやすと突破されてしまったらしい。

泳げない二匹。やはり水は苦手なようだった。

そんな眷属達の気持ちに気づかぬ風で、亀は岸まで近寄ると、イモスケの方に頭を向ける。

俺は頭にイモスケを乗せたまましゃがみ、手に持っていたダンゴロウを地面に降ろした。

『おじゃましますって』

イモスケが亀の言葉を中継する。

どうも亀には、守りを突破したという感覚はないようだ。気づいている様子がない。

残念ながら水の領域では、我が眷属達では相手にすらなれないようだ。

「挿絵で見たのと、雰囲気が違うな」

改めて、まじまじと観察する。

この亀の呼び名はザラタン。

図鑑で見たその姿は巨大で、尊大な雰囲気をまとっていた。しかし実物は、俺の想像よりも礼儀正しいようである。

「わっ！」

突然、目の前に黒い本が出現する。

宙に浮かぶその本は、見事な革で装丁され、百科事典のような大きさがあった。

「お土産？」

イモスケが言うには、この間の文旦のお礼だそうだ。

礼を言いつつ、本に手を伸ばす。すると本は宙に浮くのをやめ、俺の手に全重量を掛けて来た。

「重っ」

見掛けどおりの重さである。とりあえず、しゃがんだ姿勢の膝上に載せた。

亀はチラチラと、俺とイモスケを交互に見ている。イモスケは気がつかないようだが、俺には気持ちがわかった。

「文旦、まだあるんだけど、いるかい？」

それに対する亀の返事は、イモスケの中継を待つまでもない。俺でさえ、喜んでいるのがわかる。

「ちょっと待っててくれ」

イモスケを頭に乗せたまま、部屋へと向かう。ダンゴロウは、この場で見張りを続けるらしい。

部屋に重い本を置き、代わりに床に転がる文旦を一つ手に取って、岸辺へと戻る。

「はい」

目の前においてやると、亀はすぐに寄って来た。

前回と同じく文旦は縮み、ミニトマトくらいの大きさへ。

「お？」

くわえて帰るのかと思いきや、その場で熱心に食べ始める。

「好物なんだな」

その様子を、のんびりと観察。

動物が物を食べるシーン。肉食獣でない限り見飽きない。イモスケが葉をかじる姿も、よく眺めたものである。

結局俺は、欠片《かけら》一つ残さず食べ切るまで眺め続けた。

いつの間にか、重騎馬《ヘヴィーランサー》達も集まって来ている。

「何だ？」

食べ終えた亀は、また俺とイモスケを交互に見た。

もっと欲しいのかと腰を浮かし掛けた時、イモスケから中継が届く。

『すみたいんだって』

何でもここは、非常に環境がいいらしい。迷惑にならないようにするから、置いて欲しいとの事だった。

この池は、俺とダンゴロウが作ったもの。そして周辺の木々はイモスケが植え手入れをしている。

褒められて悪い気はしない。

だが一つ、気になる事があった。

「文旦は見てのとおり、今シーズンは終わりだ。それでもいいのか？」

湖畔に元気よく生える、棘の多い木。それを指し示し、念を押す。

もし亀が文旦狙いで来たのなら、ガッカリさせる事になるだろう。

しばしそちらを眺めた亀は、イモスケと言葉を交換し始めた。

『らいねん、またなる』

俺には、イモスケの発する部分だけが頭に届く。

もうならないと聞いた亀は、最初失意の底に沈んだらしい。しかし季節が巡れば新たに実ると聞いて、元気を取り戻したようである。

「じゃあお前達、俺がよければいいんだな？」

眷属達に確認すると、二匹は大きく頷く。

俺は亀に目を合わせ、イモスケの通訳で意思を伝えた。

「構わないが、条件がある」

その言葉に、亀は首を伸ばす。

「この池の管理を任せるから、しっかり手入れをしてくれ。それが出来るなら、住むのを認める」

池の掃除は大変なのだ。

とくに今のような夏季は、藻も生えるし水も傷む。重騎馬《ヘヴィーランサー》の飲み水である以上、手入れを怠る訳にも行かない。

それを引き受けてくれるなら、万々歳である。

亀はゆっくりと目を瞑《つむ》り、開く。その様子は、条件を受け入れたように見えた。

『わかったって。これからよろしくって』

すぐにイモスケから、俺の予想どおりの声が響く。

こうして亀であるザラタンは、新たな庭森の住人となったのだった。

庭森に新しい住人が来た。

精霊の泉に住んでいた高名な精霊獣、ザラタンである。

この体長二十センチメートルほどの亀は、俺の眷属にならなかった。

重騎馬《ヘヴィーランサー》のように、イモスケやダンゴロウに従う訳でもない。

本当に、池に住むだけの居候である。

ただその代わり、掃除を含む池の管理を任せたので、俺的には構わない。

「水が綺麗になったなあ」

亀が来てすぐに、その効果は現れた。

水溜まりの延長でしかなかった池、それが深遠な雰囲気を持ち始めたのである。

掃除をサボると漂って来た悪臭、そんなものは今一切ない。

「心なしか、木々や草も生き生きとしている」

頭の上に乗るイモスケ、前をトコトコと進むダンゴロウ。どちらからも肯定の波が届く。

俺は庭森に、新たな夏の実りを見せてもらいに来たのである。

ダンゴロウが案内した先に生えていたもの。それは俺の予想を、大きく外すものだった。

「野菜か」

何となく果物だと思い込んでいた。スイカか桃あたりを想像していたのである。

だが残念ではない。夏野菜もいいものだ。

「見事だ」

一つはキュウリ。

日本刀のような反りをそなえ、隆々とした姿形。

見ていて、うらやましくなるほどだ。

「こっちは迫力あるなあ」

先の丸く太った茄子。一撃で意識をぐらつかせそうである。

なぜこの二つになったのか。おそらくそれは、俺が原因。

「お盆の話、覚えていたのか」

揃って頷く眷属達。夏野菜と精霊馬。話をした俺の方が忘れていた。

あの時イモスケとダンゴロウの頭に、夏の実りは茄子とキュウリ。そのようなイメージが刷り込まれてしまったのだろう。

「しかし、随分となっているなあ」

どちらも量が多い。全部自分で食べようとすれば、来シーズンまで持ちそうなくらいだ。

「ライトニングにおすそ分けしよう」

最近下に引っ越して来た、ニセアカシア国の青年操縦士。

家族持ちなので、きっと喜んでもらえるはず。

「お前達も、そう思うか」

眷属達も賛成の様子である。

エルフ達から価値を認められず、無視よりひどい扱いを受けて来たイモスケとダンゴロウ。

そんな彼らに敬意を欠かさないライトニングは、大人気なのである。

販売出来るほどの量を収穫した俺は、大きく膨らんだ麻袋を抱え、階段を降りるのだった。


その翌日。

王城の北側にある騎士団本部。

朝日の差し込む一室に、テーブルを挟んで向かい合う二人の姿がある。コーニールとライトニングだ。

「タウロさんの名は、出さない方がいいか」

書き掛けの報告書を手に、コーニールが唸る。

東方伯爵領における、自称賢者との戦い。その事後処理がすべて終わり、徹夜で書類をまとめていたのだ。

賢者の遺体は損傷著しく、身元不明。そして老伯爵本人は、崩れた城壁の下敷きになった状態で発見されている。

当然の事ながら、伯爵家は取り潰し。一時的にではあるが、国の直轄領となった。

(そっちの方はいいんだが、問題は戦闘についてだな)

推敲する段になって気になる事が出て来たため、ライトニングを呼んだのである。

「タウロ殿は、姿を最後まで見せませんでした。表に出る事を望んでいないと思います」

ライトニングの言葉に、頷かざるを得ない。

目立ちたくないというより、騎士団や国とかかわりを持ちたくない。そんな感じがするのだ。

操縦士学校時代や、重騎馬討伐戦《ヘヴィーランサー》での扱われ方を思えば、それも無理ない事だろう。

(実技試験で表彰台に立っても、騎士団は入団試験を受けさせなかったからな)

苦々しい記憶が蘇る。

成績上位者が得て当然の権利。それを与えなかったのだ。

幸い商人ギルドからスカウトされ、親友は操縦士の夢を諦めずに済んでいる。

(タウロさんが商人ギルド騎士で活躍を始めると、今度はその評判をねたみ出す)

その結果騎士団は、討伐戦に参戦を強要。そして重騎馬《ヘヴィーランサー》を釣る餌として、使い捨てにしようとしたのである。

(何やってんだよ、うちの騎士団は)

思い出して頭を抱えた。

前騎士団長達の判断とはいえ、嫌われる事しかしていない。

ここから信頼を得て行くには、途方もない時間が掛かるだろう。

「そうだな。何とか辻褄が合うよう、話を作るか」

苦手な分野だが、仕方がない。

ライトニングに手伝わせながら、仕上げの作業に取り掛かる。

「こんなもんだろ」

苦しみながら書き上げた報告書。それは『偶然』、『たまたま』などの言葉が目立つ、突っ込みどころの多いものになってしまった。

(後は、適当に誤魔化すさ)

尖らせた唇と鼻の間にペンを挟み、コーニールは開き直る。

ライトニングが退室した後、顎をなで徹夜明けの髭の感触を味わっていると、ノックの音。

許可を出すと、貴族の子がコーヒーを盆に載せて入って来た。

「悪いな」

寝ないで仕事をしていた上司を、気遣ったのだろう。

濃いめに淹れてあるのが、ありがたい。

「あの、自分も読ませていただいて、よろしいでしょうか」

机の上に投げ出された、書き上がった報告書。それに目を落としている。

「ありがとうございます」

コーニールが頷くのを見、貴族の子は手に取って文字を目で追い始めた。

自称賢者の魔法発動を阻止し続けた、超遠距離魔法攻撃。

それが何だったのかを知りたくて、報告書に手を伸ばしたのである。

(これは……、そんな)

読み終え、顔を上げた貴族の子。コーニールを見る目は厳しい。

「あれは騎士の支援射撃です。魔術師によるものではあり得ません」

貴族の子は、射手に心当たりがある。

かつての同級生で、コーニールに採用を働き掛けた事もあった。

(まさかあの功績を、なかった事にするおつもりで?)

一瞬、そう疑うが思い直す。

(いや、今の騎士団は以前とは違う。それに先輩は、彼と友人同士だったはず)

戸惑いの色を、瞳に浮かべる少年。

コーニールは面倒臭そうな顔を作ると、席を立ち隣に並ぶ。

「いろいろあんだよ。お前は黙ってろ」

言いながら尻に手をあてがい、中指を突き立てた。

夏ズボンの薄い布地越しに、太い指が後ろの口を封じる。体を走る甘い電流に、貴族の子は思わず息を呑んだ。

必死に声を押し殺す、端整な顔立ちの少年。それを間近に見て、コーニールの下半身に徹夜明けの衝動が湧き上がる。

「お前は真面目過ぎんだ。もうちょっと力を抜け」

膝の上に座らせると、ベルトを外す。そして力が抜けたのを見計らい、ギシギシを始めたのだった。


その日の夕方。

王国騎士団の練兵場ロッカールーム。

訓練を終えた操縦士達は、シャワー室へ行ったり着替えたりと、帰り支度を行っている。

「おい、読んだかよ？　あの報告書」

隅の方で果実水を飲むポニーテールに、元冒険者のおっさんが声を掛ける。

今は彼女一人。編み込みおかっぱ超巨乳ちゃんは、まだシャワー室だ。

「この間あたし達が行った、東の話？」

頷くおっさん。

「妙だとは思わねえか？」

だが、ポニーテールの反応は鈍い。訝しげに見返すだけである。

おっさんはそれを見て、小さく息を吐く。

「あの支援魔法。たまたま近くにいた魔術師集団が、俺達の危機を見て介入したって話だぜ」

それを聞いても、ポニーテールの表情は変わらない。

「だって事実でしょ。実際、魔法が飛んで来たんだし」

眉間に縦皺を作ったおっさんは、正面の椅子にどっかりと腰を下ろす。次に呆れた表情で口を開いた。

「あの射程にあの回数だぞ？　高位も高位の魔術師様達が、束になってあの近辺をうろついてなきゃ出来はしねえ。そんな話、お前信じられるのか？」

「だから報告書にも、幸運に恵まれたって書いてあったじゃない」

口を尖らせるポニーテールと、彼女の素直さに頭を抱えるおっさん。

「……国家レベルの魔術師達が集団で俺達を救い、姿も見せずに立ち去ったんだぞ？」

「ちゃんと読んだ？　それとも忘れたの？」

少々苛立たしげに、ポニーテールが報告書の一文を暗唱した。

『おそらくは高名な魔術師の方々。名が表に出れば、面倒事もあるだろう。そう判断し、我々は詮索をしなかった』

おっさんはポニーテールへと、何とも言えない視線を送る。だが、何も口にしない。

目を伏せ、ぼりぼりと頭を掻くだけである。

そこへ、もう一人のおっさんが姿を現した。

「どうした？」

「いや、俺の心はさ、汚れちまってたんだなと思ってよ」

「？　何を今さら」

馬鹿にされた気がしたのだろう。眉根を寄せて、おっさん達の様子を見つめるポニーテール。何か言おうと口を開き始めたところ、後ろから声を掛けられた。

「お待たせ」

振り返れば、編み込みおかっぱ超巨乳ちゃん。

濡れた髪に、頭からタオルを被っている。

「おう、揃ったな」

後から来た方のおっさんがそれを見て、膨らんだ麻袋を机に置く。

「ライトニングさんからのおすそ分けだ。よければ皆でどうぞってさ」

「ライトニング様が！」

編み込みおかっぱ超巨乳ちゃんが、目を輝かせる。

おっさんが麻袋から取り出したのは、キュウリと茄子。

「近所に、家庭菜園をしている人がいるんだってよ」

興味なさそうに見つめるポニーテールの前に、ずいと野菜が押される。

見れば、最初からいた方のおっさんだ。

「お前もいるよな」

当然のような顔をしている。

「私、寮住まいよ」

キッチンはなく、食堂での朝と晩。そして昼は外食だ。

おっさんは思いやるような表情で、夏野菜をさらに押す。

「だからだよ。何かと必要だろ」

(好き嫌いせず、野菜をとれって事?)

強引に押しつけられ、キュウリと茄子を一本ずつ受け取るポニーテール。

(キュウリはともかく、茄子を生でどうしろって言うのよ)

そうは思うのだが、尊敬に値する操縦士、ライトニングからのものである。頑なに拒むのもよろしくない。

(訳わかんないわ)

鼻の頭に皺を寄せつつ、寮へと帰るのだった。

そして夜。

ベッドに潜り、個室の照明を落とした後。おっさんの思いやりは、実を結んでしまう。

さすが年頃よりやや若い娘を持つおっさん。人生経験が厚かったと言えよう。

(食べ物を、こんな風にしちゃ駄目なんだけど)

ちょっとだけ。

その姿に耐えきれず、独りプレイの道具に用いてしまったのだ。

(結構長い上に、この微妙な反り)

そして全身が、穏やかな突起で覆われている。

奥の上側をこすられ、背骨を上る甘い電流。

(やるわね、お野菜のくせに)

そんな思いと共に、ポニーテールの足は伸び切り大きく震えた。

（……どうしよう、これ）

作ってしまったキュウリの浅漬け。それを熱い溜息混じりに眺めやる。

（ん？）

たまたま視界の隅に入った茄子の姿に、下腹部がキュウと鳴った。

若い体は、夜食をもう少し欲しがったのである。

（鮮度がいいうちに、食べないとね）

意味不明の言い訳をしながら、再度下の口元へ運ぶ。

（太っ）

見た目以上のボリュームに、一瞬意識が揺らめいた。だがそれでも、手は無意識に茄子を押し込んで行く。

（ちょ、ちょっとだけ、非番の日にバイトしようかな）

茄子を締め上げ浅漬けを行いつつ、思考がおかしな方向に進むポニーテールであった。

ちなみにその隣室。

（ライトニングさまあ！）

声を殺して叫びながら、砲弾型の超巨乳を揺らす若い女性の姿がある。

ベッドに寝ているのだが、腰が大きく浮き上がり、前に紫、後ろに緑を同時に味わっていた。

（こんな！　こんなの無理です。ライトニング様）

前後に野菜を生やした状態で、腰を振りまくる。だがその時、シーツで片足がズルリと滑った。

浮いていた尻がベッドに落ち、緑は深く突き刺さった後、入り切れなかった部分が大きくたわむ。

直後、パキッという新鮮さを証明する音が、室内に鳴り響いた。

「〜〜っ！」

一瞬目を大きく見開いた、編み込みおかっぱ超巨乳ちゃん。彼女はグルンと白眼をむき、そのまま意識を失う。

結果として茄子の一夜漬けと、キュウリの糠漬けが出来てしまったのである。


星々が眩しいほど天空に広がる、夏の夜空。

庭森に横になった俺は、眷属達に囲まれながら空を見上げていた。

「ライトニングがさ、いっぱい貰ったから、騎士団の皆にもおすそ分けしたんだって」

胸の上を這うイモスケが、心配そうな波を飛ばす。果物じゃなかった事を、気にしているようである。

「大丈夫。こんなにおいしいのはないから、間違いなく喜んでるよ」

キュウリは生で齧《かじ》ったが、うまかった。どんな料理にも合うだろう。

ちなみに茄子は屋台に持ち込んで、辛めの麻婆茄子へと大変身。暑い夏に、最高の夕食であった。

「ん？　笑顔で食べて欲しいって？」

腹によじ登ったダンゴロウ。その思いに、つい微笑んでしまう。

イモスケが蒔いた種。それをダンゴロウが埋め、地面の具合を整える。

芽が出た後は、二匹が協力して手入れをして来た自慢のお野菜だ。

どちらか片方だけでは、これほどよい実りにはならなかっただろう。

「物を作るって、いいよなあ」

そういえば俺が、建設業を志した動機もそうだった。

小さい頃、近所で建築中の家を、日がな一日眺めていたものである。

「畑仕事も一緒か」

この世界に来てから、いろいろと振り返る事が出来るようになった。

視野もいくらかは、広くなっただろう。

「三十になってから、成長を実感出来るとはなあ」

俺は星空に心を奪われつつ、あの謎の石像に深く感謝するのだった。


西へ沈んだ日が東の稜線から姿を現し、高々と天空へ舞い上がった頃。

王都中央広場の西の端では、夏の日差しが作り出した建物の影の中に、膝を抱えて座り込む若い男の姿があった。

「まずいなあ」

ぼうっとした感じの、当たりの柔らかそうな青年。

うらめしそうに、広場の反対側の建物を見つめている。

それは商人ギルドの本部。先ほど彼はそこで、Ｆランク商人の資格を返上して来たのだ。

手にあるのは一通の手紙。去り際にギルド職員から渡されたのである。

両親から彼宛てのものが、届いていたらしい。

「内容は、わかっているんだよなあ」

まだ封は切っていない。溜息をつきつつ、手紙をぶらぶらさせる。

(どうしてこうなったんだろ)

彼の人生の転機。それは、ある大貴族が取り潰された事に端を発している。

大貴族の屋敷で働く使用人、その息子として生まれた彼。最近まで両親と共に、その屋敷に住み込みで働いていた。

(何だか、ひどく昔のような気がするなあ。ほんの数ヶ月前の事だってのにさ)

暗い瞳に映るのは、今思えば幸せだった日々。

懐かしくも切ない気持ちで、当時の事を思い出す。

お使いで屋敷を出た彼は、衛兵を見掛け会釈する。

「お疲れ様でーす」

「お疲れ様です」

衛兵も笑顔で挨拶を返す。

理由は彼が、大貴族の使用人だから。大貴族と揉めたくない衛兵達は、彼のような若輩者であろうと丁重に扱う。

そのまま南へと歩き、商店街へ。

「すみません。ヒレ肉のいいところを大ブロックで八つ、夕方までに届けて欲しいんですが」

目当ての肉屋に到着し、注文。

店の親父は笑みを浮かべつつも、申し訳なさそうな様子を見せた。

「わざわざ来てもらって、すみませんね」

「いえ、他にも回るところがありますから。気にしないで下さい」

この店の親父とは、馴染みである。

毎日御用を聞きに、屋敷へと姿を見せるからだ。今日彼が来たのは、急に予定が入ったため。

明日の夜、それなりの人数を招くらしいのだ。

肉屋を出ると、八百屋に酒屋などを訪ね歩く。

どの店でも、上客として扱われた。しかし、彼の心に変化はない。当たり前の事だと感じている。

働き始めた最初から、こうだったからだ。

「じゃ、よろしくお願いしますね」

最後の店を出て、お菓子屋に向かう。そして屋敷への帰路についた。

戻った後は執事に報告。白髪を油できっちり固めた、この屋敷の使用人のトップ。

いつかは自分もこうなりたいと願う、憧れの地位だ。

「はい、お土産」

中庭に進む途中、廊下で掃除していた幼馴染みを見つけ、シュークリームの箱を左右に振る。

顔をほころばせた少女は、箒を片手に駆け寄って来た。

「じゃ、お茶にしましょ。準備するね」

中庭に出ているテーブルの一つを占領し、紅茶でお菓子をつつき始める。

「仕事中じゃなかったのかい？」

「いいの。お客様のための準備は、明日の午後から。だから今日は、時間があるのよ」

聞いた彼も、それはわかっている。

基本的に貴族の屋敷は、人員に余裕があるのだ。

年中行事や、大きな催し物。それらの準備や後片づけは忙しい。しかしそれ以外は、結構暇なのである。

実際彼の母親など、仕事をしている時間より、同僚と話をしている時間の方が何倍も長い。

「どなたがいらっしゃるんだい？」

幼馴染みは、思い出そうとするかのように上を見る。しかし、前髪を目が隠れるほど伸ばしているため、その瞳は見えなかった。

彼はその前髪を、指で横にずらす。

「ちょっと！」

「いいじゃないか、もっと顔が見えた方がいいよ」

「気にしているの、知っているでしょ」

幼馴染みはそばかすが多い。それを隠したくて、前髪を伸ばしているのだ。

(逆に、かわいいと思うのだけどなあ)

他にも、胸が全然ない事などでも悩んでいる。

彼としてはすべてが好ましいのだが、それを口にすると、からかわれたと思うらしい。

本気で怒り出すので、言えないでいた。

「騎士団関係の方が多いみたい。上級操縦士や元上級操縦士の皆さんよ」

騎士団で上中下の級分けが廃止された事を、彼女は知らない。

だから元上級操縦士というのは、ＯＢの事だ。

「へえー」

騎士団。それは男子に、最も人気のある職業。

体高十七メートルにもなる人型ゴーレムに乗り込み、剣や魔法を振るって戦うのだ。多くの者が憧れるのも、無理はない。

「見初められたりしないかしら」

「あーうん、頑張ってね」

気のない返事に、幼馴染みは声を大きくする。

こんな時間が、いつまでも続くと思っていた。

だが半月後、唐突にそれは終わりを告げる。

ある日家に戻ると、難しい顔で父が座っており、衝撃的な事実を告げたのだ。

「この家は、取り潰しになった」

建物や施設の修理など、主に大工仕事を得意にしていた父。

いつもの快活で頼もしい雰囲気は、どこにもない。

彼は理解出来ず、聞き返した。

「理由はわからん。だが国王陛下のお決めになった事、我々が何か言う事など出来はしない」

苦虫どころか、毒虫を噛み潰したような表情。

驚きのあまり、声が出なかった。

「先ほど執事から話があってな。もしかしたら、何かの間違いかも知れないとの事だ」

表情を明るくする息子を手で押し留め、言葉を続ける。

「掛けられた嫌疑が晴れれば、取り潰しはなくなる。それまでは、皆でこの屋敷をお守りする。とりあえずそう決まった」

そこで息子に、鋭い視線を飛ばす。

「だがな、それはあくまで希望。皆がそう信じたがっているだけだ。取り潰しの決定が覆るなど、まずあり得ない」

身の振り方は決めておけ。

その言葉の重さに、黙って唾を飲み込むしかなかった。

王城へ呼び出された後、戻って来ない主とその家族。

屋敷を使用人だけで守り始めて、数日が過ぎた。しかし、吉報はいまだ届かない。

逆に、避けえない問題が発生してしまう。

「食料が足りない」

料理長の言葉に、皆が昏《くら》い表情で顔を見合わせる。

これまでは、御用聞きに注文するだけで済んでいた。彼らは毎日顔を出すので、不足するなどという事はなかったのである。

だが今は、一人として姿を見せない。

「じゃあ、僕が注文して来るよ」

腰軽く、彼が手を上げる。

周囲の者は頭を左右に振るが、止めはしなかった。代替案を持っている者など、いなかったのである。

(来てくれないなら、こっちから行けばいいのさ)

貴族の屋敷を囲む塀は、世間の荒波を中に入れない。

そして、互いに甘い人間関係の中で育った彼。

人に甘いが、人が甘くしてくれる事を期待してしまう。悪い意味で育ちがよかったのだ。

商店街へ到着すると、馴染みの肉屋の扉をくぐる。

「注文いい?」

だがそこで、現金での支払いを求められ戸惑う。今までにない事だったのだ。

「ツケじゃ駄目なのかい?」

その言葉に店の親父は腕を組み、首を左右に振る。

(本当に、同じ人なのかな)

彼が知っているのは、腰低く笑みを絶やさない好人物。今のような厳しい表情は、見た事がなかったのだ。

(嫌疑が晴れたら、出入り禁止だね。謝ったって遅いんだから)

心の中で復讐する未来を想像し、少しばかり溜飲を下げる。

そして買い物を諦め、次の店へ向かった。

だが次の店も、さらにその次の店も扱いは同じ。結局、手ぶらで屋敷に戻るしかなかったのである。

「やはり駄目だったか」

執事は目を閉じ、息を吐く。

近くにいたメイド長は二度鋭く手を打ち、注目を集めた。

「こうなれば、臨時娼館を開く他ありません。よろしいですね」

五十代半ばと思われる、長身で痩せ型の女性。その硬質の声に、メイド達は不安げに顔を見合わせる。

そのうちの一人が、おずおずと片手を上げた。

「私達などに、お客様は来ていただけるのでしょうか」

娼館と言えば、女性の多くが憧れる職場。

働き手は厳しく選抜され、優れた接客技術を身につけた者しか雛壇に座れない。

実際メイド達の中には、娼館で採用されなかったためここに来た者もいる。

「あの方達相手に、競えるとは思えません」

片や自分達は、貴族の屋敷でマナーを叩き込まれたとは言え、ただの召し使いでしかない。

ベッドの上の接客も、屋敷を訪れた客ぐらいしか経験がなかった。

「心配はもっともです。ですが私達には、『貴族の屋敷のメイド』という付加価値があります。必ずやお客様はいらっしゃるでしょう」

断言する様子に、メイド達の気持ちがいくらか落ち着く。

「ですがその効果は、いつまでも続くものではありません。一ヶ月、この一ヶ月が勝負です」

強い視線で、周囲を見回す。

「その間にお金を稼ぎ、故郷への旅費とします。よろしいですね？」

メイド達は、大きな声で返事をする。

こうして使用人達は、臨時娼館にたずさわる者、蓄えを持って地元へ帰る者、自力で道を切り開く者に分かれたのだった。

「僕は商人になるよ」

彼は両親に宣言する。

ちなみに父母は蓄えがある方だったので、故郷へ戻る事にした。

ただその故郷も、離れてから数十年が過ぎている。決して勝手がわかる土地ではない。

「だからちょっと、元手を貸して欲しいんだ。ちゃんと儲けから仕送りするからさ」

両腕を伸ばし、手のひらを向ける息子。それを見て、二人は少し考える。

切り札とも言える貯蓄だ。それを出すのは怖い。

だが彼らは、やはりこの息子の親であった。人に甘く、また甘くされるのを期待している。

（商人や冒険者には、ギルドがある。きっと若手の面倒を見てくれるだろう）

命の危険が少ない分、冒険者より遥かにいい。もし冒険者になると言っていたら、無理にでも故郷に連れて行っただろう。

こうして彼はそのお金で、小さなゴーレム馬車を購入。登録料を払ってFランク商人となったのだった。

（商品を買い、運び、そして売る）

彼は自分のやるべき事をそう把握し、実践。

だが、なかなかうまく行かない。利幅は薄く、自分の経費ばかりが積み上がる。

（やっぱり、皆と同じもの売ってちゃ駄目だね）

そこで考え閃いたのは、王都ならではの商品を扱う事。

（そうだ、ポーション！　ここでしか手に入らない、高ランクなものがあったはず）

高ランクポーションは、瓶のラベルに作製者名を入れるのが普通。その理由は信用だ。

Dランクポーションは値が高く、人によっては一生に一度の買い物。当然ながら、試しに使うような事は出来ない。

そして求められるのは、いざという時の性能だ。名の知れた工房の物を求めるのもわかる。

（けど最近、名無しのが売られているんだよねえ）

別にその分、安い訳でもない。

名ありのポーションを買えなかった者達が、渋々購入したのが始まりだった。

（質も悪くないみたいだし、それに何といっても量だよ）

ところがそのポーションは、いい意味で客を驚かせた。

品質はDランクの中でも最高級。苦情は唯一、誰が作ったのか記されていないというもの。

『製作者の名は明かせませんが、代わりに当ギルドの保証がございます』

そう返答されれば、これ以上の文句は言えない。黙って、また買うだけである。

評判を聞き訪れた新たな客達は、商人ギルドのカウンターで少しばかり驚いた。

「まだ売っているのかい？」

通常、噂になった商品はすぐに完売。彼らの心情は、期待一割の諦め九割で、まさか買えるとは思わなかったのである。

しかし本格的な驚きは、ギルド職員の説明によってもたらされた。

「Dランクポーションが定期的に？　しかも毎週？」

高ランクゆえに供給が不安定だった品。それが数本とは言え、毎週納品されているという。

我が耳を疑い聞き返せば、ごつい顔の職員が満面の笑みで頷く。

『王都の商人ギルドに行けば、Dランクポーションが手に入る』

情報は瞬く間に広まり、王都名物の一つとなったのだ。

(王都のDランクポーションを仕入れれば、凄く高く売れるぞ)

自分の思いつきに感心しながら、商人ギルド本部へと足を伸ばす青年。

(どこの工房で作っているのか、教えてもらおう)

断られるとは思っていない。

なぜなら彼は、王国商人ギルドの構成員。言うなれば身内だ。

彼の考える『普通』で言えば、笑顔の上に地図つきで答えてくれてもおかしくない。

しかし現実は、彼の『普通』とは違っていた。

対応した強面の男は、聳え立つ城壁のように拒絶し続けたのである。

(何か変だよ、商人ギルドって)

構成員へのやさしさが足りない。そんな不満を感じながらも、仕方がないので名の知られている薬師の工房へと向かう。

だがそこでは、門の前で弟子達に追い払われてしまった。

(きっと留守だったんだ。しょうがないよね)

ブランド品の購入を諦めた彼は、結局露店でジャンクポーションを仕入れる。

露店とは、翌日には店が消えているようなところ。当然ながら、品物に対する保証はない。

そのため一般人への販売は、商人ギルドが厳しく禁じていた。

（うわあ、安いなあ。商人の資格って役に立つんだ）

しかし彼は、Ｆランクとは言え商人。一般人ではない。

自分で責任を取れるとみなされ、買う事が出来た。

（何とか一息、つけそうだね）

王都を出て、北へと向かう。

行く先々の町や村で、ダース買いしたジャンクポーションを売って行く。悪くない利益が上がり、顔をほころばせた。

彼は気づいていないが、売り払ったポーションの質は最低かそれ以下。

だがポーションは、万一のためにと薬箱に入れておく事が多い品物。発覚するのは、彼が去ってしばらく後の事である。

（ポーションの後は、いい商品がないなあ）

安く買えず、高く売れない状況が続く。

結果、資金は減り続け、最近は商品の購入どころか、生活するお金にも困る有様だった。

王都で再度ジャンクポーションを仕入れようと、馬車を進ませる。

（やれやれ、やっと戻って来たよ）

何とか王都にたどり着いたものの、今は完全にすっからかん。

いかに安物のポーションであろうと、仕入れ不可能である。

（よし、こんな時こそ商人ギルドだ）

そう考えた彼はギルドに赴く。そして窮状を訴え、融資を願い出た。

「申し訳ありませんが、お貸しする事は出来かねます」

あっさりと断られ耳を疑う、以前は貴族の屋敷の使用人だった青年。

自分のような新米商人が、困っている。それなのに貸せないとは、どういう事か。商人ギルドは、互助組織の一面もあったはず。

「今助けないで、一体いつ支援すると言うのですか！」

彼は食い下がったが、担当者は首を左右に振るばかりである。

「こんなんじゃ、会費を払っている意味がありません。商人をやめさせていただきます」

そう言って、ギルドカードを叩き返す。

担当は丁寧にお辞儀をして、そのカードを押しいただく。そして銅貨を数枚、机上に置いた。口座の残高らしい。

彼が期待した、慌てて引き止めるような素振りはない。

「駆け出しを見捨てるようじゃ、商人になりたがる者なんていなくなりますよ」

最終手段に訴えても、効果のなかった彼。

銅貨を手に取ると、捨て台詞を残して商人ギルドを出る。

肩を怒らせて広場を横断するものの、行く当てなどない。

そのためこうして、建物の影に座り込んでいたのだった。

（あーあ）

大きな溜息が出る。

そして手にしている手紙を見た。

読みたくはないが、いつまでもそのままにはしておけない。

ナイフで封を切り、読み始める。内容は想像のとおりだった。

両親も彼と同じく、本当にお金が底を突いたらしい。

大至急仕送りをするようにという言葉が、切迫した様子で綴られていた。

(最近、仕送りしてなかったからなぁ)

最初の内は、約束どおり行っていた。だがそれとて、元金を切り崩しての事である。

仕送り出来なくなったのは、崩す資金すらなくなったからだ。

付された近況を目にし、さらに暗い気持ちになる。

父も母も働きに出たものの、すぐにやめたそうなのだ。

(田舎じゃ仕事がないのかなぁ)

彼の考えは、正解ではない。原因は両親の側にある。

仕事よりも、おしゃべりをしている時間が圧倒的に長い。そんな働き方を何十年と続けて来た母は、癖がどうしても抜けず、どこへ行ってもお断りされていた。

(家を建てたりとかも、あんまりないいんだね)

大工仕事を主に担当していた父。

息子は知らなかったが、行っていたのは応急修繕などの簡単なもののみ。

増築、改築、大規模修繕などは、屋敷外の職人に発注されていたのである。

そのため技量は、日曜大工に毛が生えた程度でしかない。本格的な建設現場では、まったく通用しなかったのだ。

それどころか誤った知識から変な癖がついており、年下に叱責される事もたびたび。

ついに父は、朝から酒を飲むようになってしまったのである。

「もう、冒険者にでもなるしかないな」

商人資格を返上した今、商品を仕入れる事は出来ない。

いやそれ以前に、今日の食事代すら怪しいのだ。

切羽詰まった彼は、自分のいる影を作っている建物、広場の西側に聳える無骨な館を見上げた。

冒険者ギルドである。

(入ってみるか)

のそりと、石畳から腰を上げるのだった。


夏の強い日差しを受けて、庭森の草木が輝いている。

とくに薬草樹は、その緑の光で目が痛くなるほどだ。

「もう昼過ぎもいいところだな」

俺は居間で夏野菜カレーを食べながら、独り言ちる。

水属性の精霊獣、亀の登場によって夏の実りが止まらない。

俺は必死になって処理にあたり、近所の屋台におすそ分けして回った。

朝に収穫したのを配り終えた俺は、お返しに貰った夏野菜カレーで、遅い昼食を取っていたのである。

「まあ、亀もセーブを掛けたって言うし、大丈夫だろう」

ダンゴロウが精魂込めて作り上げた土。そこへ亀の駄々漏れ環境改善パワーが流れ込んだ結果、大収穫祭につながったのだ。

廃棄が必要なほどの実り、これにはイモスケ達も大慌て。

先ほど皆で池に出向き、亀に自覚を促したのである。

「そうだ、亀と言えばあの黒い本。読んでみるか」

食後すぐの激しい運動は、体によろしくない。

娼館へ向かう前に、少し休憩する事にした。

「どれどれ」

えらく重い大判の分厚い本。装丁はしっとりとした黒い革。表題とかは何も書かれていない。

表紙をめくるとそこには、真っ白なページがあった。

「んん？」

次も、その次も同じ。十数ページほど進むと、ようやく文字が現れる。

「何なんだ？　この妙な空白」

しかも出だしに、不自然な余白が広く取られている。十数行下ったところの途中から、唐突に書き始められているのだ。

それ以降は細かい文字が隙間なく、びっしりと書き込まれている。

「目が痛くなるなあ」

ページをめくって行くが、挿絵や図など何もない。ただただ、文字が並ぶだけ。

「読めん」

顔を上げ、呻く。

まったくわからない。俺が石像から貰った『人族の一般的な公用語の能力（D）』では、太刀打ち出来ないようである。

「石像？」

そこで心に引っ掛かるものがあり、久しぶりに頭の中の本を開いてみた。

この世界に転移した時、謎の石像から与えられた物。

普段は気にならないが、意識を向ければ明確に感じ取れる存在。

「やっぱり！」

思わず大声が出た。

そこに書かれていた文字は、俺の頭の中にある本の二ページ目以降、そこに記されている謎の文字と、よく似ていたのである。

「いや、似ているなんてものじゃないぞ。何個かは完全に同じだ！」

興奮した俺は、本を両手に庭へと飛び出す。

そしてイモスケに、亀を呼んでくれるよう頼んだ。

「何て書いてあるんだ、これ？」

「魔術書？」

「言語は何？」

「書いたのは誰？」

前のめりになっている俺は、矢継ぎ早に質問を繰り出す。

それはイモスケを経由して亀に届き、またイモスケから俺へと戻る。

『わかんないって』

結果、答えは一言に集約されていた。

「内容は不明。何の本かもわからない。そして持っていたのは、昔背中に住んでいた人族」

質疑応答を繰り返し、最終的に得られたのがこの答え。

そしてその人族は魔術師だった、という事である。

「うーん」

残念ながら、収穫はあまりない。

俺は薬草樹に背を預け、あぐらの上に本を開く。

何かわからないかと、頭の中の本と照らし合わせてみた。

「いや何か、凄く文字数が増えているんですけど」

俺の頭の中の本、その二ページ目以降。

初めて見た時は白紙だったはず。次に見た時は、そのページを埋めるくらい。

そして今は、何十ページにも渡って文字で埋め尽くされている。

意味がわからないだけに、恐怖心を抱かせられた。

「あれ？」

それでもねちっこく見比べていくと、違いに気づく。

「亀の本は、手書きだな」

俺の頭の中の本は、印刷物のよう。同じ文字は、まったく同じ形をしている。

しかし亀の本は、少し違う。明らかに手書きの文字であった。

「と言う事は」

頭のいい方でない自覚は、充分にある。

それでも懸命に考えると、一つの可能性が浮かび上がった。

「書き写したんじゃないかな。他の本からか、もしくは頭の中の本を」

他に答えは導き出せない。

「かつて、俺のような存在がいた。そういう事か」

俺を転移させる時、妙に手馴れた様子だったのを思い出す。

そうであっても不思議はない。

俺はその日、夕刻までうんうんと唸った。

「もういい！　わからん」

最終的に頭がオーバーヒートした俺は、そう叫んで歓楽街へ飛び出す。

向かう先は世紀末娼館。

カウンターで支払いを済ませると、重い扉を押し開けプレイエリアへ。

そこには、王都の街並みを模したセットが立ち並んでいる。

(見っけ)

すぐ近くの雑誌を売る屋台。そこでは売り子の女性が、商品を並べる作業をしていた。

勿論、本当の売り子ではない。世紀末娼館の従業員である。

「ヒャッハー！」

走り出した俺は、ズボンを脱ぎ捨てつつ大ジャンプ。

おそらくわざとだろう。こちらに尻を向け、前屈みに作業をする売り子さん。その背後から思い切り抱きつく。

驚き悲鳴を発するが、気にする必要はない。ここはこういうお店なのだ。

「おとなしくしろ」

石畳模様のカーペットに頭を押さえつけつつ、定番のセリフを口にする。

もう一方の手でスカートをたくし上げ、折り返す動きで下着をずり下げた。

すでに売り子さんは、準備万端。俺は、一呼吸で侵入する。

(はあ、あったけえ)

きつくはないが、それもまた良し。

俺はストレスを燃料に、自分勝手に動きまくる。相手の事などお構いなしだ。

(こんなところか)

激しく尻を振り回していた売り子さん。だがそれも最初のうちだけ。

次第に動きが鈍くなり、最終的に動かなくなってしまった。

適当なところで俺は思いを遂げ、賢者へと変身する。

(そういや以前、街並みセットの陰で、時間を潰しているのがいたなあ)

さすが賢者、記憶もクリアーに思い出す。

適正に開発されておらず、喜びを覚える回路が不完全だった彼女。

俺のチューニングを受けた結果、男達が列をなして追い掛けるほど人気が出た。

（久々に会いに行くか）

もしかしたら、格上の娼館へ移籍しているかも知れない。

だがそれでも構わない。王都で遊び続けていれば、いずれ顔を合わせる事もあるだろう。

いまだ突っ伏したままの売り子さん。俺はそのスカートを下ろし整えると、意気揚々と歩き始めたのだった。


夏の昼下がり。

王都中央広場の西に面する、無骨な建物。

冒険者ギルドの本部であるその建物へ、一人の若者が入って行った。

（緊張するなあ）

当たりの柔らかそうな、ぼうっとした印象。

先ほど商人ギルドで、Ｆランク商人の資格を返上。広場の隅で金に困ってうずくまっていた人物である。

（あれ？）

扉の向こうに広がる大きなロビー。そこを目にし、意外な印象を受けた。

（あまり人がいない）

もっとこう、多くの猛者達がざわめいている様子、そんなのを想像していたのである。

ところがロビーはガランとしており、奥のカウンターに女性が一人座っているだけだ。

採取の依頼でも受けようかと、カウンター手前の掲示板を見る。

(何もない)

彼の知らない事であるが、もともと王都近郊は採取に適した地ではない。

いろいろな草や木の実、動物、鉱物などは田舎の方に多く存在した。

これまで採取依頼が多かったのは、王都が大消費地であったのと、物の流れが悪くて素材が届かなかったからである。

(どうしよう)

今日何度目かの溜息を、一番の大きさで吐き出す。

「大丈夫、私が何とかしてあげる」

すると後ろから、受付嬢が声を掛けて来た。

どこかで見掛けたような気もするが、思い出せない。

「採取依頼がなくて、困っているんでしょ？　そういう人、多いのよ」

地方から質のよい素材が、大量に運び込まれるようになった今、王都での採取依頼は激減。

それを生活の糧にしていた駆け出し冒険者達を、非常に悩ませていたのだ。

「いい仕事があるんだけど、やらない？」

「いい仕事ですか」

オウム返しをする彼に、受付嬢は微笑みながら説明。

「簡単で、それなりの報酬が貰える仕事があるの」

目をのぞき込みつつ、これが一番重要なんだけど、と言葉を続ける。

「何と言っても、人の役に立つのよ。素敵でしょ？」

（それはいいな）

やさしくされ面倒を見てもらう事に慣れている彼は、笑顔に笑顔で返す。

だが、そこで気づく。もう、冒険者登録をする金すらないのだ。

おそるおそるその旨を申し出るが、受付嬢の笑顔は変わらない。

「心配いらないわ。成功報酬からの天引きにしてあげるから」

その言葉に、心が温かくなる。

貴族の屋敷を出て以来、人からの助けに飢えていたのだ。

（やっぱりギルドはこうじゃなくちゃ。商人ギルドとは大違いだよ）

冒険者登録を済ませると、すぐにロビー片隅の席へ。

そこには、彼のような駆け出し冒険者が二人待っていた。

どちらも若い。とくに腰に帯剣した方は、少年と呼んでもいいくらいである。

「ゴブリン退治ですか」

受付嬢の説明に、先にいた二人は反応しない。すでに説明を受けているようだ。

ゴブリン。

それは人型の魔獣で、背丈は人族の子供くらい。

冒険者達の間では、弱いと言われている。群れをなして生活するのは、その弱さゆえだろう。

「そう。南の村に出たんですって」

そして受付嬢は先にいた二人を見回し、彼を指差す。

「幸い、この人が馬車を持っているの。今から向かえば、夕方前には着くわ」

育ちのよい彼は人差し指を向けられ、何となく嫌な気持ちになった。

(登録時に名前を伝えたはずなのに、この人って言うのも何だかなあ)

そんな気持ちも湧くが、より大きな問題があったのでそちらを優先。他の二人と、小声で言葉を交わす。

懸念は当たり、彼が代表して言葉を発した。

「ですが僕達、ゴブリンを倒した経験なんてないですよ」

だが受付嬢は自信満々。腰に手を当てて胸を張る。

「大丈夫よ、一匹って話だから。若い男の人が棒でも持てば、何とでもなるわ」

反応の薄い彼らに、受付嬢は言葉を重ねた。

「子供の身長しかないのよ？　あなた達、子供一人を相手に負けたりするの？」

言われてみて、想像する。

素手、あるいは木の棒を持った子供。それを三人で囲む、剣や棒を構えた自分達。確かに負けるとは思えなかった。

他の二人も同意見のようで、頷いている。

「わかりました、受けます」

その場で手続きを済ませた彼ら。すぐにギルドを出て、馬車止めへ向かう。

村では食事と寝床を提供してくれるとの事なので、夕方前に着きたかったのである。

他の二人も彼と同じように、今日の食事にさえ困っていたのだ。


王都出て南へと向かう、小さなゴーレム馬車。

その幌付きの荷台に座り、少年は腰の剣をなでる。

(やっとこいつに、活躍の場が来たな)

短めの片手剣。どこでも手に入る普及品だが、少年にとっては宝物。

ちなみにまだ、使った事はない。素振り程度である。

冒険者たるもの剣は必須。そう考えていたが購入する金がなく、展示品を見るだけで諦めていた。

しかしそこで受付のお姉さんが、相談に乗ってくれたのである。

『お金は後でいいわ。成功報酬から、分割して差し引いてあげる』

そう言ってもらえたため、手に入れる事が出来たのだ。

(だけど結構、負担だよなあ)

採取依頼がないため、仕事を選んでなどいられない。

歓楽街の街路掃除やゴミの始末、草むしりなど何でもやった。

だが地を這いずるようにして稼いでも、半分は剣の支払いに取られてしまう。

本当に毎日、やっとやっとの生活だった。

(それにしても暇だ)

御者台に二人がいるため、荷台には自分独り。話し相手もいない。

膝を抱え、これまでの事を思い返す。それは自分が、冒険者になるため王都へと出て来たエピソード。

数ヶ月前まで少年は、アウォーク西の宿場町で弁当売りをしていた。

売る相手は、大型ゴーレム馬車の乗客達。その日の昼食にと買い求める客は多く、朝はかなり忙しい。

(帝国が攻めて来たんだって？)

窓から手を出す客に弁当を渡し、代金を受け取りながら考える。

ランドバーンが侵攻を受けたそうで、宿場町は朝からその話題で持ち切りだった。

しかし少年も含め、深刻に受け止めている者は少ない。以前にも何度かあり、すべて撃退していたからである。

(せっかくだし、見に行こうかな)

何十騎という騎士達が、ランドバーン西の平地で睨み合っているらしい。

(格好いいよなあ)

騎士は少年達の憧れ。

もし王国の旗騎である騎士団長専用騎が来ているのなら、仕事を休んででも行くつもりだった。

だがその後、ランドバーン陥落の知らせが届き、大いに驚く。

(行かなくてよかった)

二人きりの夕食の席。その話を聞かされ、胸をなで下ろす。

正面に座る叔母は、言葉を続けた。

「ランドバーンが帝国の物になった以上、ここを通る旅人は少なくなるわ」

少しやつれたような顔に、憂いが浮かぶ。

この宿場町は、ランドバーンとアウォークの中間点。片方を失った今、客足は激減するだろう。宿で働く叔母に、弁当売りの自分。どちらの仕事も成り立たなくなる可能性が高い。

少年は渋い表情を作り、後ろ頭をガシガシと掻く。

「もしかしたら、ここも戦場になるかも知れない」

しかし、続く叔母の言葉に息を呑んだ。

そうなのだ、帝国がランドバーンで止まるとは限らない。定期馬車で一日の距離にあるこの宿場町など、騎士にとっては指呼の距離だろう。

「私はアウォークへ行くつもり。あなたはどうするの？」

数年前に両親を亡くした少年。母の妹に引き取られ、これまで面倒を見てもらって来た。

(そろそろ、自分の道を自分で決めろって事かな)

叔母の問いを、そのように受け取った少年。しばし黙考し、強い口調で答える。

「王都へ行って、冒険者になるよ」

決めていたのだ。将来は冒険者になると。

少年の両親は商人。二人の乗った馬車は北街道で灰色虎《グレイタイガー》に襲われ、帰らぬ人となっていた。

(仇《かたき》を取りたい)

留守番をしていた彼の、最初の思いがそれ。

だが次に、一つの願いが心の中に生まれ出る。

(皆が街道を、安全に行き来出来るようにしたい。父さんや母さんのような人を、これ以上出さない

ためにも)

その願いを叔母は知っていたのだろう。止めるような事は言わず、静かに頷いた。

ただ寝る前に、部屋に来るよう告げられる。

(何だろう)

いつもは宿で夜勤の叔母。夜、家にいるのは珍しい。

(父さんの形見の剣でも、くれるって言うのかな)

父が偶然手に入れた、古びた剣。その正体は人の心を宿した伝説の剣で、彼はその剣に導かれ、世界を救う旅に出る。

そんな事を妄想しつつ、叔母の部屋に向かう。ちなみに父が持っていた護身用の武器は、長い木の棒。剣ではない。

「入るよ」

ノックをして戸を開ける。

そこには仕事に行く時と同じように、しっかりと化粧をした叔母が、椅子に座っていた。

(うわあ)

その姿に、思わず鼓動が速まる。

叔母は母の妹。世間的にはどうあれ、少年からすれば若くはない。

だが、美人であった。

「座りなさい」

そう言われ、叔母の対面の椅子へ腰を下ろす。

ちょっと疲れた感じのする、しっとりとした雰囲気。

ひそかに憧れていた叔母から見つめられ、呼吸が苦しくなった。

「あなた、まだ子供でしょう？」

意味がわからず、戸惑う。

自分では子供ではないと思っているが、叔母から見ればそうなのかも知れない。

「冒険者になるなら、大人にならなきゃ駄目よ」

（王都に行っちゃ駄目って事なのかな）

反論しようと口を開けかけた時、叔母が人差し指を突き出し、少年の唇に触れた。

そして妖艶に微笑む。

「だから、叔母さんが大人にしてあげる。これが私からの餞別よ」

驚きと期待、それに興奮で声が出ない。

半開きだった口は、叔母の口に塞がれ、長く長く息を止められた。

「大人の怖さ、教えてあげるわ」

耳元でささやかれ、ベッドにいざなわれる。

そしてそこから、夢のような時間が始まったのだった。

（痛て《いて》）

股間の痛みに、回想から戻る。

叔母の餞別を思い出して、ズボンが大きく尖ってしまったのだ。

（日が昇るまでずっと、気持ちよかったなあ）

憧れの叔母。それと交われる最初で最後の機会。

少年のたがは完全に外れ、ノンストップで朝を迎えるに至る。

最初こそ大人の恐ろしさを思い知らせていた叔母も、途中からは若さに圧倒されノックダウン。

意識を失った叔母を相手に、少年は朝まで腰を振り続けたのだった。

(このままじゃ駄目だ。処理しないと)

我慢出来ない。

幸い二人の仲間は御者台。荷台にいるのは自分独りだ。

(この揺れと車輪の音、わからないだろう)

頷き少年は、荷物から小さな布の塊を取り出す。

餞別を貰う前に盗んだ、叔母の下着だ。

思えば、気づかれないはずはない。きっと少年の気持ちを、わかっていたのだろう。

洗濯籠から手に入れたそれを顔に押し当て、叔母の香りを胸いっぱいに吸い込む。

そしてズボンを半脱ぎして、作業を開始。

(叔母さあん!)

心の中で何度も絶叫。馬車は荷台から後方へ、鮮烈な若き香りをたなびかせるのだった。

馬車は予定どおり、夕方前に村へ到着。

村長の家に案内されると、豪華ではないが量のある食事で腹を満たす。そして風呂に入り、布団で眠る。

ごく普通の生活だが、彼らにはありがたかった。

「じゃ、行って来ます」

翌朝、村近くの里山に入る。ゴブリンが目撃された場所だ。

「うわっ、虫」

先頭を歩く剣を持った少年が、うんざりした顔をする。

村人が踏み固めた道を歩いているため、丈高い草に悩まされる事はない。だが、小さな羽虫が顔の周囲を飛び回る。

おそらく、吐く息に反応しているのだろう。

「今度はアブだ！」

汗の臭いに惹かれたのか、いい音を立てながら彼らの周囲を飛び回る。

少年は剣を振り回すも、当てる事は出来なかった。

「夏の森は、嫌だねえ」

貴族の使用人だった彼は、こういう事に慣れていない。

三人一列の、一番後ろを歩いていた。

手に持っているのは、馬車に積んであった長い木の棒。剣の修業をしていない彼には、こちらの方が実戦的。

真ん中の青年も、同じような木の棒を持っている。

「くそっ、このっ」

虫を追い払うべく、打ち振るわれる少年の剣。危ないので二人は、少し距離を置く。

そして進む事しばし。

「えっ？」

前を行く少年が、何かに驚いたような声を上げる。

続いてスイングが止まり、剣が手から離れ地面へと落ちた。

「おい、どうした？」

後ろ二人の呼び掛けに、振り返った少年。

泣きそうな顔で、腹に刺さった木の槍をつかんでいる。

「出たっ！」

叫ぶ二人。

ゴブリンは、草むらにでも隠れていたのだろう。

彼らは木の棒で、むちゃくちゃに周囲を薙ぎ払う。

「わあっ」

前の青年が棒を投げ出し、悲鳴を上げる。

見ればゴブリンが顔に取り付き、鋭い爪で片目を抉っていた。

(子供と同じだって？)

冗談じゃない。

彼は自分と受付嬢の甘さに、今さらながら怒りを覚える。

(猿は子供より小さいけど、戦って勝てる？)

何の訓練も受けていない人族なら、素手で渡り合うのは難しい。

（ゴブリンは、猿より遥かに大きい）
さらに武器も使う。戦闘力は猿と比ぶべくもない。
ゴブリンが弱いというのは、徹底した訓練を積み、装備を整えた者達から見ればの話。
彼らのような一般人が、戦って勝てる相手ではなかったのだ。
（くそっ）
二人を見捨てて、走り戻る。
助けられる力など、自分にはない。
だが次の瞬間、脇腹に突き刺さる槍を感じた。
（うっ）
しかも一本ではない。
右脇腹の直後に左脇腹、次に背中。連続して突き刺さり、そのたびに体が揺すられる。
槍は少年が受けたのと同じ、先端を鋭く尖らせただけの木の棒。
しかし殺傷力は充分だった。彼のような、布の服しか着ていない者にとっては。
（どうしているかな）
急速に視界が色を失う中、浮かんだのは幼馴染みの姿。
そばかすだらけの顔を、長い前髪で隠している。さほど美人ではなく、胸もない。
（臨時娼館。ちゃんと客がついたのならいいんだけど）
自分は好きだが、客から好まれる要素は少ない。
それが心配だった。

（うわっ、いっぱいいる）

草むらから現れたのは、三匹のゴブリン。

しかも、これで全部ではなさそうだった。あちこちで小枝が動き、草を踏む音がする。

（誰だよ、一匹だなんて言ったのは）

それが彼の、この世で最後の思考だった。


半日が過ぎ、太陽が真上から傾き始める。

村長宅には、村人が集まっていた。

「戻って来ないねえ」

腰の曲がった老婆が言う。

村長は眉間に皺を寄せ、声を絞り出した。

「やはり、ゴブリンの群れが来ているという事だな」

周囲がざわめく。

ゴブリンが、単独で行動する事はまずない。一匹見掛けたなら、背後に複数いると考えるべきなのだ。

問題は、その数。

「一人も帰らないって事は、やっぱりそうなのだろうねえ」

老婆が頭を左右に振る。

数匹なら、冒険者達を警戒して姿を現さない。

何十匹といるのなら、殺すために襲い来る。

村長は、それを確かめるために冒険者を使ったのだ。

「王都へ避難するぞ。皆、荷物はまとめてあるな」

数が一匹と申告したのは、少ない方が依頼料の前金が安くなるから。

実際の数が多ければ、達成時に追加で払う。もし今回のように誰も戻らないのなら、残りの支払いは不要。

ちなみにこの村に、ゴブリンの群れを撃退出来るような資金力はない。彼らなりの知恵であった。

「日が落ちる前に、村を出る。単独行動は厳禁だ。死ぬぞ」

皆、一斉に頷く。

彼らはゴブリンの危険性を、身をもって知っていたのだ。


同時刻、王都冒険者ギルドのロビー。

客のいないカウンターで、受付嬢は暇そうに頬杖をついていた。

(あの子達、頑張っているかしら)

昨日、人助けのために出発した、若き三人の冒険者達の事を思う。

(相手はゴブリン一匹。もうとっくに倒して、今頃は皆に感謝されているわね)

助けられた村人は感謝し、助けた冒険者達も充実感を得る。

皆が手を取り合って喜び踊る姿を想像し、彼女は心が温かくなった。

(いい仕事したわあ)

もし、もうちょっと彼女の気が回れば、ゴブリン一匹という時点で違和感を感じただろう。

本当に一匹なら、金を払って依頼などしない。自分達で対応出来るからだ。

先輩達に相談すれば、アドバイスを貰えたはずである。

だが自己判断で独走するのは、前に勤めていた商人ギルドの頃と同じ。

彼女のレベルで依頼を受け、冒険者達を送り出したのだ。

『南の村を、ゴブリンの群れが襲撃。村人は避難を済ませていたため、人的被害はゼロ』

そんな情報がもたらされるのは、もう少し後。ちなみに三人の冒険者は、一人として戻って来ていない。

彼女は表情を曇らせ、事後処理へと取り掛かった。

（うーん。三人のうち二人は、登録料未納。仮申し込み扱いにしておいたから、申し込みそのものをなかった事にしましょ）

彼女は書類を取り出し、細かく破ってゴミ箱へ。

（村からの依頼だけど、ゴブリンの数が違っていたんだから不成立。これで依頼失敗にはならないっと）

さらに書類を破棄。

保管されていたのは、ギルドのキャビネットではない。どちらも彼女の机の引き出しの中。

綴られていない状態で、無造作に放り込まれていたものだ。

（後は鍛冶屋への支払いね。剣の残金。あの村からの前金を当てれば、マイナスにはならないわ）

その結果、南の村からの依頼、それに当日登録した二人の新人冒険者。これらの存在が、最初からなかった事になったのである。

登録済みの少年については、借金をすべて返済し終えているため問題にならない。

来月のギルド費が未納になり、再来月に登録を抹消されるだけである。

なりたての冒険者が顔を出さなくなるなど、仕事の減った今ではよくある話だった。

（ゴブリンの群れが来るなんて、そんなの誰にもわかりっこないわ）

まったくの想定外、完全な不可抗力。

依頼人に冒険者。誰が悪い訳でなく、誰の責任でもない。勿論自分もだ。

彼女は、心からそう考えている。

（次の仕事、頑張らなくちゃ）

気持ちを切り替え、他の依頼内容を思い起こす。

書類があるのは、彼女の引き出しの中。

南の村からの依頼と同じように、彼女レベルで止めている。依頼登録はまだ行っていない。

（全部完了してからの方が、楽なのよね）

依頼受付から報酬支払いまで、上長の承認が一回で済む。成功報酬の安い小口案件では、手続き簡素化のため黙認されている手法だ。

（木登り熊《クライミングベア》の赤ちゃん。それが迷い込んで畑を荒らしているから、追い払って欲しい、だったかしら）

魔獣とはいえ幼体。しかもそれが、たった一匹。実に簡単な仕事である。

その時玄関の扉が開き、外の光がロビー内に届く。

見れば、いかにも生活に困った様子の若者が、入口でロビー内を見回していた。

(ふうん)

頬杖をやめ、姿勢を正す。

見守るうちに若者は歩を進め、採取依頼用の掲示板の前へ。しばし眺めた後、頭を左右に振り溜息をついた。

それを見て彼女は、席を立つ。

「大丈夫、私が何とかしてあげる」

依頼の少なくなった冒険者ギルドの受付は、昔と違い一人の交代制。互いに仕事振りを監視するような機能は、失われて久しい。

こうして誰も気づかぬうちに、傷口は広がって行くのであった。


王都中央広場を挟んで、冒険者ギルドの真向かい。東側に建つ大きくも人を拒む威圧感のない建物が、王国商人ギルドの本部である。

日中を通して人の出入りは多いが、それでも時には空く。

夕方近くに訪れた人波の谷間を、職員達はコーヒーを片手に雑談をして過ごしていた。

「こう忙しいと、彼女に復帰してもらいたくなりますねえ」

口にしたのは、年若い青年。

定期的に持ち込まれる質の高いポーションが看板となり、商取引全体が活性化していたのである。

そして『彼女』とは、職員の負担を減らすべく臨時で雇った、二十代半ばの女性の事。

明るく前向きで評判のよかった彼女だが、夢に再挑戦するため、正式採用を辞退し職場を去っていったのだ。

「何を言っているんだ。最近は予約が取りにくくなるほどの売れっ子だぞ」

少し年上の髭面が、呆れた様子で返す。

『娼館で働きたい』

夢をかなえた元臨時職員は、今や下級とはいえ雛壇の主力である。

いかに商人ギルドが『一流企業』であろうとも、娼館の社会的地位はそれ以上で、給料もいいのだ。

「代わりを探すしかないが、焦るととんでもないのを引きかねないからな」

顔をしかめて髭面が言葉を継いだのは、『お嬢』の姿が頭に浮かんだからだろう。

臨時職員の前に勤めていた正職員で、商人ギルド東部支所長の娘である。

「ありましたねえ、伝票事件とか。先輩、当事者でしょう？」

肩をすくめる青年と、腕を組み眉根を寄せる髭面先輩。

伝票処理を間違えたので指摘すると、面白くなさそうな表情で口を尖らせる。

翌日同じ間違いを繰り返したので、再度指摘。すると今度は、返事もしない。

そして翌朝、先輩の机の上には、未処理伝票の束が載っていたのである。

「どうしたんだい、これは？」

手に取り、首を傾げ尋ねれば、

「私には難しいので出来ません。ご自分でやって下さい」

と鋭い口調でのたもうたのだ。

「仕訳《しわけ》が無理だとなると、頼める仕事が少なくなりますねえ」

思い出し表情を苦くする先輩と、軽い口調で感想を述べる後輩。

仕訳とは、ルールに従って伝票を数種類に割り振る作業。帳簿の元となるもので、難しくはないが重要な仕事だ。

平の事務員の、主要業務と言えるだろう。

「それで時間を持て余したお嬢は、ギルド内をうろつき出したんでしたっけ」

薄めのコーヒーを口元へ運びつつ、言葉を継ぐ年若い青年。

少しばかり年上の、髭面の眉間。そこへ刻まれた皺が深さを増したのは、苦情の矢面に立っていたからだろう。

よその部署に顔を出しては、年下の職員へおしゃべりを仕掛けていたお嬢。本人は考えてすらいなかったが、相手は決して暇ではなかったのだ。

結果クレームは、髭面先輩へ届けられる事になったのである。

「注意したら、仕事をさせろと言い出してな。何をと思ったら、『私は、後輩の指導がしたいんです』だと。あれには耳を疑ったよ」

口調に苦さがにじんだのは、彼のコーヒーが深煎りで濃かったからだけではないだろう。

「一体、何を教えるつもりだったんでしょうね？」

先輩の述懐に、相槌を打ちつつ尋ねる後輩。

「指導員の名のもとに自分の取り巻きを作るとか、その辺りだろうよ。上の立場に立って、ちやほやされたかったのさ」

髭面は肩をすくめ、吐き捨てるように返した。

「この話はここまでだ。お客様も来始めたし、仕事に戻るぞ」

ひどい目に遭った。表情でそう語る先輩と、頭を縦に振って同意を示す後輩。

だが二人は知らない。

『責任ある仕事を任せなかった』

ゆえに被害が、その程度で収まっていた事に。

そしてある程度の裁量権を手に入れたお嬢が、今何をし続けているのかを。

「それに今日は、彼女を予約しているんだ。残業などしてられん」

残りのコーヒーを一気にあおり、言葉を継ぐ髭面。ここで言う彼女とは、娼館に勤め出した元臨時職員の事である。

先輩をいじって楽しんでいた風のある後輩だが、耳にした瞬間、表情が素のものへと変化した。

「ずるいですよ先輩！　この間も行ったばかりでしょう」

「自分の時間に、自分の金で行くんだ。文句を言われる筋合いなどない」

口元に勝ち誇った笑みを浮かべたのは、後輩が金欠なのを知っているから。

奢って下さい、とねだる相手へ頭を横に振り、言葉を続ける。

「お前の分も、たっぷりと彼女の中に出して来てやる。今月はそれで我慢するのだな」

何の解決にもなっていません！　そう叫ぶ後輩へ背を向け、書類仕事を再開する髭面であった。

商人ギルドの前の中央広場を西へ横断し、王都西門へ続く大通りを進むと、歓楽街がある。

大通りに面しているのは、御三家を筆頭とする上級娼館。外れるに従って中級、下級と下がって行く。

日が落ちてしばしの時が過ぎた今、表通りから数本置いた細い路地は、庶民達でにぎわっていた。仕事を終え屋台で夕食を済ませた者達が、家へ帰る前に、一日の汗を娼館で流そうというのであろう。

「おっ？　もしかして俺の前か」

とある下級娼館の玄関先。出て来た髭面の青年へ、これから入ろうという見た目の少々怖いおっさんが声を掛ける。

「はいそうです。自分の次は主任でしたか。しっかりと味付けしておいたので、期待して下さい」

髭面は下がっていた目尻を戻し、少しばかり姿勢を正して答えた。

二人の関係は、商人ギルドの上司と部下。上司の方はタウロの言う、『強面の主任』である。

「随分と自信ありげじゃないか。なら明日、感想を聞かせてやるよ」

笑い合い、止めていた足を再度進ませすれ違う。

ロビーを突っ切りカウンターへ向かえば、部下をお見送りした直後なのだろう、お目当ての彼女が上気した頬のまま立っていた。

「主任、お待ちしておりました。今夜もよろしくお願いします」

カチューシャで留めた肩までの髪をサラリと動かし、敬意を込めて深々と腰を折る二十代前半の女性。

「もう上司じゃないのだから、普通に接してもらって構わないのだが」

「今の私があるのは、主任のおかげです。これからも指導して下さい」

苦笑するおっさんと、譲らないカチューシャ。

『娼館で働く女性へ、教えを与えるほどの実力者』

会話がそのような誤解を生んだらしく、背後の客達がざわめく。

「そうかい？　では仕事ぶりを見せてもらおうかな」

しかし強面のおっさんは、否定しない。逆に肯定するような返しを、あえて大きめの声で言う。

くすぐられた自尊心が心地よく、つい見栄を張ってしまったのだが、この程度なら許されるだろう。

（完全に嘘という訳でもないしな）

先に立って階段を上る、薄手の白いワンピースをまとった二十代前半の女性。そのしっかりとしたお尻と細い腰を眺めつつ思う。

『娼館の雛壇に座り、男性に癒しと喜びを与える』

その夢を、未練を残しつつも諦めていた彼女。背を押し再挑戦させたのは、確かに自分であるからだ。

（しかし、こんな事になるとは。よい人材を雇えたと思ったのだが）

ほんのりと苦い笑みを浮かべつつ、肩をすくめ息を吐く強面の主任。そしてこれまでの経緯へ、思いを馳せたのだった。

『商人ギルドの臨時職員』

それがつい先日までの、カチューシャの立場。

（飛び抜けて優秀な訳ではないが、やる気があって人当たりもいい）

好印象を抱いた強面の主任は、数日で正職員としての採用を告げた。

「あ、ありがとうございます。これからも頑張ります」

望んで来たのであろうに、一瞬とは言え見せた逡巡。訝しく思うのも当然だろう。

膝を突き合わせて真意を問えば、本心から就きたい職は別にあるとの事だった。

「娼館で働きたいのです」

それは容姿と技を高い次元で備えていなければなれぬ、世の女性達が憧れる花形の職業。

見た目の条件を満たしていたカチューシャは、かつてとある下級娼館で、ごく短い期間ながら雛壇に座った事があると言う。

「ですがお客様方に望まれず、雛壇メンバー兼事務員になりました」

うつむいた事でサラサラの髪が揺れ、表情を隠す。

結局その後、一度も雛壇へ呼ばれる事なく娼館は閉店。収入源を失った彼女は、商人ギルドの臨時員へ応募する。

『兼任ではなく、事務を専門とする職員になるの。あなたの道は決まったのよ』

正式採用の文言を、深層の意識はそう解釈したらしい。結果、奥底に封じ込めていた未練が刺激され、返答の遅れにつながったのだそうだ。

「……諦める前に、もう一度だけ挑戦してみたらどうかな？　よければ私達も協力しよう」

夢を追う若者の姿に、感傷がうずいたのかも知れない。明るく元気で、それでいてやさしい彼女の人柄も、応援したいと思わせたのだろう。

実際、強面の主任が職場の皆へ声を掛けたところ、多くの者から賛同を得られたのである。

「ズボン、失礼致しますね」

元臨時職員の声で、現実へと引き戻されるおっさん。

すでに二階にあるプレイルームへ到着し、ソファーに座らされていた。目の前の絨毯に膝を突いた彼女は、ベルトを外しズボンを脚から引き抜き、軽く畳んでテーブルの上へ置く。

(何っ！)

軽いながらも驚きで身を固くしたのは、脚の間に頭を置いた彼女が、おっさんの息子を口に含んだからだ。

(残業後、寄り道せずにここへ来たのだぞ)

シャワーすら浴びていない。つまり、『洗う前』の状態なのである。

しかしまったく気にする様子を見せず、見下ろした位置でカチューシャに留められたサラサラの髪が前後に動く。

(あいつか？　こんな技を教えたのは)

けしからんが、効果的な一撃だ。相手の虚をつく事で、自分のペースへ引き込む事が出来るだろう。

しかし出来得るなら、自分が伝授したかったと、少しばかりの妬心と共に思う。

『商人ギルドの皆が、彼女の先生』

その理由はこれである。

夢へ再挑戦すべく、商人ギルドの紹介で下級娼館の臨時雇いの地位に就いた彼女。容姿と性格は及第点であるものの、技量不足は深刻であった。

以前、雛壇を下ろされたのも、これが理由で間違いないだろう。

「俺が指導してやるよ」

「あたしの旦那、割と上手だから、お店に向かわせるわね」

「うちのお爺ちゃん、昔は結構名を売ったらしいわよ」

そこで取られた対策が、『個々人が指名し、教える』というもの。

腕に自信のある男性職員や、夫や家族に手練れがいる女性職員。それら商人ギルドに勤める者達の後押しによって、カチューシャは休む間もなく受け入れ続け、技を覚え、経験を積んで行ったのだ。

最終的にコンシェルジュのお眼鏡にかない、正式な雛壇メンバーとなって現在に至る。

(次はさすがに風呂か。それともベッドか)

頬張っていた物から口を離し、立ち上がりワンピースを脱ぐカチューシャ。ブルンと揺れる張りのある胸を見て予想するも、どちらでもなかった。

彼女はソファーに座る主任の膝の上へ、自らの中心線に迎え入れつつ、向かい合うように腰を下ろしたのである。

(体重を利用しての、奥までの飲み込み。そして突き当たった時に見せる、息を呑む表情)

悪くない、と思う。『効いている』というのは、自信を持たせてくれるものなのだ。

次に始まったのは、酔ったような表情での上下動。

激しくも速くもないが、一回一回、抜ける寸前まで腰を引き上げ、左右にひねりつつ根元まで受け入れるを繰り返す。

(自分本位ではなく、客に合わせた丁寧な仕事ぶり。さらに腕を上げたな)

ただ、体を洗わせずベッドも使わない、徹底してソファーで行うプレイの組み立ては、一体誰の趣味なのだろうか。

（あいつだけではない）

髭面の青年を筆頭に、頭の中で職員達の顔を思い浮かべて行く強面主任。しかし、決定づけるようなものはなかった。

やがて限界へ達し、カチューシャの腰をしっかりとつかんだ強面の主任。奥の口へ息子の口をくっつけると、一呼吸の後に口内へたっぷりと注ぎ込む。

（むうっ）

受けた彼女が仰け反り腹筋を震わせた事に、一層の感銘を受けた。

（タイミングも完璧だ）

話によると最近では、商人ギルド関係者以外の指名の方が多いらしい。

このまま順調に伸びれば、店の売り上げの上位に名を連ねるようになるだろう。そうなれば、中級娼館の目に留まる事もある。

（完全に独り立ちだな。おめでとう）

嬉しさと寂しさの混ざった眼差しを、いまだ海老反っている白い喉元へ向ける強面のおっさん。

これで一区切りなのだろう。体勢を戻した彼女は床へ立ち、プレイの汗や汁を洗い流すべくバスタブへと手を引いた。

「いや、せっかくここまでシャワーなしのプレイなんだ。風呂へ入るのは最後にしてもらおうか」

自分も何か伝授しようと、思い付きを口にするおっさん。

ベッドに上がり大の字に寝そべると、脇の下が見えるよう手を頭の後ろで組む。

「舐めて、全身をきれいにしなさい」

これも教えの一つと、理解したのだろう。カチューシャの瞳には光が強く灯り、ベッドへ膝で乗る。

そして首筋から、意欲的に舌を這わせ始めた。

胸、脇の下、腹、股間。靴下を脱いだ直後の足の指の間まで掃除させると、おっさんは体を反転させうつ伏せになる。

「ようし、こっちもだ」

そして真ん中から毛のはみ出した汚い尻を、要求するように左右へ振った。

「はい、喜んで！」

顔を輝かせたのは、本心からの前向きさだろう。

(どうだ。俺の次に来た奴、絶対に驚き、そして悔しがるぞ)

こうして強面のおっさんはプレイ終了の直前まで、繰り返し全身を舐めさせ、大いに満足したのだった。


オスト大陸北部、精霊の森最奥部。

聳え立つ世界樹の根元付近、そこにエルフの里がある。

「おい、何だか最近、水がまずくないか」

「あなたもそう思う？　何だか変よねえ」

住民達の間で最近、このような会話が交わされ始めていた。

どこよりもうまい。そう思われていた里の水。

その味が落ちている事を、敏感に感じ取っていたのである。

「精霊の湖の水質調査。その結果が出ましたので、ご報告致します」

世界樹にしがみつくように設けられた、木造の大きな館。

エルフ族を統《す》べる、ハイエルフ達の集う場所。

その会議室で、一人のエルフが書類を読み上げていた。

「濁り、色、匂い。いずれも異常なし。また、有害な成分も検出されておりません」

目の前にいるのは支配者達。

いかめしい表情で、背もたれの高い椅子に座るハイエルフ。その姿に威圧され、エルフは声を震わせた。

「数値的に申しますと、以前とほぼ同じ。水質の劣化は認められませんでした」

報告の内容に、各所から不満げな声が漏れる。議長の表情も厳しい。

「ではなぜ、水がまずくなっているのだ」

彼自身も、里の者達と同じように感じている。とてもではないが、今の説明で納得など出来ない。

「湖の守護者の不在が、原因ではないかと」

一旦、唾を飲み込み言葉を継ぐ。

「数値に表れない、何らかの恩恵。それが与えられていたのではないでしょうか」

水属性の強力な精霊獣、ザラタン。問題が出始めたのは、湖から姿が消えた後。

(関連性は誰の目にも明らか)

取水塔から呼び出されたエルフは、そのように考えたのだ。

「根拠は何？」

ハイエルフの老婆が、片眉を歪めたまま鋭く問う。

「……あくまで私見です」

その答えに、表情は咎めるものへと変化する。

「ここは最高会議の場よ。無責任な発言はつつしんで頂戴」

エルフは身を縮こまらせ、謝罪しつつ下を向く。

やりとりを眺めつつ、議長は心に溜息をつく。

老婆は釘を刺したつもりだろうが、効果はないだろう。やはり誰しも、そう思うのだ。

(ザラタンの帰りが遅れているだけで、こうまで違いが出るとはな)

エルフの兵と騎士を乗せたまま、いずこかへと転移した湖の守護者ザラタン。

精霊の湖への帰還は、まだだったのである。

(前回同様、すぐに戻ると思っていたのだが)

精霊の湖から島影が一つ消えた事に、里の者達はまだ気がついていない。

しかしそれも、時間の問題。

飲み水という関心事を、隠しておくのは無理だ。

(ザラタンが精霊の湖を、一時的にとは言え離れた理由。それをひねり出さねば)

アムブロシアを探しに行ったなどと、正直にはとても言えない。

そのような説明をすれば大騒ぎとなり、いずれ人族へと伝わるだろう。いかにエルフ族の民度が高くとも、どこかからは必ず漏れる。

（連中、目の色変えて探し始めるぞ）

人族の能力は低いものの、数がいる。そして低劣であるがゆえに、意地汚く欲深い。

薄気味悪くなるほどの執念で、大陸の隅々まで調べまくるだろう。人族が先に見つける可能性、それは決して低くなかった。

（あんな奴らに渡せるか）

伝承にしか残っていなかった、アムブロシア。果実はかの万能薬、エリクサーの原料になる。

議長の脳裏に、アムブロシアを見つけた人族の様子が映し出された。

それは実を枝ごと折り取り、得意げにポーズを取っている。顔に張り付くのは、品性の欠片もない笑みだ。

（絶対に認められん。アムブロシアは、我々の物）

想像に過ぎないのだが、映像は見て来たかのように鮮明。

不快な気持ちが湧き上がり、議長の口元を歪ませる。

「酒工房からも、心配する声が上がっております。このままでは、秋以降の品質に影響が出ると」

それは議長にとって、個人的に痛い。文字どおり、酒がまずくなる話であった。

「ザラタンに同行した者達から、連絡はないのか？」

エルフはうつむき、数名のハイエルフが首を横に振る。

あれば、何をおいても真っ先に知らせが届くはず。まだである事は、明白だった。

（まさか、戻らぬつもりではあるまいな）

氷の刃で、胸を突かれたような冷たさが走る。しかしすぐに、その考えを振り払った。

世界樹のふもとにある広大な湖。

精霊獣であるザラタンにとって、これ以上の環境はない。

（いや、もう一つの世界樹が実在するのなら、そうとも言い切れん）

ハイエルフの中でだけ、話し合われる機密事項。

世界の魔力収支の差から、その存在が推測されている新たな世界樹。

そこであるならば、精霊の湖に匹敵する環境があるかも知れない。

（しかし、ザラタンに限ってそれはない）

議長は眉間の皺をさらに深め、可能性を再度打ち消した。

根拠は、里に伝わる一つの伝承。

遥か昔、精霊の湖を我が物にせんと、強力な魔獣が攻め寄せた時の話である。

（海から転移して来たのだったな）

思い返す議長。

転移魔法をもって出現した、巨大な白い蛇達。

その凶猛さと数の力の前に、さすがのザラタンも劣勢に立たされる。

大魔獣同士の戦いに手が出せないでいたエルフ達だが、一人の若者が立ち上がった。

『蛇がザラタンに気を取られているうちに、白蛇の長を倒す』

力強く語った青年は、水魔法を駆使して背後から近づき、一撃を加える。

それは巨大な白蛇を倒し切る力こそなかったものの、大きな隙を作らせる事には成功した。

機を逃さず攻撃に転じたザラタンは、長を倒し、白蛇の群れを撃退したのである。

『感謝スル、賢ク気高キ者達ヨ』

エルフ達に礼を述べるザラタン。しかし青年は、長の反撃で命を失っていた。

『あなたがいなくては、私は生きてなどおれません』

深い悲しみに打ちひしがれた、青年の恋人。

彼女は世をはかなみ、精霊の湖に身を投げ後を追ったという。

二人の死に強く心を動かされたザラタンは、以来、エルフの里を見守るようになったと伝えられている。

(ザラタンは、我々エルフ族に特別な思いを持っている)

精霊の湖が、エルフの里に与えてきた恩恵。それが証拠。

(間違いなく、すぐに戻って来る。ただ長命な存在であるがゆえに、時間の感覚が我々と違うだけだ)

議長は、そう自分に言い聞かす。

ちなみに先の話をザラタンにすれば、ゆっくり瞬きをした後少し考え、

『ソノヨウナ事ハナイ』

と言っただろう。あくまでエルフの昔話なのだ。

「飲料水に関しては、里に送る前に浄化の処置を行え」

とにかく時間が必要。議長はそう判断し、指示を出す。

里から集められた、エルフの術者達。彼らは大挙して取水塔へと向かい、協力して大きな魔法陣を構築。

短時間で、浄化の魔法を起動させた。

（しかし、いつまでもは持たんぞ）

その様子を監督しながら思う、取水塔の隊長。

大量の水を浄化し続けるためには、多量の魔力を供給し続ける必要がある。

当面は三交代制で対応するつもりだが、術者達の負担は大きい。

（早く戻って来てくれ）

心からそう願うのだった。


王都にあるダウンタウンの北の端。

そこにある三階建ての建物の屋上には庭があり、高さ三メートルほどの木が生えている。

木のふもとには池が作られ、体長二十センチメートルほどの亀が泳ぎ回っていた。

（楽シイ）

この地の主に、池の管理を任された亀。ザラタンは機嫌がよい。

池をよくするために、手を加える作業。それが存外、面白かったからである。

（モウ少シ、魚ヲ呼ブカ）

すでに、多くの生き物を転移させている。

藻や小魚、それに海老、蟹、貝などだ。そろそろワンランク上の魚を交ぜても、生態系は回るだろう。

そんな事を考えながら行う作業は久々であり、心を沸き立たせた。

かつていた精霊の湖は、すでに完成形で、維持する以外やる事がなかったのである。

(トナルト、身ヲ隠ス場所ガ必要ダナ)

上位捕食者を連れて来るなら、小さな魚には隠れる場所が必要であろう。

しかしこの池には、それがない。

(アノ船、持ッテ来ルカ)

黒革表紙の本。それを保管しておいた沈没船。大きさも手頃に思えた。

早速ザラタンは魔法を発動させ、池の底に数センチメートル、北の海底では数十メートルの魔法陣を出現させる。

そして池底に、船の残骸を転移させたのであった。

(ココニ置ケバ、奪ワレル心配モナイ)

地下深くや廃墟の奥、あるいはこの沈没船のような海の中。様々な場所に物を置いていたのだが、結構なくなっていた。

物への執着はそれほどないが、いずれも思い出の品である。安全な場所があるのなら、そこに保管した方がいい。

(アノ者達モ、オラヌカラナ)

精霊の湖に置かなかったのは、森に住む人型の生物がいるから。

水属性魔法の得意な彼らは、すべてを根こそぎ持って行ってしまうのだ。

(移セルモノハ、移シテオクカ)

ここではザラタン以外、手を出せない水の中。しかも自分は、この地の主より管理を任されている。

心の赴くまま、好きなようにやっていた。

しかし、注意している事もある。

(水質ノ変化ハ、ホドホドニセネバ)

実は最近、この地の主と精霊獣から申し入れを受けたのだ。

森への影響が大き過ぎるから、自重しろとの事である。

(確カニ)

思い当たる節はあった。

急激な変化は、森にストレスを与えてしまう。楽しいからと、久しぶりに熱中したのがまずかったに違いない。

今は周囲の様子を見ながら、少しずつ行うようにしていた。

(モウ一周、見テ回ルカ)

精霊の湖では、ほとんど動く事のなかったザラタン。しかし今、短い手足で水を蹴り、周遊するように移動を重ねている。

その心に、精霊の湖に戻るという発想はなかった。


精霊の湖のほとりに建つ、取水塔。

そこから里へと宙に掛かる、流れる水で出来たアーチ。

里へ送る水の浄化を開始して数日。異変が起こっていた。

いや、変化が起こらなかったと言った方がいいだろう。

「どうして、水の味が変わらない？」

一人の術者が唸る。

取水塔内部に構築した、大型の魔法陣。三人のエルフが三交代制で囲み、魔力を送り込み続けている。

浄化の魔法は間違いなく発動。しかし、これだけの対策を施しているにもかかわらず、いまだ味が戻らなかったのだ。

（まずいな、成果がまったく上がっていない）

唸り声を上げる取水塔の隊長。

途方に暮れた彼は、浄化前と浄化後の水を瓶に詰め、指示を求めるべくハイエルフ達のもとへ送ったのである。

「一旦中止だ。再検証するらしい」

翌日、ハイエルフの議会から返答が届く。当番である三人のエルフは、大きく息を吐き出しつつ魔法陣のそばにしゃがみ込む。

魔力の供給を受けられなくなった魔法陣は、徐々に光を失い回転を止めた。

（なぜだ？）

答えを見つけられず、悩むエルフ達。

『水質の劣化は認められない』

実は最初の報告のとおり、水の質は悪くなっていなかった。

ではなぜ、味が落ちたと感じるのか。

やはりそれは、ザラタンの力であろう。ハイエルフに報告した者の想像のとおりだ。

強力な水属性の精霊獣は、その力をもって、滋味溢れるおいしい水に変化させていたのである。

(浄化魔法では、取り除けない雑味。それがあるのか?)

しかし隊長達には、知るよしもない。

いくら必死に浄化の呪文を唱えても、所持しているのは汚れを取り除く力のみ。味をよくする事は出来なかったのである。

(わからない)

彼らに可能なのは、腕を組み深刻な表情を作る事だけだった。

「ザラタンを待つ。それしかないだろう」

それから十数日。いまだザラタンは戻らない。

里の者達の不満。やがてそれは、ハイエルフ達ですら無視出来ぬものへと育って行くのであった。


舞台は精霊の湖から遥か東南東、王都へと移る。

中央広場に面して建つ商人ギルドは、今日も大勢の人々で混雑していた。

昼になる少し前、その建物に肩掛け鞄を抱えた一人の男が入って行く。

「ポーションを納めに来ました」

俺は肩掛けのポーション鞄をカウンターに置き、中からポーションを取り出す。

「そろそろいらっしゃる頃だと思っていました。ありがとうございます」

強面のおっさんが、笑みを浮かべてカウンターに出て来る。

Dランクのポーションを安定して供給出来る工房は、王都といえどなかなかないらしい。

「商人ギルド本部の、自慢の品ですよ」

強面のおっさんが、強面を崩して笑う。

だが検品を続ける丁寧な手の動きは、止まる事がない。

「しかし、見てわかるんですね」

外観で、種類とランクの見当はつく。しかし買い取り検査が、その程度のはずはない。

感心した響きを持つ俺の言葉に、強面のおっさんは少しはにかむ。

「経験ですね。回復系ポーションは、扱う量も多いですから」

色の濃淡、光に透かした時の感じ、それに揺らした時の色合いの変化などでわかるのだそうだ。

銀行員が偽札に気づくのと、同じようなものだろう。

『理由はご説明出来ませんが、明確な違和感を覚えるのです』

窓口一筋四十年のレディが、そう言っていた。

俺もポーション瓶を手に取り、窓外の光に透かして見る。勿論、何もわからない。

「おお、タウロ君。随分と活躍のようじゃの」

その時声を掛けられ、周囲を見回す。

(どこだ?)

ギルド長なのは確かだが、姿がない。相変わらずの神出鬼没振りである。

「こっちじゃよ」

カウンター奥の机の陰から、ギルド長の小柄な体が現れた。

「活躍ですか」

何の事かわからず、聞き返す。

「親子丼に罪と罰と、新境地を次々と開拓しておるそうじゃないか。さすがはドクタースライム、花柳界のパイオニアよと、絶賛されておるぞ」

その言葉に照れつつも、俺の心の中には申し訳ない気持ちが湧き上がる。

どれも俺の発案ではない。前世から持って来たもの。

知識チートと言えば聞こえはいいが、偉大な先人の功績を横取りしているのである。

「ところでの、わしも一つ思いついたんじゃ。今、馴染みの娼館で準備させておる。一緒に行かんかの？」

ニヤリと笑うギルド長。

知識も経験も豊富な、この人物の発案。一体どんなものだろう。

強い興味が湧き上がり、行きます、と答えようとしたところで気がついた。

(副ギルド長？)

ギルド長の背後に、白髭のサンタクロースが立っている。

俺に対して顔をしかめ、頭を左右に小さく振っていた。

(やめとけって事か)

そこで思い至る。

ギルド長は、懐の深い大人物。しかし時に深過ぎて、俺では不可能な存在まで許容してしまうのだ。

比してサンタクロースは常識人。

ここは、何かあると思った方がよいだろう。

「すみません。ちょっと当面は、ドクタースライムとしての仕事が忙しくて」

親子丼や罪と罰。その指導があるのだと嘘をつく。

そんなものは勿論ない。アイディアだけ出したら、後は娼館のコンシェルジュにお任せである。

「残念じゃのう」

しょんぼりするギルド長と、その背後でホッとしているサンタクロース。

俺は念のため、どのようなものか聞いてみた。

タウロ君の真似じゃがの、と前置きした後、ギルド長はその名を口にする。

「三代丼、というんじゃ」

無音の稲妻が俺に落ちる。

(これはやばい)

間違いなく親子丼の拡張版だ。そして絶対に、俺の許容範囲を超えている。

サンタクロースへ深い感謝の視線を送ると、副ギルド長は、ゆっくりと頷いた。

「せっかく二人分、準備したんじゃがのう」

俺がポーションを納めに来る。それを予期して待ち構えていたらしい。さすがとしか言いようがない。

ギルド長は、物言いたげにサンタクロースを見上げている。

代わりにどうだ、と言わんばかりの熱視線。

当然ながらサンタクロースは、丁重に断っていた。

「あの、もし私でよろしければ、お供出来ますが」

そこに、自薦する人物が現れる。

将来のギルド長候補の一人にして、現在の主任。強面のおっさんだ。

恐る恐る、右手を上げている。

(絶対わかってないぞ、このおっさん)

ギルド長の趣味も、三代丼の意味も理解していない。

主任である強面のおっさんは、アイドル一本やりだったはず。

聖都へ行った時は、アイドルグループのコンサートに毎夜通い、腕も腰も振りまくっていたのである。

「そうかの！　では行くかの！」

ギルド長の顔が、パアッと明るくなる。

そしてすぐ、強面のおっさんの背を押すようにして建物を出て行った。

「……大丈夫でしょうか」

俺の言葉に、サンタクロースは疲れたように返す。

「彼は上に行く人材だ。早いうちに知っていた方が、本人のためかも知れんな」

俺達は、肩をすくめ合うのだった。

それから一週間、強面のおっさんをギルドで見た者はいない。

第五章　テルマノ

抜けるような青空の下、東の稜線に姿を現したばかりの夏の太陽。

さすがにこの時間、日差しはまだやさしい。

王都の中央広場を、爽やかな風が吹き抜ける。多くの人々が行き来するこの場所も、早朝は人影がまばらだ。

(どうなったかしら)

西へ長い影を引きながら、広場を横断する一人の女性。

紺のノースリーブワンピースに、麦藁帽子をかぶった爆発着底お姉様である。

石畳をつついていた小鳥達が、人の近づく気配に次々と飛び立って行く。

歩を緩める事なく進む彼女は、王城の東にある目的地、王立魔法学院へ到着。

(今度こそ、成功していて欲しいのだけど)

衛兵に挨拶し、専用の研究室へ。

窓のカーテンを開け部屋を明るくすると、部屋の隅にある大きなガラス製の装置へと駆け寄る。

人の身長より高い、水出しコーヒーの器具を思わせる形状。

爆発着底お姉様は緊張の中、下部にある小さな木扉を開いた。

(出来ている！)

目薬ほどの大きさのガラス容器に、うっすらと白い光を放つ液体が溜まっている。

（この色、エリクサーのはず。きっとそうよ）

震える手で容器を取り出し、すぐそばの鑑定台へ。

爆発着底お姉様の流し込む魔力に反応し、銀糸で編まれた魔法陣が輝き出す。

光は魔法陣中央の容器を包み込み、しばらくして消えた。

（怪我治療Cランク、病気治療Cランク、状態異常回復Cランク。……成功よ）

鼻から口を両手で覆い、膝から床に崩れ落ちた爆発着底お姉様。目から床へ、大粒の涙が零れ落ちる。

タウロから入手した、アムブロシアと思われる果実。それを少しずつ使用し、エリクサー作りに励んで来た。

（一片たりとも無駄にしない）

その覚悟で取り組んでいたが、失敗が続く。そして材料も、残りわずかとなっていた。

すでに、後がないほど追い詰められていたのである。

ちなみに種は数個植えてみたが、今のところ芽は出ていない。

（やった、やったわ）

泣き続ける爆発着底お姉様。気持ちが落ち着くまで、しばらくの時間が必要だった。

やがて立ち直った彼女は、白い光を放つポーションを前に椅子に座る。

そして、これからの事を考え始めた。

（教授に、何て言おうかしら）

口の曲がった痩せ男。その神経質そうな顔が頭に浮かぶ。

アムブロシアを材料にしたエリクサーの作製実験。その一切を人に話してはいない。

実は彼女、果実を手に入れた直後に、教授の部屋の前までは来た。

(ちょっと待って)

だがそこである思いが湧き上がり、踵《きびす》を返したのである。

(これは私が、自分の力で手に入れたもの。だから、独りでどれだけ出来るのか試してみたい)

その思いを抑え切れなかったのだ。

向かった先は、高額な使用料と引き換えに手に入れた個人研究室。

即座に、エリクサー作製へ取り掛かったのである。

(もう駄目かと思ったわ)

繰り返された試行錯誤。それを思い出して息を吐く。

もし今回失敗していれば、自分を許せなかっただろう。

本当にこれがアムブロシアであるならば、世の魔術界に大きな影響を与えるもの。

『自分の力を試したい』

そんな個人の欲望で、浪費してよい物ではない。教授達ならそう言うだろう。

学生とは言え魔法に携わる者。その価値はわかっていた。

(成功して、本当によかった)

少量とは言え、作り出せたエリクサー。爆発着底お姉様の努力は、報われたのである。

(ある程度、正直に話すしかないわね)

腹を決め、教授が出勤してくるのを待つ事にする。

それまでの時間、爆発着底お姉様は淹れた紅茶を味わいながら、幸せそうにエリクサーを眺めるのだった。


王立魔法学院。

白亜の建物を取り囲むように植えられた、多くの樹木。飛び交う小鳥達が、小枝を揺らしている。

小枝の向こうに見えるのは、縦長の大きな窓。

そこには椅子に座る、痩せた中年男の背中があった。

「で、何かね。君が勤める娼館の客。その人物から手に入れた果物が、アムブロシアだったと」

口の大きく曲がった男は、口が水平になるほど首を傾け、胡散臭そうな表情で口にする。

王立魔法学院の教授であるこの男の前には、爆発着底お姉様が立っていた。

「それを使用して、トリプルCポーション。君の言うところのエリクサー、いや下位《レッサー》エリクサーかな、その作製に成功したと」

肯定の言葉を返す、爆発着底お姉様。

教授は彼女の目から視線を落とし、机の上のガラス瓶を見る。

目薬ほどの大きさの容器に収められた液体は、淡く白い光を放っていた。

しばしそれを見やった後、険のある目つきで爆発着底お姉様を見上げる。

「アムブロシアは、文献上にのみ存在が記された果実。本当にあったのかどうかさえ不明なものだ。その事を君は、当然知っているね？」

「はい」

緊張した様子で頷く、爆発着底お姉様。

ますます口を曲げる教授。

彼の名はテルマノ。王国最高と名高い薬師であり、その実力はCランクの怪我治療ポーションさえ製造可能である。

「私がCランクポーションを作り上げるのに、どれだけの時間と労力を捧げているか。それも君ならわかっているはず」

彼は大きく息を吐き、言葉を続けた。

「それでも君は、これがCランクポーション、しかも怪我治療、病気治療、それに状態異常回復を兼ね備えた、下位《レッサー》エリクサーだと強弁するのだね？」

その目と口調には、内部の荒ぶる感情が透けて見える。

実際、片頬はややひくついていた。

爆発着底お姉様はその様子に気圧されながらも、何とか頷きを返す。

「……よろしい」

テルマノの眉間に、深い縦皺が生まれる。

(近年まれに見る、優秀な学生だと思っていたのだが)

買いかぶりだったか。

そう考えたところで、頭をわずかに左右へと振る。

(いや、若者なら一度は通る道なのかも知れん)

四十半ばのテルマノ。彼は人生のほとんどを魔法学院と学外の工房、その往復で過ごして来た。

その間に机を並べた先輩、同期、それに後輩達を思い浮かべる。

何人かに一人は、世紀の発見をしたと喚き立てたものだった。

（永久機関、根源魔法《アカシック・マジック》、それにエリクサー。そういった類に心を奪われた連中は、思い込みにとらわれ簡単に騙される）

そして後日、外に出られぬほどの恥を掻くのだ。

（彼女も、その男に一杯食わされたのだろう。いくら巻き上げられたのかは知らんが、気の毒な事だ）

テルマノは椅子を立ち、ローブをひるがえしつつ廊下に向かう。

「ついて来なさい。私の研究室で、鑑定に掛けよう」

現実は、思いやりを持たない。水が高きから低きに流れるように、冷酷に結果を突きつけるだろう。

目を覚まさせ導くのも、教授である自分の務め。そう自らに言い聞かす。

（自室で鑑定を行ったと言ってはいるが）

肩をすくめる、口の曲がった痩せ中年。

彼女の視野は今、極端に狭くなっているはず。とてもではないが信用出来なかった。

（人は、自分の信じたいものを見てしまうもの）

自身の苦い経験に、思わず口の端がさらに歪む。

半分だけ振り返り、横目に爆発着底お姉様の姿を見ると、大切そうにガラスの小瓶を胸に抱えていた。

（何日かは、学院に姿を見せぬかもな）

思わず漏れる、小さな溜息。

彼女は優秀な学生。そのまま心が折れてしまったのでは、あまりにもったいない。

うまく立ち直ってくれる事を、願うばかりであった。

テルマノは颯爽とした様子で渡り廊下を通り過ぎ、飾りけのない分厚い木扉の前へ。

『テルマノ研究室』

掲げられた表札の下、ノックもせずに扉を押し開く。

室内にいたのは、三人の学生。先日の実験記録をまとめていたのか、書類の束と戦っていた。

「教授、おはようございます」

手を止め挨拶する彼らに、鷹揚に手を振って応え奥へと向かう。

そこには歴史と精度を感じさせる、高価そうな鑑定台が鎮座していた。

「さあ、載せなさい」

促された爆発着底お姉様は、慎重に魔法陣の中央へガラスの小瓶を置く。

彼女が一歩下がったのを見計らい、テルマノは台に手をあて魔力を流し込んだ。

(さて、一体何を作ったものやら)

台に象嵌《ぞうがん》された魔法陣が、色を変えつつ何度も輝く。それを見つめながら、自らの細い顎をなでるテルマノ。

発光が収まる頃、鑑定結果がネオンサインのように空中に描き出された。

「……怪我治療Cランク、病気治療Cランク、状態異常回復Cランク」

読み上げるテルマノの声には、何の感情もこもっていない。

表情の抜け落ちた顔で振り返ると、爆発着底お姉様に声を掛けた。

「すまないが、私自身の手で瓶を設置し、もう一度鑑定してもいいかな」

爆発着底お姉様の返事を待たず、鑑定台へと立ち向かう。

何度も瓶も据え直し、機器を確認してから再起動。魔法陣の光が、下側からテルマノの顔を照らし出す。

そして、再び表示される鑑定結果。

先ほどと一文字たりとも違わなかった。

「おい……」

周囲の学生が事態を悟り出し、ざわめき始める。

テルマノはそんな彼らに厳しい目を向け、命じた。

「D、E、F、種類は何でもいい。すぐに市販のポーションを持って来い！」

慌てて戸棚へと向かい、ポーションを持って戻って来る学生達。

テルマノはひったくるように手に取ると、一本ずつ鑑定台に掛け始めた。

「病気治療D、怪我治療E、状態異常回復F」

その結果に、獣のような唸り声を上げる。

ポーション瓶に張られている、商人ギルド鑑定済みのラベル。表示はそれと、すべて同じだった。

「……鑑定台に、不具合はない」

椅子にどっかりと腰を下ろしたテルマノは、両手で顔を覆いうつむく。

その後、何の言葉も発しない。

爆発着底お姉様に学生達。周囲の者も動くに動けず、そのまま立ち続けたのだった。

「俺、学院長を呼んで来るよ」

場の重苦しさに耐えきれなくなったのだろう。三人の男子学生のうち一人が口にし、室外へと出る。

廊下を走る足音が次第に小さくなって行く中、残った彼らの視線は椅子に座る教授と、鑑定台の小さなガラス瓶の間を往復し続けていた。

「学院長！　こちらです」

待つ事しばし。勢いよく扉を開ける学生に続き、学院長が飛び込んで来る。

髪を油でキッチリと固めたロマンスグレーの紳士。走ってきたらしく、肩を大きく上下させていた。

興奮で頬を紅潮させた学生は、鑑定台を指差し叫ぶ。

「見て下さい、この表示。それにあの淡く白い光。エリクサーで間違いありません！」

整わぬ呼吸のまま、学院長は鑑定台に走り寄る。

そして台の端にへばりつくようにして、小さなガラス瓶を凝視。少し開いた口からは、感嘆の声が漏れた。

その様子を見て、学生は胸を張り高らかに宣言する。

「ついに、ついにテルマノ教授が、長年の研究を実らせエリクサーを完成させたのです！」

（えっ？）

急変する、爆発着底お姉様の表情。

喜びを表に出さないよう我慢していた姿は、今の一声で消し飛んだ。

即座に顔を教授へ向けるものの、痩せた中年男は下を向いたまま動かない。

「さすがはテルマノ君。君なら、いつかはやると思っていたよ」

笑顔で言葉を発する学院長。しかしテルマノは反応しなかった。

「……テルマノ君？」

いや、反応がない訳ではない。よく見れば、小さく震えている。

まるで、感情の波を必死に抑えているかのようであった。

（もしや）

思い当たる節。それのある学院長は、慌てて周囲を見回す。

目に映ったのは、得意げな様子の男子学生、顔を上げないテルマノ、そして青い顔でおろおろしている爆発着底お姉様の姿である。

（あれか！）

一瞬で状況を理解した学院長。爆発着底お姉様へ視線を動かし、口を開く。

「君、もしかしてエリクサーを作ったのは――」

しかし遅かった。その前にテルマノが爆発したのである。

バネ仕掛けのように椅子から飛び上がったテルマノは、得意満面な男子学生の頭を正面から両手でつかむ。

そして一言。斜めに大きく傾いた口から、鋭く言葉を発した。

「死ね」

直後、後頭部を抱え込むように引き寄せつつ、右膝を突き上げる。

顔面に一撃を喰らった学生は、仰け反るように後方へ。深紅の筋を宙に引きつつ、背中から倒れ込む。

少し遅れて、数本の白い破片が床に当たり音を立てた。

「私に、盗みを働かせるつもりか」

着地しながら、他の二人へ目を向けるテルマノ。

蒼白な顔色に、険しい目。男子学生達は、その姿に気圧され動けない。

床に仰向けに倒れた学生は、潰れた鼻と歯の折れた口から、勢いよく血を噴き出させている。

「最も忌避する行いと知れ」

そして向きを変え足を踏み出し、爆発着底お姉様の前で片膝をつく。

「弟子達が、申し訳ない事をしたな」

事態の急変について行けず、固まったままの爆発着底お姉様。

床に膝を突いた姿勢のまま、テルマノは学院長へと声を掛けた。

「その下位《レッサー》エリクサーは、彼女の手によるものです。私は何も寄与していません」

学院長は困り顔で言葉を返す。

「私が見るに、宣言した学生は勘違いしたのではないかね？　君の弟子が、師の忌み嫌う事を知らぬはずがないだろう」

両側の学生が、熱心に頷いている。

それを見てテルマノも、己の失態を悟ったのだろう。白眼をむいている学生に近づくと、手をあて呪文を詠唱する。

こぢんまりとした魔法陣が床に展開し、学生の傷を癒し始めた。

「もうひとつ上が必要か」

眉根を寄せたテルマノは、他の学生が差し出した白い破片を受け取り、血まみれの口に当てる。

先ほどより長い呪文を唱え、大きな魔法陣を展開。

折れた前歯や潰れた鼻が、みるみる修復されて行った。

「テルマノ君はな、若い頃、研究室の教授に功績を奪われた事があるのだよ」

隣に来たロマンスグレーの紳士は、爆発着底お姉様にそう告げる。

「だから、人の功績を盗む事を何より嫌う」

今回は下位《レッサー》エリクサーの衝撃が大き過ぎて、理性が飛んでしまったようだがね。学院長はそう口にしたあと、片目を閉じてみせた。

こくこくと頷く爆発着底お姉様へ、遠慮がちに近づく足音。

そちらを見やれば、歯と鼻は治ったが、まだ顔中の血まみれの学生である。

「申し訳ありません。早とちりしまして」

意識を取り戻してすぐに、爆発着底お姉様へと謝罪に来たのだ。

「大丈夫？」

爆発着底お姉様は心配そうな表情で、ハンカチを取り出し顔を拭ってあげる。

(ううっ)

学生は心臓に、砂糖の結晶で出来た短剣、それが突き立てられるのを感じた。

超高級娼館である御三家。そのサイドラインともなれば、有名美人女優に匹敵する。

その大きく澄んだ瞳に自分の顔が映るのを見て、魂が吸い込まれそうになってしまった。

（……女神様）

魔法学院に通う学生同士ではある。しかし住む世界の違いを感じ、今まで近寄れずにいた相手。それが今、ちょっと顔を突き出せば、キスが出来そうなほど近い距離。そこに御尊顔があり、自分を気遣ってくれているのだ。

その状況に、止まったはずの鼻血が再び垂れ始める。

「無理しないで。少し、安静にしていた方がいいわよ」

ハンカチで、やさしく鼻を押さえてあげる爆発着底お姉様。

その声は耳から心へと染み渡り、完全に彼の心を虜にしてしまった。

（俺、就職しよう）

自分に貯金がないのを、今ほど悔やんだ事はない。

卒業を間近に控え、学内に残るか外で働くか決めかねていたのだが、この一時で心が定まった。

（稼いで、彼女の店に行くんだ。絶対に）

新たな人生の目標に、活力がふつふつと湧き上がる。

ちなみに、この時貰ったハンカチは彼の宝物となるのだが、それはまた別の話だ。

「皆！　聞いて欲しい」

学生と爆発着底お姉様。そのやりとりが終わるのを見計らい、テルマノが大声を発する。

「この下位《レッサー》エリクサーは、彼女の作。すべては彼女の功績だ」

そして大きく息を吸い、顔を歪める。

「私はその成果が妬ましい。認めたくはないが、奪え盗めというささやきが胸の中にある。今この瞬間もだ！」

驚いた爆発着底お姉様は、傍らの学院長へ視線を動かす。

腕を組みテルマノを見やる横顔には、穏やかさの中になつかしそうな色が浮かんでいた。

「だから君達、学院長。彼女に何かあったなら、この功績が奪われそうになったのなら、まず私を疑って欲しい！」

憎々しげに我が身をつかみ、吐き捨てる。

「私には動機がある。私の心根は卑しく嫉妬深く、そして傲慢だ。だから頼む、まっさきに私へ疑惑の目を向けてくれ」

そして下を向き、しばし無言。

再度上げた顔からは、先ほどまであった険がとれ、さっぱりした雰囲気になっていた。

「おめでとう。君は、世界を揺るがす事を成し遂げた。その名は深く歴史に刻まれるだろう」

微笑と共に、握手を求めるテルマノ。

爆発着底お姉様は、おっかなびっくりではあるが、手を伸ばし握り返した。

「……テルマノ君。いつまでたっても君は変わらないねえ。度が過ぎるほど真面目なままだよ」

学院長は、穏やかな表情で言葉を掛ける。

「他人を使って自分の逃げ道を塞ぐところまで、以前と同じだ」

そして、爆発着底お姉様に顔を寄せた。

「不快な思いをさせたね。これはテルマノ君の、現実を受け入れるための儀式のようなものなのだ。周囲にとっては、はなはだ迷惑な話だがね」

学院長の言葉を耳にし、顔をしかめるテルマノ。爆発着底お姉様に目を合わせ直すと、すまん、と口にしつつ頭を下げた。

その後咳払いをし、口を開く。

「すまないが、下位《レッサー》エリクサーを完成させた経緯について、皆に聞かせてやってくれないか」

爆発着底お姉様は頷くと、学院長や学生達に向かって話し始めた。

内容は、朝に教授に語ったものの繰り返しである。

「娼館で、あるお客様と出会った事。それがすべての始まりでした」

皆、手近なところにあった椅子を引き、座って耳を傾けた。

「その方が手にしていた果物。お客様自身は気がついていらっしゃらないようでしたが、私にはそれがどうしても、あの伝説上の果実、アムブロシアに見えて仕方がなかったのです」

アムブロシアそのものか、あるいは極めて近い亜種。

そう睨んだ自分は果実を賭けて勝負を挑み、激戦の末何とか手に入れる。

その後すぐにエリクサー作りへ挑み、度重なる失敗の果てに、今朝とうとう成功した。

「君の出会ったお客様。その方が何者なのか、教えてもらえないかな」

話を聞き終えた学院長は、顎に手をあて問いを発する。口調は穏やかだが眼光は鋭く、爆発着底お姉様の目を捉えて離さない。

ひるまずに見返した爆発着底お姉様は、毅然として断った。

「娼館に勤める者として、そのような質問にはお答え出来かねます」

裸で突き合う仕事柄、心を許し秘密を口にしてしまう客は多い。

それゆえに彼女達は、自らを守秘義務で厳しく律しているのだ。

(コンシェルジュや同僚達と、お客様の話をする事はあるけれど)

しかしそれは、あくまで職場内での事。部外者になど漏らせるものではなかった。

「エリクサーにアムブロシア、世界に重大な影響を与えうる案件だよ。口にしても罰せられる事はないと、私が保証しよう」

食い下がる学院長。だが爆発着底お姉様の表情は厳しく、頷かない。

「罰がどうとかという問題ではありません。倫理の問題です」

そこにあったのは、先ほどまでのうろたえていた若い女子学生ではない。花柳界の最高峰で働く、プロフェッショナルの姿であった。

学院長は自らの顔をひとなでし、視線をやわらげる。

「商売の神への誓い、という奴かね」

春を売るという、世界最古の商売を司る神。娼館に職を得た者は、雛壇へ座る前に必ず誓いを立てるのだ。

『どのような客にも、分け隔てなく接する』

『自身の能力と判断に従って、最善と思えるもてなしを行う』

『内容にかかわらず、客についての秘密を遵守する』

いくつかあるが、これらがよく知られているだろう。

首肯する爆発着底お姉様を見て、学院長は大きく息を吐く。

その表情は残念そうであったが、爆発着底お姉様への敬意も見て取れた。

(さすがは御三家、と言ったところか)

高い倫理観を持ち、それを仕事へ対する揺るぎない誇りが支えている。神への誓いである以上、地上の権威は効果が薄い。

(こちらが譲歩するしかあるまい)

肩をすくめつつ、再度問う。

「どちらから来られたのか、そのくらいならどうかな？」

方角だけでもいい、そう懇願する学院長。

爆発着底お姉様は、タウロとのピロートークを思い出す。

「西の方、確かランドバーンからいらっしゃったと聞いています」

これが答えられる限界。そう考えているのが、ありありと見て取れる。

「……ランドバーンか」

その地名に、全員が溜息をついた。

そこはすでに帝国領。簡単に手が出せる場所ではない。

「もう手に入らないのかね？　まだ持ってはいないのだろうか」

爆発着底お姉様は考える。

もう一度、アムブロシアを賭けての大勝負。

(無理よ！　絶対無理)

何かを賭けない、ただの客としての触れ合いであるのなら大丈夫。

しかし、真剣勝負は駄目だ。

そんな事をすれば自分は、二度と地上に帰って来られないかも知れない。

「……手に入れる事は、難しいようだな」

自らの肩を抱き、赤い顔で身を震わせる爆発着底お姉様。

その様子に、学院長は再度深く息を吐いた。

爆発着底お姉様は深呼吸を数度行い、気持ちを落ち着かせた後、口を開く。

「材料はまだ、わずかですが残っています。おそらく、あと一回は実験が可能でしょう」

その言葉に、皆、視線を飛ばし合った。

「あと一回」

誰かが呟き、他の誰かが唾を飲み込む。

「自分のわがままで、貴重な材料を無駄にしてしまいました。ですがどうしても、自分の力を試してみたかったのです」

頭を下げる爆発着底お姉様に、頭を静かに左右へ振るテルマノ。

「いや、その材料は、君でなければ手に入れられなかったもの。自分自身の研究に使った事を、気に病む必要などない」

爆発着底お姉様は強い意思を込め、教授を見つめる。

「教授。お願いがあります。次の実験、行ってはいただけませんでしょうか」

ざわめく周囲の中、テルマノは静かに爆発着底お姉様を見つめ返す。

「もともと最後の一回は、教授にお願いしようと思っていたのです。今朝の実験が、成功しても失敗しても」

強い眼差しに、テルマノは口元にわずかな笑みを浮かべ、頷く。

「選んでいただき光栄だ。精一杯、力を尽くさせて貰うよ」

そして言葉を継ぐ。

「ただ、アムブロシアを取り扱った事など当然ない。君の経験が不可欠だ。手を貸してくれるね？」

「私でよければ喜んで」

こうして教授の指揮のもと、最後の実験が行われる事が決定した。

下調べをして実験の計画を立てる。そう口にした教授は、弟子である学生達を引き連れ外へ飛び出して行く。

そして後日。

徹底した準備作業の後行われた実験で、テルマノ教授は小量なれどトリプルB、まごう事なきエリクサーの作製に成功したのだった。

王立魔法学院の学院長名で発表された、この報告。

テルマノ教授と爆発着底お姉様の名は、並んで記されていた。


一方こちらは、王都から南へと延びる街道上。

静かに地面を揺らしながら、南へと歩くベージュ色の騎士。

杖《ライフル》のみを背負い、盾を持たないどころか帯剣さえしていない。

その特徴ある姿は王国商人ギルドのB級騎士、老嬢《オールドレディ》であった。

（結構、人通りがある）

操縦席で軽く上下に揺すられつつも、視点は騎士と共有。

膝以下の高さですれ違うゴーレム馬車。それを見下ろしつつ俺は思う。

（本当は、ホバーで駆け抜けたいのだが）

しかし脚部で風魔法を発動させるため、砂や埃を大量に巻き上げる。

街道を行く皆様に、大変なご迷惑が掛かる移動方法。とてもではないが行えなかった。

（一度、苦情が入ったからなあ）

商人ギルドに、街道沿いの住民から手紙が届いた事がある。

『干していた洗濯物が、土埃で汚れ困っています。勘弁していただけないでしょうか』

まったく反論出来ない。

ゴーレム馬車より遥かに大きい騎士とて、走らなければそれほど埃を巻き上げない。しかしホバー移動は、太陽さえ霞ませるほど後方へたなびかせるのだ。

それ以降、集落近くでは歩くようにしている。

（今回の仕事は、魔獣の動向調査か）

今まで受けた事のない依頼だ。発注元は、商人ギルド。

ギルド長室での会話を思い出す。

「南の村が、ゴブリンの群れに襲われてしもうた」

気の毒そうな表情を浮かべるゴブリンによく似た爺ちゃん。

外見のせいで、妙な違和感を覚えてしまう。だが、余計な事は口にしない。

「よくある群れの移動なら、仕方がないの。だが背後に何かあるとなれば、話は別じゃ」

今一つ理解が及ばない俺へ、隣にいた草食整備士が説明してくれる。

「ゴブリンは、周囲に対して敏感なんですよ。何かあれば、真っ先に逃げ出します」

そのゴブリンが、森を出て村を襲撃した。

畑の作物などを狙っただけの可能性もあるが、一度調査をした方がいい。そういう事だそうだ。

(なるほどな。ゴブリンは指標生物なのか)

環境の変化を知りたい時、特定の生き物に注目する手法。

川が汚くなると、ホタルが消えてザリガニが増える。それに近い感じかも知れない。

「そこでの、タウロ君。君には森の奥まで進んで、状況を確認して来てもらいたい」

俺は腕を組み、眉根を寄せて首を傾げる。

「行くのは構いませんが、自分が見てわかるのでしょうか?」

この世界の知識に乏しい俺は、何が異常なのかがわからない。

誰かの護衛ならともかく、一人で行って周囲を眺めても、得るものは何もないだろう。

「その点は考えておるの」

ギルド長は手を伸ばし、ノートほどの厚さがある紙束を差し出す。

受け取った俺は、パラパラとめくった。

「これは、チェックリストですか?」

話が早いの、と笑顔で頷く小柄な老人。

渡された紙束には生物の絵と名前、それに地図が付されていた。

「その絵の生き物を見掛けたら、地図にマークして欲しいんじゃ。後はこっちで分析する」

脇から覗き込んだ草食整備士が、口を開く。

「これ全部、早い時期に移動を開始する代表的な魔獣ですよ」

普段住んでいる場所と、今いる場所。

その違いと魔獣の種類で、どこで何が起きているのか推測すると言う。

「わかりました、これなら出来そうです。すぐ出発準備に入ります」

そして俺と草食整備士は、格納庫へと向かったのだった。

(そろそろ目的地か)

意識を現在に引き戻し、周囲を観察。

街道は細くなり、両側の緑は濃くなって来ている。

(人通りはなくなったけど、このまま歩いた方がいいな)

派手な移動で指標生物達を驚かせたのでは、何にもならない。

俺は時折立ち止まり、あたりを見回しながらチェックリストに書き込んで行く。

(おっ、ゴブリンだ)

遠くで移動する、人型の集団。

(位置はここ。数は、そうだな三十くらいか)

地図にマーキングしつつ、リストに記入。

しばらく観察を続けるが、こちらに近づいて来る様子はない。そのまま逃げるように、木々の間へと消えて行く。

(今回は調査だ。出来れば杖《ライフル》で撃つような事は避けたい)

皆、森の中へ散ってしまうだろう。まともなデータなど取れなくなる。
向こうが襲って来ない限り、こちらから手を出すつもりはなかった。
独り頷いた俺は、老嬢《オールドレディ》を前に進ませつつ思う。
(こういう仕事も、新鮮でいいなあ)
何より、今まで知らなかった生き物達、それを覚える事が出来る。
しかもフィールドワーク、外で働くのは嫌いじゃない。
さらに奥へと、足を踏み入れる老嬢《オールドレディ》。
(ん？　これは)
木陰を頼りなげに進む丸っこい毛玉を見つけ、挿絵と照らし合わせる。
(大モグラ《ジャイアントモール》か)
確か、俺のポーション鞄の材料になっていたはず。生きているのは初めて見た。
この世界の事は知らないが、モグラなら昼の地表は苦手だろう。
(地面に出て来ているという事は、地中で何かあるのかな)
素人考えなので、単なる思い付きである。
こうして俺は、日が沈むまで調査を続けたのであった。

翌日早朝。
商人ギルドのギルド長室にあるのは、ゴブリン爺ちゃんとサンタクロースの姿。老人の朝は早いのだ。

「何となく、傾向は出ておるの」

手にした書類の束を、机の上に置く。それは昨日、タウロが持ち帰った調査結果である。

頷き、口を開くサンタクロースな副ギルド長。

「南に行けば行くほど、北へと移動する魔獣が多いですな。しかし、それほど大規模なものではありません」

机に広げた地図の上を指でなぞり、言葉を続ける。

「魔獣の移動は、森の大きさに吸収されたようです。北端にもなれば、ゴブリンの群れが一つ押し出された程度」

指し示した一点は、襲撃を受けた南の村。

それを見て、ギルド長は二度ほど頷く。

「おそらくじゃが、何かがあったのはもっと南じゃろうの。幸い、誰も住んではおらぬ地じゃ」

森はあるラインで途切れ、それより南は荒野になっている。岩塊と礫《れき》だけの、水気のない荒れた地だ。

「森から魔獣が溢れ出すような事はないじゃろう。しかし、大モグラ《ジャイアントモール》がいたのだけは、少し気になるの」

大モグラ《ジャイアントモール》の名を耳にした副ギルド長。豊かで長い白髭を、なでつつ考える。

「何かがあったのは、地下。そう推測出来ますな」

「わしもそう思うがの。しかし地面の中は、我々の力では調べようがない」

ギルド長の言葉に、首肯する。

その後しばし考え、サンタクロースは口を開く。

「継続監視、というところでしょうか」

とりあえずの結論を出す、老人達であった。


その日の夜。

王国商人ギルド本部から西へ、中央広場を越えて進んだ先にある歓楽街。一等地に建つジェイアンヌのプレイルームに、教導軽巡先生がいた。

(私は全力を尽くしたわ)

ベッドの上に仰向けに倒れ、満ち足りた様子で昇天している客。商人ギルドで副ギルド長を務める肥えた老人の、呼吸に合わせゆっくりと上下する腹を見やりながら息を吐く。

(だけど駄目ね。今のままでは、きっと負ける)

清楚な面立ちに浮かぶのは、深い憂い。

(もう一度宇宙《そら》へ飛ばされたら、私は私でいられなくなるかも知れない)

前回の戦いを思い出した教導軽巡先生。後ろを片手で軽く押さえ、小さく身を震わす。

あれから月単位で時が流れたが、記憶はいまだに生々しい。

(このままじゃ駄目、もっと強くならないと)

先日行われた同僚との試合。クローゼットの中から観戦した彼女は、ある確信を得た。

(ゆっくりとですけど、着実に成長を続けていらっしゃるわ)

出会った当初のような、急激なものではない。しかしあの領域にあってなお、頭打ちにならず伸び続けている。

それは驚きに値するものだった。

(努力家ですものね)

商人ギルド騎士の操縦士を務めるタウロ。

仕事がない日は、ほぼ確実に歓楽街にいる。しかも昼過ぎから夜更けまでだ。

店の格にこだわらず、上級店から下級店まで幅広く梯子しているらしい。店付近で食事や休憩を取る姿が、頻繁に目撃されていた。

(さすがはタウロ様)

心からの敬意を込めて、感嘆の息を漏らす。

体格、筋力、体の柔軟性、それに武器。けっして人より優れてはいない。

しかしドクタースライムの名を知らぬ者など、王都花柳界ではいないだろう。

それはひとえに、たゆまぬ自己研鑽によるもの。彼女の最も好むところであった。

(失望などさせられません。そのためには一度、王都を離れなければ)

各地を渡り歩き、猛者を倒し上位者から教えを受ける。そのような旅に出てみたいと、以前から構想を持っていた。

しかし彼女は、ジェイアンヌにおいて主力中の主力。屋台骨の一つと言っていい。

仕事に対する責任感から、今まで踏み切れずにいたのである。

(ですがそのような事、もう言ってはいられません)

タウロとの再戦。

コンシェルジュからは、日にちを決めろと催促を受けている。相手方が強く望んでいるらしいのだ。

光栄な事だが、それだけに無様な姿は見せられない。

(出発は、早い方がいいわね)

待たせるのが本意ではない以上、長旅は無理。であるなら、開始を早めるしかない。

決意を固める教導軽巡先生であった。


夜が明けた後の午前中、王国商人ギルドの本部。

その一階にある買取カウンターで、頬のこけた男が呟く。

「タウロさん、テルマノ様がエリクサーを完成させたらしいですよ」

目の下には濃い隈。よく眠れず、食欲も湧かないらしい。

変わり果てた強面のおっさんの姿である。

「エリクサーですか」

俺は、あの口の曲がった男の事を思い出す。

確かこんな風に強面のおっさんと話をしていた時、後ろから割り込んで来てCランクポーションを見せびらかした人物だ。

「確かトリプルBですよね」

正直、凄いと思う。

この間まではCランクが精一杯。それが今度はBランク、それも怪我治療、病気治療、状態異常回復の三種を併せ持つポーションだ。

謎の石像から根源魔法《アカシック・マジック》を貸与されているものの、俺でも無理。Bランク単品なら、日に六本は作れるが。

「不思議なのは、テルマノ様と同列で名を連ねている人物です。学生だという話なのですが」

首をひねる強面のおっさん。

耳にした学生の名は、聞き覚えがあった。

(確か爆発着底お姉様が、そんな名前だったはず)

どうやら強面のおっさんは、覚えていないようである。一緒に聖都へ行った仲なのではあるが。

(しかし、エリクサーとはねえ)

神前試合で名を揚げた後、殺到する指名と高額チップで稼ぎまくった爆発着底お姉様。

そのすべてを、魔法学院での研究資金に注ぎ込んでいると聞いている。

(実を結んだんだな。おめでとう)

それにしても、教授と学生が連名などよほどの事だ。

さすが超一流娼館のナンバーワン。出来る人は何をやらせても違う。基本的なスペックが高いのだろう。

「主任、どうぞこれを」

それはそれとして、俺は濃い緑の液体が入ったポーション瓶をカウンターに置く。

「はあ、追加ですか。Dランクの状態異常回復薬ですね」

納め終えたばかりのポーション、その入金処理の手を止め瓶を手にする。

「納品ではありません。主任への贈り物ですよ。この場で飲んで下さい」

意味がわからず、半開きの口で俺を見る強面のおっさん。

こけた頬に目の下の濃い隈。それもあいまって、悪い薬を常用した人のようだ。

「調子が悪いのでしょう？　効くかどうかはわかりませんが、試してみてもらえませんか」

実際、保証はない。

洗脳を解くのに効果はあったが、心の傷まで癒せるかはわからないのだ。

「いつもお世話になっている主任に、俺からのおごりですよ。受付に立つ身として、その目の隈はまずいでしょう」

表情を崩し、目の端に涙をにじませる強面のおっさん。

礼を述べた後、蓋を開けてポーションを口にした。魔力が全身に行き渡る様子が、魔眼を発動していなくても感じ取れる。

「……身も心も、軽くなったような感じがします」

肺の奥から息を吐き出す強面のおっさん。

飲み終えたポーション瓶を、手に取り眺めた。

「Dランクのポーション。自分へ使うのは初めてでしたが、凄いものですな」

何度も頷いている。

治すものがなければ、飲んでも手応えは感じなかったはず。そのような感想が出て来るという事は、効果があった証拠だろう。

（もう大丈夫だな）

見るからに顔色もよくなっている。目の下の隈も、ぐっと薄くなっていた。

もう一押しすれば、悪夢にうなされる事もなくなるだろう。

「仕事が終わったら、一緒に娼館へ行きませんか？　実は無料券を貰ったんですよ」

話についていけず、目を丸くする強面のおっさん。それを見ながら、畳み掛ける。

「アイドルではありませんけど、若い子が一杯です。いいですよお」

俺もセレブ美女の苺茶碗で、大分辛い思いをした。強面のおっさんの心の痛みは、よくわかる。

行きたい思いと、遠慮する気持ち。その二つが交錯する顔を見て、さらに追加。

「二人で行かないと、使えないんですよね、この券。期限も近いのに、困ったなあ」

この一言で、強面のおっさんは陥落した。

「是非、ご一緒させていただきます」

それから半日後、日が沈む前に商人ギルドに顔を出す。

ノー残業デーにした強面のおっさんは、準備万端整えていた。

昼前に見た時よりも、さらに血色がよくなっている。

(体はもう大丈夫。あとは心だな)

建物を出た俺達は、夕焼けに向かって広場を横断。歓楽街の大通りにあるシオーネへと向かう。

まさか御三家の一つに行くとは、思っていなかったのだろう。強面のおっさんは、店の前で立ちすくむ。

「はいはい、入口だと邪魔になりますから、中に入りましょうね」

背中を押して、店内へ。

俺は収入に恵まれているため、気にせずに済んでいる。しかし上級娼館は、一般人には敷居が高い。

そしてここは御三家。超一流店である。

家族持ち小遣い制のおっさんでは、まず自分の財布では入れない。足が止まるのも当然だろう。

「お待ちしておりました」

笑顔で出迎えるコンシェルジュ。

俺は強面のおっさんに告げた。

「無料券だと、相手は選べません。プレイ代はただですが、飲み物は自分持ち。あと、彼女達へのチップは不要です」

では行ってらっしゃい。そう口にして、背中をさらに押す。

ふらつきながら受付の前に来た強面のおっさんは、三人の美少女に取り囲まれ、そのまま階段を上って行った。

「じゃ、支払いをお願いします」

自分の方に寄って来た、新たな三人の美少女達。

それを眺めながら、ギルドカードをかざす。

「お二人分として、サイドライン六名の額を頂戴致します」

無料券など存在しない。

昼前に商人ギルドを出た俺は、シオーネに来てコンシェルジュと打ち合わせをしておいたのだ。

「急な話で悪かったね」

「いえ、こちらとしても、ありがたい限りです」

笑顔でギルドカードを返すコンシェルジュ。

「親子丼が盛況な分、対応出来る母親を持たない彼女達に、皺寄せが行っていましたから」

そうなのだ。

いかに彼女達が美少女とは言え、すべての母親が娼館の基準を満たせる訳ではない。

しかもここは御三家。他店で主力を張れるクラスでないと、バッジは貰えないのである。

「偽親子丼を出す店もありますが、そんなのは下級店だけの事。露見して信頼を失い、店を畳んだところもあります」

やれやれ、という表情だ。

「ところでタウロ様、何かお気づきになりませんか？」

意味ありげな笑みである。

俺は再度、美少女達を見回し、思わず声を上げた。

似ているのである。

「三姉妹丼。当店からタウロ様への、感謝のメニューです」

言葉が出なかった。

人の創造性というのは限りがない。

親子丼のアイディアを出したのは、確かに俺。しかしそこから夏のつる草のごとく、周囲に伸び広がっている。

そして新たな果実を結実させたのだ。

（もう完全に、彼らのものだ）

こと丼類に関しては、自分の役目は終わりだろう。

少し寂しくもあるが、それ以上の満足感と達成感を俺にもたらした。

「おじさん、お客様に失礼よ」

「こら、早く行こ」

俺の袖を引っ張る三女。たしなめたのは長女だろう。

そして次女は、ちょっとツンデレな感じで照れくさそうに目をそらしている。

「はいはいはい」

だらしなく緩みきった顔で三姉妹に手を回し、階段を上って行く。

そして数時間後。

家に帰った俺は、眷属達相手に三姉妹丼の感動を熱く語ったのである。

「やっぱり、長女がポイントだ。しっかり者の面倒見のよい姉。彼女をどのタイミングでやっつけるかで、残りの二人の興奮度が違う」

ダンゴロウは興味津々。さすが将軍、戦いに関心があるのだろう。

「今回は、三人にマッサージしてもらったんだけど、次女や三女がささいなミスをするたびに、お姉ちゃんに責任を取らせたんだ」

妹の不始末を、体を張って処理する姉。

俺は興奮したが、お姉ちゃんはそれ以上に燃え上がっていた。そのため簡単にゴールする。

「ノックダウンしても揺すり起こして責任を取らせていたら、もう妹達が必死でね」

思い出しても熱くなる。

「何でもするからお姉ちゃんを許してって、本当に何でもしてくれるんだよ」

後半は、心の底から献身的な次女と三女に楽しませてもらった。

次女の後ろを開発してしまったのは、ちょっとやり過ぎかなとも思ってしまうが。

「だけどお咎めはなかったし、よかったよかった」

あとは二匹と一人で、来たるべき最終決戦、教導軽巡先生との戦いに向けて作戦を練る。

まだ日は決まっていないが、そう遠くはないはずだ。

「いや、後ろはまずいな。また出入り禁止になっちゃうよ」

ダンゴロウの提案に、俺は笑って応える。

正直、参考になる事は少ない。だが、この会話を交わしている時間が楽しいのだ。

「回転技かあ」

イモスケが床上をクリクリと回る。

そんな死ぬ死ぬ団幹部会議の情景だった。


舞台は遥か西北西、エルフの里へと移動する。

世界樹の根元に近い幹に、張り付くように設けられた木造の館。その会議室で行われているのは、ハイエルフ達による定例会議である。

世界樹、ザラタン。解決しない問題に皆が難しい表情をしている最中、驚愕の情報が飛び込んで来た。

「人族が、エリクサーを完成させただと!」

世界樹に設けられた、長い長い九十九折《つづらおり》の木製階段。

それを全力で駆け上がって来たエルフは、全身で息をしながら報告を続ける。

「王国魔法学院の公式発表です。まず間違いはないかと」

議長の他、その場にいたハイエルフ達は、こわばった顔で頷き合う。

思い当たる節はあったのだ。

「アムブロシアをもとに作ったと見て、間違いあるまい」

昨今、ザラタンによって、アムブロシアの存在が確認されている。

そしてアムブロシアは、エリクサーの主要な材料。

議長の推測にハイエルフ達のほとんどは、渋面を作りつつも頷いた。

「あり得ないわ！」

周囲の沈黙を切り裂き、ハイエルフの老婆が金切り声で叫ぶ。

エリクサーを作る事は、彼女の長年の夢。それを人族などという、下等な種族に先を越されたという話。

到底、受け入れる事など出来なかったのだ。

「国の正式発表だ。認めろ」

「でも！」

粘る老女に、議長は顔をしかめる。

「ザラタンが、いずこからかアムブロシアを持ち帰ったのは事実。そしてこのタイミングでエリクサーだ。事実とみなして対応せねばならん」

その言葉に、拳を握りしめ下を向く老女。

「人族がエリクサーを製造する力を手に入れたなど、認められんぞ！」

続いて、老女の隣の席から怒号が発せられる。

枯れ木のように痩せたハイエルフは、額に血管を浮かび上がらせつつ机をバンバンと何度も叩く。

粗野で、建設的な部分の欠片もないその発言に、議長は嫌そうに眉を寄せた。

報告に来たエルフは、まだすべてを話し終えてはいないらしく、物言いたげに議長を見る。

一つ息を吐いた後、議長は続きを促した。

「発表によりますと、材料が不足しているそうです。現時点では、これ以上の製造は不可能との事で」

「何？」

ハイエルフ達は顔を見合わせる。

エリクサーがアムブロシアより作られ、アムブロシアの木は王国にある。

ならば決して、次が作れないとは思えない。

「それとも一つ。作ったとは言えその量はわずか。とてもではありませんが、トリプルBの効能を発揮出来る物ではないとの事」

実際には、トリプルE程度ではないか。王国の薬師たちの間では、そのような見解らしい。

続きを耳にした老婆の顔に、安堵の表情が広がる。

「何よ、それじゃとてもエリクサーとは言えないわ。とんだ茶番ね」

隣の枯れ木のように痩せた老人も、腕を組み満足げにうなずく。

少し離れた席から、太ったハイエルフが手を挙げ、発言を求めた。

「しかし技術は手に入れたのだろう？　アムブロシアさえあれば、エリクサーを作る事が可能という事だ」

憎々しげに自分を見る、老婆と枯れ木のように痩せた老人。二人を無視し、太ったハイエルフは続ける。

「そして王国には、もうアムブロシアがないと言う。ではそもそも王国は、アムブロシアをどこで手に入れたのだ？」

視線は一斉に、報告者のエルフへと集中。

緊張に顔を強張らせつつも、胸を張ってエルフは答えた。

「他国の者が、一個だけ持ち込んだそうです」

無言の空気に背を押され、報告者は取り出したメモに目を落とす。

「その者は娼館に客として訪れ、相手をしてくれた店の女へプレゼントしたそうです。どうやら客は、アムブロシアとはわかっていなかったとの事」

馬鹿じゃないの、と老婆の呟きが静かな室内に響く。

だが、誰も反応しなかった。

「女の方は魔法学院の学生であった事もあり、すぐに気がつきました。そしてアムブロシアは学院へと持ち込まれ、エリクサーへつながったとの事です」

「一個まるまる使って、トリプルEの量しか出来ないの？」

顎を上げ、鼻で笑う老女。

太ったハイエルフは、それを無視して問う。

「その客は、どこから来たのだ？」

「おそらくですが、帝国ではないかと」

その言葉に、室内がざわめく。

帝国は、オスト大陸における人族最大の国。現在では最強でもある。

当然、人族が一つにまとまる事を恐れる彼らは、充分に注意を払っていた。

しかし、アムブロシアに関する情報など、聞いた事がなかったのである。

「この店ですが、帝国と王国の休戦条約締結にあたり、帝国代表団の接待に使われております。そしてこの女は、その相手を務めていました」

報告者はメモを見つつ、問いに答える。

ここまでは聞かれると予測し、情報を集めていたようだ。

「その時、手に入れたと思われます」

ざわざわと、互いに私語を交わし合う。

その最中、一人のハイエルフが報告者に声を掛ける。

「女が相手をした人物。それが誰だかはわかるのか？」

報告者はメモから顔を上げ、言いにくそうに口の端を曲げた。

「死神です」

「死神ぃ？」

その名を耳にし、ハイエルフ達がどよめく。

エルフの甘い罠は、帝国にも深く伸びている。しかし死神には、いまだ届いていなかった。

「搦め手、脅し、直接的な暴力、あるいは金。すべてが通じない相手だぞ」

他の人族と違い、死神はエルフに興味を示さない。

いや、その言い方には語弊がある。エルフだからと特別な興味を示さない。人族に対するものと同程度でしかないのだ。

「死神は今、どこにいる？　帝都か？」

「ランドバーンです」

ランドバーン。その響きを吟味する、皆の表情。

「ごく最近、帝国領になった都市だな」

枯れ木のように痩せたハイエルフが、ぼそりと漏らす。

はっとした表情で、老婆が口を大きく開けた。

「じゃあそこにアムブロシアがあるって事？　アムブロシアがあるから、帝国はランドバーンを攻め取ったって事？」

机に両手をついて立ち上がる。

「アムブロシアがあるのなら、そこに世界樹もあるし、ザラタンもいるって事よね！」

「落ち着け、先走り過ぎだ」

議長は両手でなだめる動きをするが、老婆の視点は目先に結ばれている。

「このままじゃ世界樹が、人族の手に落ちちゃうわ。アムブロシアもそう。ザラタンだって帰って来ない。早く人族を駆除しなくっちゃ」

顔をしかめた議長が口を開く。だが声を発する前に、老婆に同調する者が現れた。

枯れ木のように痩せたハイエルフである。

「死神は、アムブロシアと思っておらんかったと言うたな。ならば帝国は、世界樹の存在にも気づいておるまい」

ひたと議長を見つめ、強い口調で言葉を続ける。

「気づかれる前に、ランドバーンを取れ。そこに住む全員の口を封じ、人族に情報を与えるな」

会議室に沈黙が訪れる。

何名かが、枯れ木のように痩せたハイエルフの意見に頷いている。

「……人族との戦いを始めろと言うのか？　以前のように」

重い声音で、言葉を絞り出す議長。

「勝つのは容易だ。しかし弊害もある。あの時我々は、資源が手に入らず難渋しただろう。忘れたのか？」

帝国は、オスト大陸最大の人族の国。エルフの里にとって、最大の交易相手国である。

人族の国から購入するのは、魔法素材。

汚物や死体から生成される物、採掘や精錬時に汚染を撒き散らす鉱物、あるいは精霊の森に住まぬ魔獣由来の物など。

いずれも精霊の森では手に入らぬか、エルフが手を染める事を嫌がる物だ。

そして対価は安い。エルフの里で作製した、日用レベルの魔法の品で済む。人族はそれらを喜びながら高値で買って行くのだから。

ゆえに人族はエルフにとって、なくてはならない取引相手となっていたのだ。

「呆《ほう》けたか？　世界樹が、この世の未来がかかっているのだぞ。そのような細事にこだわっている場合ではあるまい」

そこで枯れ木のように痩せたハイエルフは、目つきをいやらしいものに変える。

「いや、呆けたのではなく、臆したのか？　自分が議長の代に、人族と戦争を始める事に」

議長の席を望みつつ、支持者が足りず座れなかった思いが、暗い情念をかき立てていた。

彼が見つめる最上席の男は、無言で腕を組んでいる。

そこへ横から、太ったハイエルフが口を出す。

「世界樹の存在が確実なものとなれば、そうするべきだ。しかしまだ何の確証もなく、想像に過ぎん。貿易の利を捨ててまで賽《さい》を振るには、まだ早過ぎるだろう」

頷く者も多い中、老女は激しく頭を振った。

「ランドバーンで間違いないわ。絶対にそうよ。早くしないと間に合わなくなるわよ！」

場は一気に騒がしくなり、ハイエルフ達は次々に意見を述べ始める。

「帝国が気づいていないという事は、アムブロシアがあるからランドバーンを攻めた訳ではあるまい」

「どこかにあるにしても、ランドバーンとは限らぬか」

「本命は一度で押さえねばならん。ランドバーンを攻め取ったものの、世界樹がそこになければ意味がないぞ」

そこへ、耳障りな金切り声が響く。

「ある場所を、また攻めればいいじゃない！」

馬鹿にした表情を浮かべる老女だ。

「警戒されよう。最初より難しくなる」

「人族なんて、どうにでもなるじゃないの！」

再度、老女は叫ぶが、頷く者はいない。

「なぜ我らエルフが、ランドバーンを狙ったのか。それを考えさせては藪蛇になるぞ」

「そうじゃな。今まで気づかなかった世界樹、これを引き金に見つけられたらたまらんわい」

「だから人族なんて、どうにでもなるって言っているじゃないの！」

自分の意見が通らない事に、いらだつ老女。噛みつかんばかり勢いで、同じ言葉を繰り返す。

議長は、決断した表情で机を一度叩き、宣言した。

「これより決を採る」

席に座るハイエルフ達をぐるりと見やり、言葉を続ける。

「ただちにランドバーンへ侵攻すべき。そう思う者は立て」

老女、その隣の枯れ木のように痩せた老人、他数名が立ち上がった。

「では次に、ランドバーンの調査を行い、その上で判断する。そう考える者は立て」

太ったハイエルフを含め、大多数が立つ。

逆に座った老女や枯れ木のように痩せた老人は、苦い顔だ。

どちらにも立たなかった者達は、腕を組み目を閉じている。

「では決まった。情報を担当する者は残れ。解散！」

数名を残し、ゾロゾロと席を立つ。

「腑抜けが」

枯れ木のように痩せた老人は、わざわざ議長の側を通り、背中から声を投げつける。

議長は聞こえなかったように装い、反応しない。

老人は舌打ちをし、老女と共に部屋を出て行った。

(可能性が高ければ動く。臆しているのではない。慎重と言うのだ)

議長の言葉は口の中でのみ発せられ、周囲の者には届かなかった。

すぐにこの場で、具体的な今後の行動が決められる。

「いいか、風の精霊による探査を、ランドバーン周囲に集中して実施しろ」

議長の言葉に、情報収集を担当する無口なハイエルフは頷く。

結果の出ていない世界樹調査より、そちらの方に注力すべきと思えたのだ。

「それと、精霊だけではなく、エルフ族自身にも確認させたい」

無念だが、その言葉にも頷かざるを得ない。

『俺の精霊による調査が、信用出来ないと言うのか！』

以前なら、そう噛み付いただろう。

しかし絶対の自信があったはずの調査は、世界樹探索において失敗している。

世界の魔力収支を観測した結果得られた、無視出来ないほど大きな差。それが世界樹の存在を裏付けているというのに、いまだに見つける事が出来ていない。

「その地に同胞はいないか。いないだろうな」

エルフは、人族の主要都市に住んでいる。しかしランドバーンのような辺境の地方都市は、対象外。

数の少ないエルフ族では、そこまで網羅するのは不可能だった。

「一番近いのはどこだ？」

「王国の王都かと」

「すぐに向かわせろ」

先ほど、エリクサーの知らせをもたらしたエルフ。その男に指示を出す。

「話してよろしいのは、どのあたりまででしょうか」

世界樹やアムブロシア、それにザラタン。これらの件は、エルフの間でも限られた者達にしか知らされていない。

そして世界各地にある人族の主要都市、そこにまぎれて生活をしている者達。

彼らは平民。当然、何も知ってはいない。

「アムブロシアがランドバーン近郊にあるのではないか、そこまでだな」

エルフは頷き、会議室を駆け足で出て行った。

それを見送った後、情報担当のハイエルフと調査内容について詰めて行く。

おおよそまとまった頃、会議室の外から階段を駆け上がる音が、かすかに響いて来た。

少しの間を置いて、先ほどのエルフが息を荒らげながら姿を現す。

「王都には同胞がいない？」

その報告に驚く。

オスト大陸で、帝国に次ぐ国力を持つ王国。その首都にいないとは考えられなかったのだ。

「はっ、半年ほど前に店を引き払っております」

「どこへ行ったのだ」

「それが、他国の同胞の店に行った者、商人の手伝いを始めた者など様々で。ただ、里には誰も戻っておりません」

「主要国家の首都に誰もいないなぞ、あってはならん。いったい里の者達は、何を管理しておったのだ」

いらだたしげな声に、エルフは体をすくめる。

(目の前の者を怒鳴っても、解決にはならん。代替案を考えなくては)

そこで思いつく。今、エルフが口にした職だ。

「商人に頼むか」

人族相手に、里の日常品を売り歩く者達。

その者達なら、ランドバーンに赴いた経験もあるだろう。近くにいるのなら、向かうのもすぐだ。

「ランドバーン付近にいる商人に、話をつなげ。そして死神の身辺を探らせろ」

エルフは鋭く返事をすると、再度里へ向けて階段を駆け下りて行った。


エルフの里から東南遥か。

王都の歓楽街。ある娼館の裏口にあるのは、別れの光景。

「ねえ、どうしても行くの？　考え直さない？」

眉を心配そうに寄せ、そう口にするのはツインテールの若い女性。

彼女の前には旅装を整え、小さな車輪のついた大きな鞄を前にした人物がいた。

「ええ、やはりタウロ様とお会いする前に、一度自分を磨き直さないと」

微笑むのは、こちらも若い女性。

やさしげな中にも、凛とした雰囲気がある。

彼女はこれから他国へ、修業に向かうのだ。

「これ以上、どこを磨くって言うのよ」

少々呆れ顔のツインテールの言葉にも、静かにニコニコと笑うだけである。

「日も決まりましたし、あまり余裕はありません」

「しょうがないわね。元気に戻って来るのよ」

友人の決意が固いと知り、軽いハグを交わす。

「得るものは、きっとあります。戻ったら、あなたにも教えますね」

「いいわよ。どうせ使う機会がないし」

耳元でささやかれ、ツインテールは頭を振る。

彼女の客層は敏感系男子。そんな彼らに、対ドクタースライムの新技など用いられない。

「じゃ、行こうか」

少し距離を置き、二人を見ていたコンシェルジュが声を掛けた。

そばには、ゴーレム馬車を待たせてある。

御者に荷物を運ばせながら、コンシェルジュは教導軽巡先生に念を押す。

「彼女には、言わなくていいのかい？」

もう一人の親しい友人。人狼《ワーウルフ》のお姉さんの事である。

「ええ、彼女に告げたら、国外までついて来そうですもの」

申し訳なさそうな表情。

気の強いキャリアウーマンのような見掛けにもかかわらず、人狼《ワーウルフ》のお姉さんには寂しがりな面がある。

別れを惜しみ続け、馬車の後を走って追い掛けて来かねないのだ。

（それに）

もし彼女だけでなく姪である犬耳の幼児まで、『行くな』と目に涙を溜めたなら。

（……厳しいわ）

せっかく固めた心が、揺らいでしまうかも知れない。

目を閉じ深く息を吸い、少しの間を置いて静かに吐き出す。いくらか落ち着いたところでコンシェルジュから、いたわるような声が届く。

「元気でな。君には余計な事だろうが、無理だけはするなよ」

その言葉に、花が咲くように微笑む教導軽巡先生。

「はい」

こうして教導軽巡先生は、自分を磨く旅へと出たのであった。


オスト大陸の西半分を支配する帝国。

帝都には、砂色の石材で造られた家々が建ち並ぶ。その中心部にそそり立つ宮殿内では今、円卓会議が開かれていた。

「王国が、エリクサーの製造に成功した？」

帝国魔法学院の学院長からもたらされた衝撃の情報に、皆の表情は一様に険しさを増す。

上座に座る壮年の男が、大きな溜息と共に言葉を発した。

「幽霊騎士《ゴーストナイト》に続き、またしても遅れを取ったか」

皇帝直々の発言に、静まり返る室内。

「少なくない予算と人員を与えているはずだが、どうした事だ？　こう続くと、組織そのものに問題があるのかと思うぞ」

鍛冶ギルドを管轄するえらの張った中年女、それに帝国魔法学院の学院長。二人はその言葉に、身を強張らせた。

「いえ、帝国の魔法技術は王国と同等以上。決して劣ってなどおりません」

痩せ細った老人が、緊張で声を震わせつつも強い口調で抗弁する。

「ではなぜ、我が国はエリクサーを作れない？」

帝国魔法学院の学院長である痩せ細った老人は、一瞬、言葉を詰まらせた。

「……材料に問題があるかと」

片眉を撥ね上げ、続きをうながす皇帝。

学院長は立ち上がり、身振りを交えながら説明を始めた。

「エリクサーの主原料はある果物です。アムブロシア、あるいは神の果実と呼ばれる果物。それをもとに作られると、多くの文献に記されております」

「ほう」

「アムブロシアさえ手に入れれば、我らは間違いなくエリクサーを作り上げる事が出来ましょう」

言い終え席に座る学院長。その年老い痩せ細った姿から目を離さず、皇帝はさらに問う。

「では、アムブロシアがこの手にないのはなぜか？　そこまで説明してもらわなくては、余は納得出来んな」

顔色を青くし、焦った様子で再び立ち上がる学院長。

「ぐ、偶然の産物ではないかと」

「偶然？」

「はい。話によりますと、王国は旅の者よりたまたま、一個だけ入手したそうです」

老人の額に、みるみる汗の粒が浮かぶ。

「貰った者は、たまたま王立魔法学院の学生でありました。そのためアムブロシアは魔法学院へと持ち込まれ、エリクサーへと変じたのです」

無言で話の内容を吟味する皇帝。その表情は、決して好意的なものではない。

「旅の者は、どこでアムブロシアを手に入れたのだ？　まさか、この世に一個だけなどとは言うまいな」

畳み掛けるように、続けて問う。

「そして旅の者。その者はどこから来て、一体どこへと向かったのだ？」

学院長は答えられない。痩せた体を立たせたまま、うつむきしきりに汗を拭っている。

王国より劣る。学院長は、その言葉に反応して立ち上がっただけ。

そのため、答えられるような情報を準備していなかった。

「もうよい」

冷たい一言で座らせる。

誰の目にも、学院長の評価大幅マイナスが見て取れた。

そこに、手を挙げ発言を求める背の高いロマンスグレーの紳士。

遠征軍を率いアウォークを目指すも、幽霊騎士《ゴーストナイト》によって撤退を余儀なくされた侯爵である。

「私の方でも、同様の情報を手に入れておりますが」

侯爵は立ち上がり、左手に持った手帳へ目を落としつつ言葉を発する。

しかし背筋は伸びきったまま、いささかも曲がらない。

「まず王国において作製されたエリクサーの量。これは、淑女が手にする香水よりも少ないとの事。トリプルBの効果を発揮するのは無理でしょう」

手帳を持った手の親指で、器用にページをめくり言葉を継ぐ。

「アムブロシアと思われる果実、とりあえずアムブロシアとしておきましょう、これは製造段階の試行錯誤によって多くが失われ、もはや欠片も残っていないそうです」

その説明に、若干ながら安堵の空気が広がって行く。

「そしてアムブロシアを渡した旅の者についてですが。我が国のA級操縦士、死神卿だとの噂が流れております」

ざわめきと、ガタガタと椅子を揺らす音が響く。

それが静まるのを待って、侯爵は続けた。

「ランドバーンの死神卿に使いを出したところ、何の事かわからぬとの事。死神卿と面会した者も、不自然な様子はまったく見られなかったと申しております」

そこで一度、息をつく。

「ですので、これは何者かの離反工作ではないかと。陛下と死神卿の間に、楔《くさび》を打ち込むのが狙いでしょう」

皇帝は頬杖をつきつつ、鼻で笑う。

「遠隔地において強力な武力を持つ存在。余が警戒し疑うと思ったのだろうが、浅はかな事よ」

彼の死神に対する信頼は、揺るぎない。

富や権力を望まぬ人物である事は、これまでの実績が如実に示している。

侯爵はその様子を確認し、言葉を続けた。

「ただ、西からもたらされたというのは確かなようです。私の推測ですが、ランドバーンから王都へと逃れた者達、その中の一人が所持していたのではないでしょうか」

王国の西にある国は、帝国のみ。そしてアムブロシアの入手時期は、辺境伯がランドバーンを攻略した直後。

推測の根拠を耳にし、皇帝は頷いた。

「筋は通る。辺境伯に、領内をくまなく探せと命じよ」

侯爵は深く腰を折り、静かに腰を下ろす。

皇帝は視線を侯爵から横に動かし、えらの張った中年女の上へ。

「幽霊騎士《ゴーストナイト》の件、その後の進捗はどうか？」

えらの張った中年女の背がビクリと震え、うつむいていた顔を上げる。

強大な力と引き換えに、操縦士の心を壊す。そう報告し得点を稼いだのだが、その後が続いていない。

「短い期間で幽霊騎士《ゴーストナイト》の欠点を探り出したのは、見事であった。だが王国とて、いつまでも放置はすまい。いつか必ず乗り越え克服してこよう」

静かな口調で続く、皇帝の言葉。

「その時に備える事は出来そうなのか？　金、人、好きに望むがよい。配慮はおしまんぞ」

鍛冶ギルドを統括する立場の彼女。

立ち上がり深く頭を下げるも、これ以上の予算と人員を望む声は出さなかった。

「帝国の未来は、そなたの働きに掛かっている。頼むぞ」

かすれた声で返事をする、えらの張った中年女。その顔色は、白より蒼に近かった。

舞台は帝都より東へ、王国の王都へと大きく移動。

そこは歓楽街の大通りに面して建つ、白を基調にしたシックな建物。王都御三家の一つ、ジェイアンヌである。

「この間の帝国工作員の情報、助かったよ」

一階奥にある控え室に、お邪魔している俺。そして目の前に座るのはクールさん。

用事のついでに、部下の顔を見に来たのである。ちなみに用事というのは、いつ教導軽巡先生と会えるのかという催促だ。

「そうですか」

傍目には表情が変わらず、無関心な様子に見えるだろう。しかし俺にはわかる。

クールさんは今、非常に機嫌がいい。

「初物、水揚げが続いているみたいだね」

「……おわかりになりますか」

言いながらクールさんは、頬に片手をあてる。これで伏目がちに頬を染めでもしたら、非常に色っぽいと思う。

(だけど、まったく普段と変わらないんだよなあ)

美人であるのに、もったいない事だ。

そんな俺の思いに気がつかず、クールさんは水揚げの経緯を語る。

「へえ、鉱物の精錬場ねえ」

最初に網に掛かったのは、そこで働く若者。

最近出た臨時の手当てを握り締め、最上級娼館に足を踏み入れたのだという。

(ここしばらく、騎士の修繕と建造が相次いでいるからなあ)

精錬場は材料を作る。きっとその業績は、急上昇しているに違いない。

「大変、おいしゅうございました」

不気味に、目だけで笑うクールさん。

コンシェルジュとのコンビプレーで、客の群れの中から一本釣りしたそうだ。

「精錬場で働く人に限り、初来店を格安で提供するって?」

思うところがあったらしく、その若者に提案したらしい。

話はすぐに広まり、連日のように同僚達が訪れているという。

「その金額で、よくコンシェルジュがうんと言ったねえ」

「お店の取り分は、変わりませんので」

どうやら、自分の分を削っているようだ。

「あの程度の出費で、これほど味わえるとは。まさに夢のようです」

無表情を崩し、うっとりと宙を見つめる彼女。

彼らの初物率は類を見ないほど高く、多い時で日に三人をいただいているそうな。

(類は友を呼ぶ。いや、初物は初物を知るという事か)

見事な策である。

(それにしても、手取りを減らすどころか補填しているとは)

ただ働きどころか、持ち出しすらしているようだ。

(娼館に顔を出すのは、仕事ではなく趣味なのだな)

いや、それ以上。人生の目的そのものなのかも知れない。

『このために生きている』

という奴である。

自分の望むものをまっすぐに見つめ、迷う事なく歩み続けるクールさん。さすがとしか言いようがない。

「たまに、まがい物も交ざっておりますが、それは仕方がないでしょう」

初来店には違いないので、拒否せず相手をしているという。

初物を手に入れる手数料。そう考えているので、まったく問題ないそうだ。

「しかし若者の初物なんて、女性に飢えているだろう。そんなのを毎日相手にして、体は大丈夫なのかい？」

力の加減がわからず、結構乱暴に扱われる事もあるはず。だがクールさんは、平然としたものである。

「ご心配には及びません。鍛え方が違いますので」

どこをどのように鍛えているのかは、聞かないでおく事にした。紳士たるもの、淑女の努力を直視してはいけない。

「それに、若者だけとは限りませんし」

言葉を継ぎつつ、意味ありげな笑みを口の端に浮かべるクールさん。

「えっ？」

俺の口から漏れる、軽い驚き。

性文化の充実したこの世界。王都には御三家のような高級娼館から、業界の風雲児が経営する安い店まで様々ある。

貸本屋の爺さんのような例外を除けば、皆若いうちに卒業するものと思っていたのだ。

「精錬場で働くと、肌が荒れたり薬品臭が染み付いたりもします。心やさしい人ほど女性に遠慮し、自分で処理してしまっているようなのです」

「……なるほど」

言われてみれば、わからないではない。

顎に手をあて頷く俺を見つつ、クールさんは口を開く。

「先日いらしたのは、四十代半ばの方でした」

髪の薄くなった太り気味のその男性。自分に自信がまったくなかったらしい。

クールさんという特級美女を前にして、それはもう遠慮のしどおしだったとの事。

「もう、かわいらしくて」

夢見るような表情を作るクールさん。

どうやらそれが、母性本能と嗜虐心に火をつけてしまったらしい。

「つい、張り切ってしまいました」

浮かぶのは、ご馳走を食べ終えた後の猛獣のような笑み。

嫌な予感を覚え、俺は相手の様子を尋ねる。すると答えは案の定、非常によろしくないものだった。

「昼に来たのに、閉店まで意識が戻らなかったって？」

男性の魂が、どこかに舞い上がってしまったに違いない。

「大丈夫だったのかい？」

俺も聖都で敗れた時、臨死体験に近い感覚を味わった事がある。

あれはあれで幸せだが、戻って来られなかったらどうなっていたのか。背筋に冷たい震えが走った。

「ええ、たぶん」

歯切れが悪い返答。

聞けば、後はコンシェルジュに任せたからわからないとの事。

俺は大きく息を吐く。

「それって俺が出入り禁止になった奴の、逆バージョンじゃないのか？」

欲望に任せてやり過ぎてしまい、教導軽巡先生を一ヶ月近く寝込ませてしまった。

怪しげな微笑と共に、そうかも知れません、とクールさんはのたまう。さすが死ぬ死ぬ団のエース怪人、恐ろしい女である。

（ん？）

そこでふと、窓際にある小さな植木鉢に気がつく。

シンプルだが高価そうな雰囲気。俺の目を引いたのは、何も植えられていないからである。

「それは彼女のです」

クールさんいわく、爆発着底お姉様が持ち歩いているのだそうだ。

ちなみに彼女は、予約客をこなす事に奮闘中である。

「たぶん、先日いただいた果物の種。それが植えられているのではないでしょうか」

文旦の事だろう。

酸味爽やかで味がよい柑橘類、しかし種も多い。俺も前の世界では、庭に蒔いたものである。

（芽は出たけど、結局、実がなる事はなかったな）

畑でもない、ただの地べたに植えただけ。今思えば、もう少し手入れをしてやるべきだった。

「初物でーす。準備お願いしまーす」

その時ノックと共に、扉の向こうから見習いコンシェルジュの声がする。

そそくさと向かい、扉の隙間から話を聞くクールさん。

すぐに行くわ、と返事をして振り返る。

（うわっ）

反射的に、椅子ごと後ずさる俺。

クールさんの目の位置には、トランプのジョーカーの笑みのような、二つの三日月があったのだ。

（何という、いやらしい笑み）

いや、もう一つ追加だ。口の位置にも三日月がある。

「ご友人同士で、いらっしゃったそうです」

くすくすと楽しそうに笑うクールさん。いや、これはすでに初物喰《ユニコーン》らいだ。

「一人では不安なので、二人同時に相手をしてもらえないかとの事で」

俺はすでに答えを察していたが、あえて聞く。

当然のようにクールさんは、頷いた。

「勿論オーケーしました」

そしてくるくると回転しながら、部屋を出て行く。

「困った人達です。本当に困った人達」

繰り返す声が廊下に消えて行く。

その声音は、心の底から嬉しそうだった。

（やり過ぎ注意）

俺は、娼館で学んだ言葉を心に繰り返す。

もしかしたら彼女も近いうち、その言葉の意味を思い知るかも知れない。

（身に染みる経験。それをしなければ無理だろうな）

今、余計な事を言えば、クールさんは暴れ出しかねない。

ここからは、自らの力で成長するしかないのだ。

(さて、帰るか)

まだしばらく先だが、教導軽巡先生との日取りも決まった。

すぐに会えないのは、何やら修業に行っているためらしい。

今さら修業が必要とも思えないが、教導軽巡先生らしいとは言える。

(相変わらず勉強熱心な人だ)

自分を磨き続けるストイックさが、教導軽巡先生の魅力の一つなのだ。

(んー)

そこで植木鉢が目に入る。

俺は、庭森に文旦の種が蒔かれた時の事を思い出す。

あの時イモスケは、Dランクポーションを掛けるよう求めたはずだ。

(よし、肥料代わりだ)

誰もいないのを確認し、魔法を発動。

手には、濃い青の液体が入ったガラス瓶。Dランクの病気治療薬だ。

(元気に育てよ)

鉢が小さいので瓶の三分の一ほど注ぎ、残りは飲む。そして、少し荒れてしまった土の表面を指でならす。

Dランクでこの量なら、薬草が薬草樹になったような変化も起こるまい。

俺は静かに、休憩室を辞したのであった。


一旦家へ。日がまだ高いせいか、眷属達は玄関に迎えに来ない。まだ庭森にいるのだろう。様子を見に行くべく、庭森へと出た。

「何だ、忙しそうだな」

見ればイモスケは、珍しくも薬草樹の枝にいない。池のほとりの、棘の多い常緑樹に乗っている。根元ではダンゴロウが、土を掘り返していた。

『おていれ』

『たいへん』

それぞれから、そんな波が届く。

この木は文旦。この世界では珍しいらしく、種を準備するのにイモスケは凄く頑張った。しかし、種を植えて終わりではないらしい。維持するのも手間が掛かるようである。

「ちゃんと手入れをしないと、花が咲かないのか」

それどころか、葉が落ちて丸坊主になったりするらしい。

文旦は俺の好物。食べられるのは嬉しいが、大分負担を掛けているようである。

「すまないな」

申し訳ない気持ちが湧き、言葉が自然に口をつく。

『だいじょうぶ』

『たのしい』

俺が喜ぶのが、嬉しいらしい。少しだけ鼻の奥がツンとなる。

「ありがとう、お前達」

地面に腰を下ろすと、働く二人を眺めるのだった。

(爆発着底お姉様の鉢。ポーションを掛けてみたけど、育つのは難しそうだな)

プラントマスターな二匹。イモスケとダンゴロウをもってしても、こうなのだ。

王立魔法学院の才女がどれだけ詳しいかはわからないが、精霊獣以上とは考えにくい。

(駄目だった時は、諦めてもらうしかない)

肩をすくめた俺は、割り切る事にした。

そんな一人と二匹を、池の中から見つめる存在がいる。それは庭森の池の管理を任された亀、ザラタン。

(コレガ理由カ)

静かに両目をまばたかせる。

精霊の森からアムブロシアが姿を消した原因。それがわかった気がしたのだ。

ザラタンはとくに、ダンゴムシを注視する。

(ホトンド、見掛ケナクナッタ)

精霊の湖の周囲。以前は、地面をうろうろしていた気がする。しかしいつの頃からか、姿を消していた。

(土属性ノ精霊獣)

ダンゴムシの特性を思い出し、ゆっくりまぶたを開閉。

（コノ存在ガ、不可欠ナノダナ）

精霊の森という、魔力に溢れた地。そして自分は湖の水質を、高く維持していた自負がある。

だがそれでもアムブロシアは実を付けず、数を減らし最後には姿を消した。

（ナゼダ？）

ザラタンならずとも、そう思っただろう。

今ならわかる。土の滋養が不足していたのだ。

（アノ様子ナラ、キットマタナル）

満足そうに目を細め、ザラタンは顔を水に沈ませたのだった。

エピローグ

帝国西部で魔獣退治を行っている、百合騎士団《リリーナイツ》黄百合隊。

湖の底を抜き、下流に洪水をもたらした大蛙の大集団。その掃討は終わったが、対象は次へと移り任務は続いていた。

『もう届いた頃だと思うけど、途中で奪われたりしていないよね』

ここは干上がった湖のさらに西。表皮を剥ぎ食われ枯死した巨木が、櫛の歯のように並ぶ森である。

元凶の中型魔獣、『大食い鹿《グレンディア》』へ止めを刺し終えたC級騎士が、僚騎を振り返り外部音声で問う。

『大丈夫だって。そのために大金を払って、武装した冒険者達に運ばせたのでしょう？』

答えたのは、同じく樽と箱を組み合わせて作ったような、体高十五メートルほどのC級。

乗り手のおかっぱ少女の声に呆れがにじむのは、日に三度は聞かれるからだろう。

話題は少し前に本拠地へ送った、『蛙がほじくり返した湖底で拾った、華美な装飾の古い剣』について。

『今の技術では再現不可能な性能を持つ、国宝級の品』

そうではないかと期待しているため、気になって気になって落ち着かないのだ。

話し掛けたC級の操縦席に座る、茶色の髪を三つ編みにした少女。彼女が発見者なので、仕方がないのかも知れない。

『おしゃべりはそこまで。次へ行くわよ。散開して私達の方へ追い込みなさい』

背後から告げたのは、体高十八メートルの騎士。

こちらはB級なだけに甲冑姿をしており、隊長騎である事を示すトサカが、額から上へと伸びている。

『今度の群れは大きいわよ。誘導に失敗して、反撃を受けたりしないようにね』

『はあい、お姉様』

素直に答えた四騎のC級は勢子《せこ》の役割を果たすべく、死に掛けている森の中へ散って行くのだった。


帝国を東へ横断し、さらに王国を越えた直後。王国と東の国に挟まれた場所に、温泉湧き出る風光明媚な谷間がある。

『百合の谷』

その名で呼ばれるここは、国際的傭兵騎士団百合騎士団《リリーナイツ》の本拠地。

王国、東の国。大国の間にありながら呑み込まれていないのは、中小国に匹敵する武力を持つ事と、攻めにくい地形のおかげだろう。

今、最も大きい建物内の最も広い空間では、団長と整備士が紅茶を片手に言葉を交わしていた。

「結果はどうだった？　あの子達の言うように、『場違いな工芸品』か？」

騎士格納庫の端に置かれた、木製のテーブル。その上へティーカップを戻しながら、長いまつ毛に切れ長の目をしたスレンダーな女性が問う。

右目の下に長い傷跡があるが美人と言ってよく、熟女好きにはたまらないだろう。

「そうですねぇ」

筋骨たくましい中年女性は、正面に座る団長から視線を外し、床に置かれた刃渡り六メートルはある片手剣へと向けた。

「魔法剣ではありました。しかし、使い物にはなりません」

言いにくそうに続けると、左右へ頭を振り息を吐く。

『魔法剣』とは、魔力を流し込めば魔法が発動する剣の事。一般的なのは、地味だが『鋭さを増す』だろう。

瞬間的な魔力消費で、勝負を決める一撃を与えられるのだ。

「という事は、炎の剣とか氷の剣とかか？」

栗色ストレートの長い髪を持つ大人の女性の声の響きは、残念さと興味が半分ずつといったところである。

残念な例として挙げられた『炎の剣』とは、その名のとおり刀身に炎をまとう派手で美しい剣だ。しかし燃え続けるには魔力が必要で、持ち手へもダメージが行くという欠陥がある。

また『氷の剣』は刀身が強烈に冷えるのだが、炎の剣同様よろしくない。

空中で発動すれば結露した後凍り付き、『刃物』ではなくなってしまうのだ。地へ突き立てるような事をすれば、周囲の水分を固めてしまい、抜けなくなってしまうだろう。

「実用性というところでは、似たようなものですね」

顎に手を当て肯定する、ゴリラウーマン。

なぜ知っているかと言えば、『王国の白き獅子』こと王国騎士団の前団長、その白く流麗な専用騎が所持していたからである。

『王国第二王子の騎士団入り』

その記念行事に招かれた時、演武で用いられたのだ。

(右手は焼けて色が変わりつつあったし、左手の剣は氷の棍棒みたいになっていたからな)

思い出し口の端で笑う、百合騎士団《リリーナイツ》の騎士団長。

炎の残像と、飛び散り光を反射する氷片の美しさに、多くの観客は魅了されていた。しかし一定以上の技量を持つ操縦士の目は、誤魔化せなかったのである。

「切れ味がよくなるタイプですが、効率が悪過ぎます。こんな事に魔力を消費するくらいなら、遠距離攻撃魔法をぶっ放した方がましでしょう」

魔法陣が内部に収められているのだが、馬鹿食いしてしまうらしい。原因は図柄が単純で、線も太いからだろうとの事だ。

(場違いな工芸品ではなく、ただ古いだけだったか)

目を細め、髪を指ですき耳を出すスレンダー美人。

研究が進み、加工技術も進歩した現在。魔法陣は極めて細い線で精緻に描かれ、少ない魔力で発動出来るようになっている。

「皆の前で巨大な石を両断するとか、儀式用だったのではないですかね」

言葉を続けると両手のひらを上へ向け、肩をすくめ片目を閉じる女整備士。

「A級騎士と交換という訳には、行かなかったか」

小さく頷き、団長が言う。

期待が外れたのは事実だが、表情と声音には温かさがあった。そんな事より妹達の気遣いの方が、遥かに嬉しかったからである。

「国宝級なら秘蔵されている帝国の盾と違い、公表して確たる証拠に出来たのですがねえ」

一方、肩を落とすのは、腹筋の割れた整備士。

『かつて世界には、現在を凌ぐ技術と知識が存在した』

なぜなら彼女は、この考え方の信奉者だったからである。

世間では妄想扱いされるのに、百合騎士団《リリーナイツ》では一般的。理由はこの整備士の、情熱溢れる布教のおかげだろう。

自信をもって断言する姿は、それだけで人の心を動かすものなのだ。

「黄百合隊の妹達も、結果を知りたがっているだろう。鑑定の結果を書面にまとめてくれ」

紅茶を飲み終え、指示を出す団長。そこで瞳には、いたずらっぽい光が浮かぶ。

「あの子達をあまりがっかりさせないよう、言い回しは工夫してくれよ。私の書く礼とねぎらいの手紙に、同封して送るからな」

難題を押し付けて来た上司を驚きと共に見つめ、次に天を仰ぐ筋骨たくましい中年女性。

しかし彼女達は、気づいていなかった。

『太く単純な線』で描かれた魔法陣は耐久力に優れ、『注いだ分だけ切断力が増す』という、恐るべき性能を有していた事に。

『いかに少ない魔力で魔法を発動させるか』

その方向へ進歩して来た、人族の魔法。魔力に恵まれない種族なだけに、そちらへ目が行かなかったのも、致し方ないのかも知れない。

だがオスト大陸に住まうのは、人族だけではない。

そして人族の中にも『今の魔法陣では通りが悪く、焼き切ってしまうほどの魔力を持つ存在』が、例外的ながらも確かに存在していたのだった。

コミックス連動ショートストーリー　反撃

王都は、王国で最も人が集まる街だ。

人が多ければ、街路に投げ捨てられるゴミが増え、それへ集まる小動物の死骸も増える。それに歓楽街では、飲み過ぎて路地裏へ走り込む姿は珍しくない。

『清掃工房』

それは国や歓楽街、商店街などから依頼され、掃除や後片付けを行うところ。

いくつもある清掃工房の一つでは今、二人の少年が親方から給金を貰っていた。

「よし、これだけあれば買えるよな」

「さすがに十分だろ」

年の頃は十代前半。似た者同士で気が合うのか、どちらも小柄で小太り、もっさりした感じである。

二人は学校の授業が終わった後、ここでアルバイトをしていたのだ。

「ほお、何を買う気だ？」

親方である髭面のおっさんが問うたのは、純粋な興味の他に心配もあったから。

『表面だけ綺麗にし、奥へゴミを押し込む』

そのような手合いもいる中、裏表なく黙々とこなす二人への評価は高い。だからこそよくある詐欺話に、引っ掛かって欲しくないと思ったのだ。

「女です」

「学校の同級生が、ゴーゴーバーで働いているんです」

即答に、安心する親方。

好きな子が春を売っているのなら、お金を貯めでも買いたくなるのは当たり前。それにゴーゴーバーなら、娼館ほど高くない。

(ふむ。その彼女はそこそこといったところか)

王都花柳界の序列は、御三家と呼ばれる別格の最上級娼館から始まり、上級、中級、下級と落ちて行く。

そして大きく間が空き、ゴーゴーバー。横並びか下に援助交際喫茶店があり、最底辺は路地裏や公園にいる立ちんぼだ。

(下級でも娼館なら、クラスのアイドル級が最低条件だからな)

ゴーゴーバーなら、多少見目好いくらいだろう。

「思い知らせてやる」

「ああ。ヒイヒイ言わせて、日頃の恨みを晴らしてやろうぜ」

だが続いた穏やかならぬ言葉に、眉根を寄せる髭面の親方。話を聞けば、こういう事だった。

「常日頃から、からかわれ、時に暴力を振るわれるのか」

廊下で通りすがりに、背中を蹴られる事などしょっちゅう。振り返り険しい表情を作っても、彼女の女友達と共に、馬鹿にした笑いを返されるだけらしい。

(まあなあ)

口には出せないが、わからないではない。

小柄で小太りの少年達に、強そうな要素はない。逆に気の弱そうな、もじもじした雰囲気がある。ある種の人間にはとって、目に障り馬鹿にしたくなるタイプなのだ。決して、好意の裏返しではないだろう。

（しかし、この方向は悪くない）

陰湿な復讐ではなく、ビジネスで行なおうという考えた方は、実に健全である。

これなら買った相手へ暴力を振るい、衛兵が介入するような事にはならないはずだ。

（だが、まだ考えが足りないな）

そこで親方は、質問を一つ投げる。

「ゴーゴーバーへ行ってもよ、彼女に『売らない』って断られたらどうするつもりだ？」

可能性は低くない。いや、今の話を聞けば確実にそうなるだろう。

精神的に未熟な少女なら、仕事へのプライドより、学校での立ち位置を優先させるはず。仮に受けても、文字どおり手抜きで終わらせかねない。

「ええーっと」

そこまで考えていなかったのだろう。腕を組み眉を歪め、無言になる少年達。

なので、助け舟を出す事にした。

「俺がその同級生を買ってよ、お前達相手にプレイさせるってはどうだ？」

プレイのスタイルは、『目隠しをされた状態で、客二人を相手にする』というもの。

人の好みは幅広いため、この程度なら追加料金で受けて貰える範囲だ。

「でもそれじゃ、悔しがらせられません」

不満そうに呟く一人へ、言葉をかぶせるおっさん。

「いつも見下してくる暴力女を、代わる代わる休ませずに責め続けるんだぞ。しかも相手は、それがお前達だとわからない」

次に学校で顔を合わせた時、心の余裕が違うだろう。そう続けられた言葉に、顔を見合わせる二人。

「いずれにしろ、ばれないようにしない限り、受けては貰えんだろう。それじゃ、復讐以前の話だぞ」

そう促され、少年達は親方の案に乗る事にした。

「じゃあ早速行くか。どこの店だ？」

返されたゴーゴーバーの名に、破顔する髭面。お気に入りのいる、馴染みの店だったからである。

ちなみにお相手は色気あるお姉さんなので、間違いなく少年達の仇ではない。

三人は歩いて歓楽街の裏路地へ向かい、両脇に林立するゴーゴーバーの一軒へ入る。

「あれです。今、舞台の上で踊っている三十八番です」

ドラムがメインの音楽が大音量で流れる中、入り口の壁際から少年が言う。

店内の中央には、流し台くらいの高さの円形のステージがあり、その上では水着に短いパレオを腰に巻き付けた女性達が、音楽に合わせて踊っていた。

彼女達にだけ照明が当てられ、店内は暗い。なので少年達が見つかる心配は、まずないだろう。

「ちっと待ってろ」

おっさんは暴力少女に直接声は掛けず、奥のカウンターで暇そうにしたいた馴染みのお姉さんのもとへと向かう。

店内の人影はまばらなので、今日は客の入りが悪いようだ。

「いらっしゃい！　連れ出して、今すぐに。オールナイトでお願い」

大喜びで抱き着いて来る、二十代後半のお姉さん。

ゴーゴーバーは踊り子に飲み物を奢りつつ会話を楽しみ、気が向けば店へ連れ出し料を支払い外へ出るシステム。

行く先は男の宿泊先か、近くの休憩所。プレイ代は、踊り子との交渉次第だ。

「わかったわかった。その前に一つ協力してくれ」

オールナイトは財布に痛いが、かわいい部下達のためなら仕方がない。

ステージ上の三十八番を顎で指すと、どんな人物なのか情報を仕入れる事にした。

「ああ、あの子ね。首になる寸前よ」

冷めた視線を向けるお姉さん。

三十八番は客がつかず、近々契約を切られるだろうとの事。踊りに切れはあるものの、会話もプレイも駄目駄目らしい。

そこでおっさんは、『三十八番に目隠しをし、部下二人に与えたい』と告げる。

「何であの子なのかは聞かないわ。だけどいいんじゃない、それ。目隠しで一方的にやられるだけなら、もてなす気持ちは必要ない。あの子向きよね」

二人相手という点も、まったく問題ないとの事。

「客が欲しくてしょうがない状態だから、逆に大喜びよ。二人分の金が、貰えるんですもの」

髭面のおっさんは頷き、踊っている三十八番を手招き。やはり先客はいないようで、曲の変わり目に合わせて隣へ来た。

交渉はあっさり成功。経験豊富で相場を知る親方だけあって、決まった額は少年達の想定した半分程度。

「んじゃ、俺達は向かいの休憩所で、二部屋取って待ってるから」

二人分の連れ出し料を建て替えて払う、おっさん。入口の少年達のところへ行くと、片目をつむって店の外へ出た。

そして十数分の時の後、ゴーゴーバー街の所々に建つ休憩所の一室へと場所は移る。

「目隠しをしたら、部屋へ入れる。ショートの契約だから、時間を無駄にするな。あと、絶対にしゃべるなよ」

しっかりと頷き、互いに布で猿轡をし合う少年達。声から正体が判明するのを防ぐためだ。

ちなみにショートとはプレイタイムの事で、娼館での一コマに相当。約二時間である。

隣の部屋でいたす親方とお姉さんは、文字どおりオールナイト。一緒に朝食を取るところまでである。

そして始まる、秒にして七千二百秒のプレイタイム。

目隠しされた暴力女を裸に剥き、早速侵入。

使用していいのは、口と正規の門のみ。後ろの門は契約外。だが少年達は、口を使ったりしなかった。

女性の体に少年達が慣れていなかったのと、いじめて来た相手をやっつける興奮とで、すぐに果ててしまったからである。

『口を使う間もなく、すぐに自分の番が来てしまう』

そのような状態だったのだ。

一秒を惜しんで行われた、やりたい放題の無言の蹂躙劇。


翌日の放課後。清掃工房へと出勤した少年達の顔は輝いていた。

「復讐相手は、今日学校を休んだのか。頑張ったな、お前ら」

二時間ぶっ続けで責めた結果、相手はベッドの上で痙攣し続け、立ち上がる事が出来なかったらしい。おそらく今朝になっても、ダメージが抜けきらなかったのだろう。

「また行きたいです！　そして今度も、あの女をやっつけたい」

そう少年達が口を揃えたのは、費用が想定の半分で済んだからだろう。

頭を掻きながら、親方は困り顔を作る。

「付き合えってか？　俺の懐に、そんな余裕はねえよ」

しかし次の言葉は、おっさんの予想していないものだった。

「大丈夫です。次は自分達だけで行って、正体を隠さず指名しますから」

目を丸くし、少年達を見つめる。『断られるだろう』という言葉は、半ばまでしか出ない。

(何だこのオーラ？　前とは違うな。男として自信がついたのか)

今の二人なら、堂々と指名するだろう。仮に断られても余裕を失わず、目の前で隣の女性へ指名を移すに違いない。

（それはそれで、あの不人気な女の子にはダメージだな。それも織り込み済みって事か）

精神的に落ち着き、視野も広がっているように見えた。成長するとは、こういう事を言うのだろう。

『男子三日会わざれば、刮目して見よ』

この世界にはない言葉だが、親方はそれを実感。感心すると共に、その若さを羨ましく思うのであった。

6巻発売おめでとうございます!
コミックス3巻発売中!
水龍敬先生のマンガも読めるぞ!
Butcha-U

GC NOVELS

せっかくチートを貰って異世界に転移したんだから、好きなように生きてみたい 6

2020年2月3日初版発行

著者 ムンムン

イラスト 水龍敬

発行人 武内静夫

編集 岩永翔太

装丁 森昌史

印刷所 株式会社平河工業社

発行 株式会社マイクロマガジン社
〒104-0041 東京都中央区新富1-3-7 ヨドコウビル
［販売部］TEL 03-3206-1641／FAX 03-3551-1208
［編集部］TEL 03-3551-9563／FAX 03-3297-0180
http://micromagazine.net/

ISBN978-4-89637-972-3 C0093

本書は18禁小説投稿サイト「ノクターンノベルズ」(http://noc.syosetu.com/)に掲載されていたものを、
加筆の上書籍化したものです。

ファンレター、作品のご感想をお待ちしています！

宛先 〒104-0041 東京都中央区新富1-3-7 ヨドコウビル
株式会社マイクロマガジン社 GCノベルズ編集部「ムンムン先生」係「水龍敬先生」係

**右の二次元コードまたはURL（http://micromagazine.net/me/）を
ご利用の上、本書に関するアンケートにご協力ください。**

■ご協力いただいた方全員に、書き下ろし特典をプレゼント！
■スマートフォンにも対応しています（一部対応していない機種もあります）。
■サイトへのアクセス、登録・メール送信時の際にかかる通信費はご負担ください。